は夢を見る
雄王に
捧げる四度目の初恋～

緑《みどり》の神《み》子《こ》は夢《ゆめ》を見《み》る

～英《えい》雄《ゆう》王《おう》に捧《ささ》げる四《よん》度《ど》目《め》の初《はつ》恋《こい》～

飯《いい》田《だ》実《み》樹《き》

ILLUSTRATION：金《かね》ひかる

緑の神子は夢を見る
～英雄王に捧げる四度目の初恋～

LYNX ROMANCE

CONTENTS

緑の神子は夢を見る
～英雄王に捧げる四度目の初恋～

序章

ある時大地の神は森の木々や豊かな黒き大地から生気を集めて、それを練り合わせてひとつの命を生み出した。人間に似せて作ったのだが、その姿はとても美しく人間というよりは、妖精に近いものだった。

大地の神は手の中で、体を丸めて眠るその者の姿を、満足そうに目を細めて見つめた。

『セラフィ……我が愛《いと》しい子よ……目覚めよ』

朗々と響くその声は、低くて柔らかな声だった。

手の中の者はゆっくりと目を開ける。ゆるりと体を起こし、ぺたりと座ったまま、まだ視線の定まらぬ寝ぼけたような目で、ぼんやりと辺りを見回した。そして大きな欠伸《あくび》を一つ吐き、両手を上げて伸びをする。

透き通るような白い肌、腰まで届く長い髪は淡い白緑色をしている。細くしなやかな体は、女性を思わせるような柔らかさがあったが、局部には少年のような印があった。

『セラフィ』

大地の神がもう一度呼びかけた。

セラフィと呼ばれたその者は、顔を上げて声の主をじっと見つめる。優し気な眼差《まなざ》しの壮年の男性が、微笑みかける。

『セラフィ、そなたはこれから地上に降りて、私の代理として人間達に知恵を与えて、繁栄の道に導いて欲しいのだ』

「私が……人間を……？」

セラフィはたどたどしい口調で、神の言葉を反芻《はんすう》した。そしてまだ意味が分からないというように、ゆっくり首を傾《かし》げる。

『そなたは生まれたばかりで、まだ何もわからぬだろうが、そなたの頭の中には、我が英知を与えている。その身に慣れてくれれば、自分の成すべきことも自然と理解するだろう。しかしその身は決して強くはない。そなたを守るべき者達を与えよう』

大地の神はそう言って、ゆっくりと両手を下ろし、緑の大地にセラフィを降ろした。若葉が豊かに芽吹く草原に降り立ったセラフィは、足元の草の感触を不思議そうに確かめる。ゆるゆると両足を交互に少しばかり足踏みをしてみたが、バランスを失ってコテリとその場に尻もちをついた。

セラフィにとっては、尻もちをついたことさえも不思議なようで、目を丸くして辺りをキョロキョロと見回し、痛む尻をそっと擦《さす》っては首を傾げている。

その間に、大地の神は両手を広げて何かを招くように、その手をゆっくりと動かした。するとどこからか獣の鳴き声がいくつも聞こえてきた。

セラフィはその獣の声も初めて聞くものだったので、驚いて辺りを見回した。すると森の中から二つの大きな影が現れた。ゆっくりとした足取りで、セラフィの方へ歩いてくる。

それは熊と鹿だった。二頭とも普通の熊や鹿よりも一回りほど大きな個体だった。

真っ黒い毛に覆われた熊は、鋭い眼差しをセラフィに向けて、フンッと鼻息を吹いた。森とセラフィの中間くらいの場所まで来ると、足を止めてどしりと座り込んだ。

大きく立派な角を持つ牡鹿《おじか》は、少し辺りを警戒するように両耳をクルクルと素早く動かしながらも、胸を張り、首を真《ま》っ直《す》ぐにもたげて、悠々とした足取りで進み、熊と同じように森とセラフィの中間くらいの場所で立ち止まった。

その鹿の足下を、チョロチョロと小さな影が走り抜けていった。セラフィのところまで辿《たど》り着いた小さな影は、一匹のリスだった。リスは上を見上げて首を傾げている。

そこへ一羽の鳥が、上空からスーッと音もなく滑空してきた。影が地面を横切ると、リスがびくりと震えて、慌ててセラフィの足にしがみついた。

鳥は一度セラフィの頭上をくるりと旋回して、鹿の角に止まった。鹿は少しばかり不機嫌そうな顔をしたが、特に振り払うことはしなかった。

鳥は雀鷹《つみ》だった。一見鳩《はと》よりも小さな体は、無害

な小鳥のように見えるが、小さいながらくちばしと爪は鋭く尖《とが》っている。鷹《たか》の一種だ。リスが怖がるのも無理はなかった。

『よくぞ参った森の主達よ』

　大地の神の声が空に響き渡った。熊、鹿、雀鷹、リスが空を見上げる。青空にはうっすらと大きな人のような姿が見えた。それは淡く輪郭が光って見えるだけで、その容姿ははっきりとは分からない。ただそれが只《ただ》ならぬ存在であることは理解できた。

　熊と鹿は目を閉じて、礼をするように頭を下げる。雀鷹はじっと空を見上げ、リスはセラフィの足の陰から恐る恐る空を見つめていた。

『私は大地の神、そしてその者は我が愛しい子、私の身代わりとしてこの地に誕生した。森の主達よ、そなたらにこの子を守ってもらいたいのだ』

　大地の神の言葉を聞いて、獣達は不思議そうに首を傾げる。

『引き受けてはもらえぬか？』

　神の願いを断る者などいないだろう。獣達は頷《うなず》く素振りをした。すると大地の神は満足そうに笑みを浮かべて、地上に向かってふうっと息を吹きかけた。不思議な風が、獣達に吹き付ける。キラキラと光を含んだ風が、体にまとわりつくようで、その不思議な感覚に、獣達は動揺したようにキョロキョロと辺りを見回した。

「に……人間だ！」

　突然悲鳴が上がった。

「ひっひゃあ！」

「人間はお前だろう！」

　ひどく狼狽《うろた》えた様子で、怒鳴り合う二人の大柄な男性と、セラフィの横で腰を抜かしたようにひっくり返っている小柄な男性、言葉もなく唖然《あぜん》とした表情で、自分の両手を見つめて佇《たたず》む小柄な男性……。

　その場に獣達の姿はなく、四人の人間の男性が突然現れた。いや、彼らが突然現れたわけではない。獣達は大地の神によって、人間の姿に変えられたのだった。

『森の主達よ、落ち着きなさい。お前たちは今、私

の力で人間の姿に変えられたのだ』

「ええ！」

　大地の神の言葉に、四人は驚きの声を上げて、それぞれに自分の体を確かめ始めた。

「神よ！　これは何の罰ですか!?　元の姿に戻してください」

『落ち着け、森の主達よ。そなたらは私の願いを聞き入れ、私のセラフィを守ると言った。だからそなたらに仮の姿と力を与えたのだ』

「仮の姿……この人間の体ですか？」

　がっしりとした大きな体の男が、不満そうに空を見上げて尋ね返した。

『そうだ。セラフィの使命は、人間達に知恵を与えて繁栄に導くことだ。そのためセラフィを守る者は、人間の姿をしていなければならない。その役目として時には人間の前に出て、人間と交流を深めなければならないだろう。セラフィを守り、セラフィに仕える者は、どのような試練にも立ち向かう覚悟が必要だ。人間の姿にされる程度のことは、まだ試練でも何でもない。今ならば辞退しても何も咎《とが》めることはないが、いかがするか？』

　四人の男達は、困惑の表情を浮かべながらも、互いの動向を窺《うかが》うように顔を見合わせている。しばらく沈黙が流れ、やがて皆が決意を固めたように頷き合った。

「神の御子であるセラフィ様を、この命に懸けてお守りすると誓おう」

「どのような試練があろうとも……」

『よくぞ申した。そなた達に加護を与えよう。ヘルマン、そなたには『咆哮《ほうこう》』を。そなたとそなたの眷《けん》属《ぞく》は三倍の力を発揮する』

　大地の神が、熊の化身である大柄の男に名を与えると、その体には黒く輝く厳《いか》つい甲冑《かっちゅう》が装備され、その手には大斧《おの》がもたらされた。

『ラッセ、そなたには『疾風』を。そなたとそなたの眷属はその足で風よりも早く駆けることが出来る』

　大地の神が、鹿の化身である長身の男に名を与えると、その体には銀の甲冑が装備され、手には長剣

が握られていた。

『ティモ、そなたには『遠見』を。そなたとそなたの眷属は、地平線の彼方《かなた》まで見渡せる目を与えよう』

大地の神が、雀鷹の化身である小柄な男に名を与えると、艶やかな張りのある丈夫な革の胸当てが装備され、手には柄《つか》が銀色に輝くスリングショットが握られていた。

『ヨニ、そなたには『慈愛』を。そなたとそなたの眷属には、あらゆる病や怪我《けが》を癒《い》やす力を与えよう』

大地の神が、リスの化身である小柄な男に名を与えると、空気のように軽やかな真っ白い衣が身に纏《まと》わされ、手には銀の短剣が握られていた。

四人はそれぞれ自分の身に起きたことに戸惑っていて、手に持つ武器を持て余している。

「神よ、私は武器など使えません」

ラッセがその手に輝く長剣を、忌ま忌ましいものを見るような目で見つめながら訴えた。他の者達も同意するように頷く。獣であった彼らからすれば、武器というものは恐れの対象でもある。手にするのもおぞましい。

『その身はすでに武器の扱いを心得ている。案ずることはない。セラフィを守るためには、時としてあらゆるものと戦わねばならない。オークやゴブリンなどの魔の物であることもあり、人間が相手の時もあるだろう。武器がなければ、戦うことは叶《かな》わない』

「人間とも戦うのですか？　しかしセラフィ様の使命は人間を繁栄に導くことなのでは？　いえ、そもそもなぜ人間を？　神はなぜ人間を擁護されるのですか？」

ティモが不可解そうに首を傾げながら尋ねた。

『そなた達獣は、人間を恐れ嫌う……それはなぜか？』

「人間は我らを捕らえ、殺す……我らを獲物としているのです。敵です。恐れ、嫌うのは当然です」

ラッセが即答をした。

『だが、獣の世界では殺し殺されるのは自然の摂理。鷹はネズミやリスを捕らえ、狼《おおかみ》は鹿を捕らえる。そなたらの敵は人間ばかりではないだろう』

「それは……そうですが……」

　ティモがチラリとヨニと目を合わせ、ヨニがびくりと怯《おび》えたように体を震わせたので、気まずいという顔で言葉を濁した。

『人間もまたそなたらと同じ獣だ。妖精でも魔の物でもない。人間そのものはとても弱い。熊の力は別としても、何も持たぬ人間ならば、鹿の角で一突きに倒すことはたやすい。雀鷹やリスでも集団で襲い掛かれば、倒すことが出来るだろう。しかし人間には知恵がある。道具や武器を作り出して、他の獣と戦う術《すべ》を手にすることが出来る。熊の爪や牙、鹿の角に対抗するための武器だ。リスよりも弱い人間が、熊を倒す術を持つことが出来るのだ。素晴らしいではないか』

　楽しそうに語る大地の神に対して、四人の男達は複雑そうな表情をしていた。セラフィだけが、よく分からずにきょとんとした顔で立っている。

『誤解をするな。私は別にそなたたちを狩る人間を褒めているわけではない。人間達の知恵に、限りない可能性を見出《みいだ》しているのだ。この世界で、唯一人間だけが物を生み出す知恵を持っている。大地を耕し、作物を育てる者が他にいるか？　英知を持つ妖精でさえ、自然の摂理の中で生きている。大地の神である私としては、魔力も何も持たない人間が、大地に作物を育て、家を作り子を育て、繁栄していく様は、見ていて楽しいのだ。だが今の人間は、まだまだ獣に等しい。武器や道具を作る技術も稚拙だ。私がそなたらに贈ったような武器や防具を作ることはまだまだ出来ない。育てられる作物も少ない。だが正しく知恵を与えて導いてやれば、魔の物とも戦える武器を作れるようになるし、荒れ地を開墾して緑の野にすることも出来るだろう。そうすれば、そなた達のような他の獣と共存する道も見つけられるはずだ』

「我らと共存？　人間が鹿を狩らなくなるというのですか？」

　ラッセが信じられないという顔で尋ねた。

『いや、そうではない。人間も生きるために獣の肉

を食べる。それは自然の摂理だ。だが畑の作物が豊かになれば、食べるものに不自由がなくなり、獣を乱獲することはなくなるだろう。だがそれがそなた達にとっての益ではない。人間が繁栄し力を得れば、魔の物と戦える。魔の物の侵略を阻止できる。そなた達獣は、魔の物と戦うことは出来ぬだろう？　この豊かな森を毒の森にはしたくないだろう？　そなたたちの本当の敵は、人間ではなく魔の物ではないか？』

　四人は顔色を変えた。確かに神の言う通りだ。

　この世界には、人や獣以外にも精霊や妖精が存在する。その中には『魔の物』と呼ばれる魔獣やアンデッドなどの悪い妖精や精霊もいるのだ。

　魔の物は腐敗や毒を好む。魔の物に侵された場所は、死の山や毒の沼、腐海の森へと変貌し、清き妖精や精霊はおろか獣も住めない場所になる。

　緑豊かな山や野や森は、妖精や精霊達の聖なる力に守られ、植物や獣達の生気に満ちているため、悪《あ》しき者達を退けている。

　だが稀《まれ》に、魔の物に穢《けが》され山や森が丸ごと死滅することがある。それは魔の物の力が増幅するためだが、詳しい原因は分からない。ゴブリンなどが突然大繁殖するからだとか、森や山の妖精が闇落ちして聖なる力が弱まるからだとか、魔獣に突然変異の上位種が生まれて力をつけるからだとか、色々な説はある。ただどちらにしても、獣達は魔の物の脅威に抗《あらが》う術を持たない。

「分かりました。セラフィ様を守り、人間達の繁栄に力を貸しましょう」

「まずは何からすればいいのですか？」

　ヘルマンとラッセが問いかけた。

『最初に、セラフィが人間の中から王を選ぶ。人間達を統率し導くには、代表となる人間が必要になる。セラフィは人間達にとって、あくまでも神の子でしかない。信仰の対象とし、直接統べるのはセラフィが選んだ唯一の王だ。ヘルマンはその王の護衛をし、ティモは王の側仕《そばづか》えとなれ。ラッセはセラフィの護衛をし、ヨニはセラフィの側仕えとなれ。あとはセ

ラフィに従うとよい。セラフィは私の身代わり、英知を授けている。任せたぞ』

　大地の神はそう言うと、気配を消してしまった。四人はしばらくの間、空を呆《ほう》けたように見上げていた。

　するとセラフィが、ゆっくり歩き始めたので、全員が我に返った。

「セラフィ様、どちらに参られるのですか？」

　ヨニが恐る恐る声をかけた。するとセラフィは足を止めて、森の方角を指さした。

「森に行くのですか？」

　ティモが尋ねると、セラフィは頷いた。

「父が……私達の住み処《か》を用意してくれました」

　セラフィはそう答えて再び歩き始めた。四人は顔を見合わせて、セラフィに従い、森の中へ入っていった。

　これがすべての始まりだった。

一章

　どこまでも続く広大な大森林の中央に大きな湖があった。その湖の真ん中には、島が一つ浮かんでいる。その島には白い建物が建っている。

　島の名は、聖地ヴィフレア。

　英雄王ヴィルヘルムと大地の神子《みこ》セラフィが住まう場所。

　大地の神は人間という生き物をとても気に入っていた。人間達に知恵を与え繁栄に導くために、自分の代理としてセラフィという依《よ》り代《しろ》を、人間の姿に似せて作り出した。

　セラフィの最初の仕事は、人間の王を選び出すことだった。何万人という人間の中から、たった一人を選び出す。強靭《きょうじん》な肉体と、真っ直ぐな魂を持つ者。すべての人間を統率し束ねる力を持つ者。そして何

事からもセラフィを守り抜く者……。

かくしてセラフィが選んだ王は、英雄王と呼ばれ聖地ヴィフレアに居を構えた。


真っ白な大理石が敷き詰められた広間の真ん中で、膝をついて両手を合わせ、熱心に祈る者の姿があった。

腰よりも長い豊かな髪は、淡い白緑色をしていた。透けるような白い肌、瞳は翡翠《ひすい》、唇は桃色、その顔立ちの美しさは、人の域を超えていて、知らぬ者が見たとしても「神子」だと、一目で分かる容姿をしている。

「セラフィ様」

祈りを終えたことを確認して、端で控えていた側仕えがそっと声をかけた。

「ヨニ……」

セラフィは、愁《うれ》いを帯びた瞳で側仕えを見つめた。その表情を見て、側仕えのヨニが不安そうに顔を曇らせた。

「神のお言葉は……いかがでしたか？」

「北西に気をつけろと……」

ヨニの問いかけに、セラフィは眉根を寄せながら答えた。それを聞いたヨニは、表情を変えた。

「セク領かシーヴ領の辺りを指しているのでしょうか？　気をつけろとはそういう意味なのですよね？」

厳しい表情で断言するように言ったヨニを、セラフィは無言のまま見つめ返した。髪の色と同じ淡い緑色の睫毛《まつげ》が、微《かす》かに震えている。ヨニは、はっとして深く頭を下げた。

「出過ぎたことを言いました。申し訳ありません。王がお待ちです。参りましょう」

ヨニの謝罪の言葉に、セラフィは特に何も返すことなく出口に向かって歩き出した。その後ろをヨニが付き従う。

扉を開けると、外で待機していた護衛騎士のラッセが、一礼して出迎える。その前をセラフィは無言で通り過ぎた。

ラッセは後ろに続くヨニと視線を交える。セラフィの表情から、あまり良い御言葉ではなかったのだろうと、ラッセにも推察できた。だが特に問いただすことはなく、セラフィの隣に並んで歩き出した。

長い石造りの廊下を進む。途中で召し使いや騎士に会うと、皆が廊下の端に寄りセラフィに一礼をした。

やがてひとつの扉の前で足を止めた。後ろに控えていたヨニが前に進み出て、扉を数度叩《たた》いた。

「セラフィ様が参りました」

扉に向かってヨニがそう告げると、少しの間の後扉が開かれた。中から現れた男性が、セラフィ達の姿を確認して、セラフィに向かって会釈をしてから、扉を大きく開いた。英雄王の護衛騎士ヘルマンだ。

「セラフィ様のお越しです」

ヘルマンが少しばかり大きな声で、部屋の主に向かい改めて告げた。

セラフィを先頭に三人はゆっくりとした足取りで、中へと入っていった。

広々とした部屋には、同じように三人の男性がいた。中央奥の大きな机につく男性が、一目でこの部屋の主《あるじ》だと分かる。

獅子《しし》の鬣《たてがみ》を思わせるような豊かにうねる黒緋《ひ》の髪、強い光をたたえた双眸《そうぼう》は美しい銀色をしていた。鼻《び》梁《りょう》の鋭い端正な顔立ちは、誰の目も奪うほどだ。

年の頃は三十歳にも満たない生気にあふれた雄々しい青年に見える。英雄王ヴィルヘルム。

「セラフィ」

彼はよく通る低い声で優しく名前を呼んだ。

「ヴィル……ヴィルヘルム」

セラフィは、浮かない顔で彼の名を呼び、そのまま何も言わずにゆっくりと側まで歩み寄る。

「どうしたんだい？　そんな浮かない顔をして」

ヴィルヘルムが微笑みながら尋ねたが、セラフィはすぐには答えず眉根を寄せたまま、じっとヴィルヘルムを見つめた。

ヴィルヘルムの後ろに控えている側仕えのティモが、ちらりと視線をヨニに向けた。ヨニは思わず視

線を逸《そ》らす。

セラフィが神殿で、月に一度の大地の神との対話をしてきたことは、ここにいる誰もが周知していることだ。そこでいつもセラフィは、神の声を聴きそれを王に伝えるのが役目だ。そして王がそれを民に伝える。

もちろん神の言葉をそのまま民に伝えるわけではない。神の言葉は、すべてが民のための言葉だというわけでもない。セラフィのための言葉の時もあれば、王のための言葉の時もある。

神の言葉の多くは、セラフィや王や民にとって恵みをもたらすものだ。物理的な恵みの恩恵を受けることもあれば、心を癒やし満たすためのものだったりもする。つまり『良い啓示』なのだ。だからセラフィが、こんな風に表情を曇らせることなど、滅多にないはずだった。

そう……『絶対』ではなく『滅多に』だ。過去に二度このようなことがあった。

王とセラフィの側仕えであるティモとヨニは知っている。しかし王は知らない。ヴィルヘルムは知らないのだ。

なぜならその二度起きた不吉な知らせは、二度とも英雄王の命を代償としていたからだ。ヴィルヘルムはセラフィが選んだ三人目の英雄王だった。

セラフィに選ばれた者は、英雄王となり神から永遠の命をもらう。だがそれは不老長寿ではあるが不死ではない。病や老衰で死ぬことはないが、体に深い傷を負えば死ぬ。

もちろん神から特別な力をもらう英雄王は、普通の人間に比べれば遙《はる》かに強靭な肉体を持っている。魔力を使うことも出来る。人間が戦って簡単に殺すことは出来ない。それでも絶対ではないのだ。

かつて二人の英雄王が、死を迎えたように……。

「父なる大地の神が、貴方《あなた》に警告を告げました。くれぐれも北西に気をつけろと……決して油断してはならないと告げました」

セラフィの言葉を聞いて、護衛騎士と側近の間に動揺が走った。

「北西に気をつけろ……と？　それは具体的に、どのようなことを指しているのだろうか？」

　ヴィルヘルムが、変わらぬ落ち着いた態度でそう呟《つぶや》いた。それがあまりにも、のんきな口調に聞こえたので、ティモとヨニは険しい表情に変わった。

「陛下！　何をのんきなことを言っているのですか！　どのようなことを指しているかなど……これはあきらかに北西の領地で謀反の疑いがあるという予言に違いないではありませんか！」

「そうです！　北西といえばセク領かシーヴ領の辺りです。すぐにでも密偵を送るべきです」

　二人が鼻息も荒くそう言うので、ヴィルヘルムは一瞬驚いて目を丸くしたが、すぐに視線を護衛騎士のヘルマンへ向けた。ヘルマンは、ヴィルヘルムが考えていることが分かっているかのように、落ち着いた様子で頷いた。

「神は北西に気をつけろと仰せになっただけだ。何もそこまで具体的に決めつけるような話ではないだろう」

　ヘルマンが興奮気味の二人を窘《たしな》めるように言った。

「そうだな、気をつけるべき相手が、人間かどうかも分からないのだから、ここは慎重に進めるべきだろう」

　セラフィの護衛騎士ラッセもそれに同意したので、ティモとヨニは困惑の表情で顔を見合わせた。

「過去のことがあったからといって、今度もそうとは限らないだろう。必ずしも陛下やセラフィ様に楯《たて》突《つ》く相手が人間達ばかりとは限らない。オークやダークエルフのような、人ならざる者の場合もあるだろう」

　ヘルマンが、ヴィルヘルムに代わって説明をしたが、ティモとヨニはまだ不服そうにしている。

「陛下はご存じないから……人間に対して油断があるように思います。人間は弱い生き物ですが、集団になれば強くなる。知恵もあります。侮ってはなりません」

　ティモが少しばかり言いにくそうに、ためらいがちに意見した。

「人間は平気で嘘《うそ》をつきます。笑顔で近づき賞賛の言葉を述べながら、躊躇《ちゅうちょ》なく攻撃してきます。それで先の王は……」

　ヨニも続けて発言したが、最後までは言いにくかったようで、口を噤《つぐ》んで俯《うつむ》いた。

「知っているよ。分かっている。私の前の二人がそうして人間に裏切られて殺されたことは……教えられていたからね。私は殺されても転生して、またセラフィに見つけ出されて、三度こうして王になっている。だが転生したからといって、前世の記憶があるわけではない。正直なところ……他人事のように思っているのは事実だ。初代も二代目も、私であって私ではない」

　ヴィルヘルムは、穏やかな表情で語り始めた。

「だけどやっぱり私は私なんだと思う。きっと私よりも君達の方が知っていると思うけれど……転生して、血筋も親も人種さえ変わってしまって、容姿なども違うのだと思うけど、本質の部分は私なんだよ。だからきっと同じ場面になったら、同じように騙されてしまうかもしれない。そしてまた私は死ぬかもしれない。せっかく君達が忠告して、守ろうとしてくれても変わらないかもしれない。それでも……私はそれでも良いと思っている」

　その穏やかな口調とは裏腹に、ひどく衝撃的な発言をされて、その場にいた全員がとても驚いた。狼狽えて顔色を変えているティモとヨニだけではなく、普段は冷静な護衛騎士のヘルマンとラッセも、目を丸くしていた。

　セラフィは、とても悲し気に眉根を寄せている。

「もちろん騙されないことが一番いいと思うよ。私だってそんなに簡単に死にたいわけではない。だけど私が英雄王になった意味は、きっとそういうことなんだと思うんだ。つまり……私が誰よりも人間を信じている必要があるということだよ。人間達に神の言葉を伝えて、より良き道に導くためには、私は神よりもずっと人間に近い位置にいなければならない。そうでなければ、人間達を導けないし、人間達も私の言葉を信じてくれないだろう。私がもしもす

べてにおいて完璧な、超越した存在であるならば、それは神でよいはずだし、すなわちセラフィだけでもよいはずだ。人間の中から英雄王を選ぶ必要がない。神は自分の代わりとしてセラフィを生み出した。そして人間を導き、セラフィを守るために人間の中から英雄王を選んだ。私の存在は、神と人間を繋《つな》ぐための者であり、私の命はセラフィを守るためのものだ。だからたとえ人間に騙されることがあったとしても、セラフィの代わりに死ぬのは、私の本望なんだよ」

「陛下……」

「陛下……」

　ティモとヨニは、その場に崩れるように膝をつき、震える声で一言そう呼ぶのが精一杯というように、そのまま床に額をつけて平伏した。

　ヘルマンとラッセは、腰の剣に手を添えて、姿勢を正して無言で項垂《うなだ》れている。

　セラフィがゆっくりとした足取りで、机の周りを迂回《うかい》しヴィルヘルムの下へ向かって歩いていった。そして隣に立ち、ひじ掛けに置かれたヴィルヘルムの手に、そっと両手を重ねた。

　少し日に焼けた大きなヴィルヘルムの手に、透き通るように白い小さなセラフィの手が添えられると、ヴィルヘルムがセラフィをじっと優しい眼差しで見つめた。

「君にそんな悲しい顔をさせてしまって、すまないと思っている。だけど心配しないでおくれ。私がとても強いことは君も知っているだろう？　簡単に倒れるつもりはないし、ちゃんと神の警告も理解しているつもりだ。北西には注意するよ」

　ヴィルヘルムが笑顔を向けたが、セラフィは愁いに満ちた顔で、何も言わずにしばらく見つめ返した後、ゆっくりとその場に膝をついた。そして重ねた手の上に、頰《ほお》を寄せて目を閉じる。

　ヴィルヘルムは、そんなセラフィの頭を、そっと何度も撫《な》でた。

ヴィルヘルムが英雄王となって百二十年。世界は平和の中にあった。

聖地ヴィフレアを中心に、大陸には八つの領地が存在した。ユク領、カク領、コル領、ネル領、ヴィ領、セク領、シーヴ領、オッデ領。領地には民が選んだ領主がいて、それぞれに統治していた。領主達は、月に一度聖地へ赴く義務があり、領主会議が開かれて、そこで英雄王から神の言葉をもらう。人々はそれに従うことで、領地を豊かにし、繁栄していった。

もちろん最初から、今のように平和だったわけではない。ヴィルヘルムが英雄王に即位して、最初の四十年は常にどこかの領地同士が諍《いさか》いを起こしていた。そのたびに英雄王が仲裁し、人々の過ちを正していった。

英雄王の下へは、世界中から常に情報がもたらされる。小さな諍いも見逃すことはない。

「なぜ分からないのだろう？」

ティモがポツリと呟いて、空を見上げている。時折小さな鳥が飛んできて、ティモの肩に止まっては、しばらく囀《さえず》って再び空へと飛んでいく。

「なんのことだ」

ティモのそばで、石造りの垣根に腰を掛けて、剣を磨いていたヘルマンが、呟きを拾って問いかけた。

「これだけ毎日情報が来ているのに、別に北西で……セク領やシーヴ領で、怪しい動きがあるなどという話は聞かないんだ」

ティモはそう言って溜息《ためいき》をついた。

「……それはお前の鳥達が無能なんだろう」

ヘルマンが、ぼそりと嫌味を返したので、ティモはむっとした様子で眉根を寄せた。

「ヨニも同じことを言っていたんだ」

ティモが反論したが、ヘルマンは剣を磨く手を止めないで、フンと鼻を鳴らした。

「ならば奴《やつ》のリス達も無能なんだろう」

ヘルマンの嫌味に、ティモが怒ってくるりと向き直り、険しい表情で睨《にら》んだ。肩に止まっていた鳥達が驚いて、パッと飛び立つ。

「そんなに言うならば、貴方が探索をなさったらいかがですか？　森の熊さん！」

「あいにくそういう仕事は向いていないんだ。オレは王を守り戦うのが仕事だ。それぞれの役目があるだろう？」

　ヘルマンは、ティモの怒りを冷やかすようにそう言って、見向きもせずに剣の手入れを続けている。

「ヘルマン！」

　ティモがつかつかと歩み寄って、ヘルマンの肩を摑《つか》んだ。

「そう熱くなるな……さっきも陛下の前で失態を見せたばかりだろう」

「よく君は平気でいられるね？」

「平気に見えるか？」

　ヘルマンがじろりと睨んだので、ティモは顔色を変えて摑んでいた手を引っ込めた。

「オレ達に出来ることは限られている。出来もしないのにそれ以上を求めても仕方がない。お前やヨニの監視も、人間達のすべてを網羅しているわけではない。鳥やリスでは入れない場所も多いし、陛下がおっしゃったように、不安の根源が人ならざる者の範囲であれば、それこそ監視は不可能だ」

「じゃあ……どうすれば……」

「どうもしない。どうも出来ない。ならば粛々と己に課せられた仕事を全うするしかない。オレは王を守るようにと、神からこの姿をいただいて王に仕えている。だがオレは二度もしくじった。王を守れなかった。死なせてしまった。お前の何倍も悔しいし、わが身を不甲斐《ふがい》なく思っている」

　ヘルマンの剣を磨いていた手が止まり、その手に力が入る。

　ティモも両手の拳《こぶし》を握り締めた。

　ヘルマンとティモは、セラフィがこの世に生を受けた時、同じように大地の神の手により作り出された。ヘルマンは熊の精霊の化身で、ティモは鳥の精霊の化身だ。人の姿に変えられ、英雄王の従者として、共に長くこの地に生きるよう定められた。

　セラフィの従者であるヨニとラッセも同じで、ラ

ッセが大鹿の精霊の化身、ヨニがリスの精霊の化身だ。

　皆共に聖地ヴィフレアで長い時間を過ごしてきた。そしてすべてを見てきた。

　最初の英雄王は、即位後わずか二年で殺されてしまった。英雄王を王と認めない者の手にかかったのだ。それは本当に一瞬の出来事で、あまりにもあっけなかった。

　まだ世界は領地分けもされていなかった。点々とある人間達の集落を、視察していた英雄王の下に集まった民衆の中の一人が、王に笑顔で握手を求めて近づき、王の胸を剣でひと突きに貫いた。

　側にいたヘルマンは何も出来なかった。

　誰もがまだ何も分かっていなかったのだ。人に化身したばかりの従者達は、まだ『人間』というものがよく分かっていなかった。笑顔で友好的な相手が、殺意を持っているなど知る由もなかった。

　そして神に選ばれ、特別な力を持った英雄王を不死身なのだと過信していた。考えれば分かることだ。不死身であれば、護衛騎士などいらないはずなのだと。

　二人目の英雄王は、在位三十四年で亡くなった。ようやく人間達をまとめ上げることが出来て、神の言葉を伝え、土地を耕して畑を広げ、点々とあった集落が村となり町となり、目に見えて国らしくなってきた頃だった。

　人間達の王への信頼も厚くなり、英雄王自身も、そして従者達も何をすべきか分かってきた頃《ころ》だった。すべてが上手《うま》くいくように思えた。でもやはり人間を分かっていなかった。

　国としての地盤が出来て、人々が潤い、繁栄の兆しが見えてくれば、その頂点に立ちたいという野望を持つ者が現れる。

　国を乗っ取ろうと結託した集団が、暴徒となり聖地ヴィフレアに押し寄せて、セラフィを攫《さら》おうとした。

　英雄王と従者達は暴徒と戦ったが、その戦いの中セラフィを助けようとした英雄王が命を落とした。

戦自体は、それほど脅威となるものではなかった。護衛騎士のヘルマンとラッセが、ある程度の戦争を想定して、聖地ヴィフレアの防御態勢を整えていれば、たやすく防げる程度のものだった。だがここでも人間に対する甘い認識が、取り返しのつかない悲劇をもたらしてしまったのだ。

　最初の王を失った時の反省を生かして、護衛騎士達は王やセラフィに近づく者に常に警戒を示した。王に対してもむやみに人間達と接触することを避けさせ、時折起こる危機は難なく回避されていた。それが油断に繋がったのだ。

　英雄王も従者達も、まさか人間達が謀反を企《たくら》み暴徒と化すとは考えてもみなかった。油断から混乱をきたし、大勢の人間達との戦いに気を取られ、本来王やセラフィの側にいるべき護衛騎士二人が、少し離れた隙に起きた不幸だった。

　二度の失態に自信をなくしたヘルマンとラッセは、セラフィに護衛騎士の任を解いて欲しいと、大地の神に伝えてもらいたいと願った。だがその願いは、受け入れてもらうことは出来なかった。

「今日……初めて陛下の真意を聞いた気がした。こんなに長く側にいたのに、それを知ることが出来なかった。不覚だと後悔しても始まらない。オレは三度目の英雄王を迎えるにあたり決意したんだ。英雄王の護衛騎士である以上、すべての力を注いで王を守ることに集中する。そのためには、常に最悪の事態を想定して動く。我ら神から定められた従者以外のすべての人間を敵だと思って行動する。長く仕える侍女であろうとも、例外ではない……周りに何と思われようとも、王を失うことに比べれば、大したことではない」

　肩を震わせながら語るヘルマンを、ティモは沈痛な面持ちで見つめていた。二人目の王を失ってから、ヘルマンがすっかり変わってしまったことは知っている。

　昔はおおらかで明るい性格だった。人間達にも寛大で優しかった。神殿の廊下で、大きな荷物を抱えた侍女に出会ったら、気安く荷物を持ってやるよう

なところがあり、神殿に仕える人間達からも慕われていた。

　だけど今は、鋭利な刃物のように、常に周囲に殺気を振りまいている。人間達とは、任務以外では一切口を利かなくなり、笑うこともなくなった。侍女達はヘルマンを怖がって誰も近づかない。

　仲間であるティモ達とも、雑談などはしなくなった。

　こんな風に二人きりで、長く話をするのはどれくらいぶりだろう？　そんなことを思って、ティモは少し胸が痛んだ。

「真意を聞いて、陛下がどうしたいと思っているのかも分かった。オレはセラフィ様を命を懸けて守ると言った陛下を、何に代えても守る。ただそれだけだ。そのために、この神殿に仕える者が犠牲になろうとも、お前やラッセやヨニが犠牲になろうとも、オレが手助けすることはない。もう以前のような失敗はしない。オレは陛下の側を決して離れない。だからお前はお前で何とかしろ」

「分かっています！」

　ティモが大きな声を上げたので、ヘルマンが少しばかり驚いたように振り返り、両手の拳を震わせて立っているティモを見つめた。

「分かっています。私は側仕えで戦いは不得手ですが、もう何もできずにおろおろとしていたくありません。私だって陛下の盾になる覚悟はあります。もしもの時は、私が陛下の盾になり、敵の剣をこの身で受け止めますから、その隙にあなたが敵を倒してください。せめてそれくらいの役に立つことが出来れば、私だって本望です」

　少し頬《ほお》を上気させて、必死の形相でそう言い放ったティモを、ヘルマンが複雑な表情で見つめていた。

「勝手にしろ」

　ヘルマンは、ぷいとそっぽを向いて立ち上がり、剣を鞘《さや》に収めた。

「ラッセと交代してくる」

　ヘルマンはそう言って、神殿の中に戻っていった。

　ティモはそれを見送り、ヘルマンの姿が見えなく

なると、ほっと息をついた。そしてぼんやりと辺りの景色を見つめる。

　とても静かだ。神殿の周りには豊かな木々が生い茂り、時折吹き抜ける風が、木々の葉を揺らす音が聞こえる。

　目の前に広がる湖も、水面《みなも》に風で波紋ができるくらいに静かだ。先王の頃までこの湖には、聖地ヴィフレアと向こう岸を繋ぐ橋が架けてあった。

　英雄王やセラフィに、相談がある人間達を迎え入れるために、常に行き来を自由にしていた。人々は気軽に神殿に参り、水辺では子供達が遊ぶ姿も見られて、それが平和の象徴のように感じていた。

　しかし謀反が起きて王が殺されてから、橋を取り去ってしまった。湖に住む水の精霊達に協力を仰ぎ、こちらで許した者以外、誰一人聖地に近づくことが出来ないようにした。もしも誰かが不用意に、湖を渡ろうとすれば、船も人もすべて水底に連れていかれてしまう。人間達は湖を恐れて、誰も聖地に近づかなくなった。

　今や聖地は安全になった。神殿で働く人間達は、限られた最小限の者達だけだ。それでもヘルマンの警戒が解かれることは、ひと時もなかった。

「きっと……ここにいれば大丈夫だよね？」

　ティモは溜息と共に呟いた。


　ヘルマンが王の部屋に向かうと、扉の前にはラッセが立っていた。

「ラッセ……陛下は？」

「セラフィ様と中にいらっしゃる。ヨニもいるから大丈夫だ。もっと休んでいていいよ」

　ラッセが穏やかな口調で答えた。

「いや、交代しよう。君が休んできてくれ」

　ヘルマンが愛想なく答えたので、ラッセは微かに苦笑した。

「先ほどの話……陛下の話に、セラフィ様がひどく心を痛めてしまったようで、陛下にぴったりとくっついたまま離れようとなさらないんだ。陛下が一生

懸命宥《なだ》めているけどね」

　ラッセが動こうとせず、ヘルマンと並んで立って話を始めたので、ヘルマンは怪訝《けげん》そうな視線を一度向けたが、何も言わずに立っている。

「セラフィ様も変わられたと思わないか？」

　ラッセが問いかけたが、ヘルマンは真っ直ぐ前を見つめたまま無言だったので、勝手に話を続けた。

「セラフィ様は感情のない動く人形のようだと思っていた。人間ではないし、神に作られて、姿は大人だが中身は生まれたばかりの赤子のようなものだ。何も知らない無垢《むく》な存在。まあそれが神子らしいといえばそうだったんだけど……ヴィルヘルム陛下と共に過ごされるようになって、ずいぶん感情が豊かになられたと思うんだ。二人で一緒にいる姿はまるで夫婦のように仲睦《むつ》まじく見える」

「妙な戯言《ざれごと》を言うな」

　ヘルマンがぼそりと答えたので、ラッセは嬉《うれ》しそうに微笑んだ。

「戯言ではないよ。それに別に妙な話でもないだろう？　英雄王とセラフィ様は、王と王妃のような立ち位置なのだから、夫婦のように見えてもおかしな話ではない。現にセラフィ様が英雄王となる者に、力を与える儀式は性交のように体を交わらせるものだ」

「おい、言い方に気をつけろ。確かにセラフィ様は力を与えるために、体を交わらせるが、人間や動物のように子供を作るための生殖器があるわけではない。性交とは違うものだ」

　ヘルマンが怒ったように、鋭い口調で言い返したので、ラッセは苦笑して肩を竦《すく》めた。

「分かっているよ。だけど王の方は……英雄王に選ばれた者は、ただの人間だ。若き成人男性だ。美しいセラフィ様と体を重ねて、勘違いしてしまうのも無理はないだろう。初代も二代目もヴィルヘルム陛下も、皆、セラフィ様に心を奪われていた。神子であるセラフィ様は、尊き相手だからその後に性的欲望を向けることは、決してどなたもなさらないが、愛情を向けられるのは仕方がない。特にヴィルヘル

ム陛下は情の深い方だ。百二十年も共にいて、セラフィ様も良い影響を受けている。大地の神もお喜びだと思うよ」

　ベラベラとしゃべるラッセに、ヘルマンは眉間のしわを深くした。

「いつまでここでしゃべる気だ。さっさと下がれ。邪魔だ」

　ヘルマンが低い声で唸《うな》るように言ったので、ラッセは「すまなかった」と言って立ち去った。

　ヘルマンは、チッと舌打ちをして、去っていくラッセを見送った。

『普段はあんなにしゃべる奴《やつ》ではないのに……』

　ふとそんな風に思った。ラッセは穏やかで物静かな男だ。人当たりはいいが、おしゃべりというわけではない。

　さっきは珍しくティモと口論のようになって、ヘルマンも多くを語ってしまった。なんだか今日は皆が少しおかしいと、妙な感覚を覚えた。

　百二十年間守られた平和に、神の忠告で危機を感じてしまった。そして王の言葉に、心を揺さぶられた。あの場にいた者達が、皆いつもと違う精神状態になっているのだろう。

「セラフィ様も……か」

　ヘルマンは、部屋の中を気にするように、ちらりと視線を扉の方に向けて呟いた。

　ソファには、ヴィルヘルムとセラフィが並んで座っていた。いや、正確に言うと、座っているヴィルヘルムの膝の上に、セラフィが顔を伏せている。その頭を、ヴィルヘルムが優しく何度も撫でていた。

「セラフィ……大丈夫だよ。心配しないで」

　時折ヴィルヘルムが、セラフィを宥めるように優しく囁《ささや》いている。

　こんな風にあからさまに甘えてくるセラフィというのは、初めてのことだ。ヨニは部屋の隅に控えながら、内心驚いていた。

「ヨニ、セラフィのお茶が冷めてしまったから、淹《い》

れなおしてくれないか？」

「はい、かしこまりました」

　ヨニはすぐに新しいお茶を淹れ、テーブルに置かれたカップを入れ替えた。

「セラフィ、ほら、お茶を飲んでごらん？　きっと気持ちが落ち着くよ。そしたら少し話をしよう」

　ヴィルヘルムは、セラフィの肩を摑んで優しく抱き起こした。セラフィはされるがままに、身を委ねている。

　ヴィルヘルムは左腕でセラフィの肩を抱きながら、右手でカップを持ってセラフィに渡した。セラフィは両手で受け取り、湯気の立つカップの中身をじっと見つめている。ヴィルヘルムが横からふうっと息を吹きかけた。セラフィも真似《まね》るように、ふうと息を吹きかけて、少しだけお茶を飲んだ。

　温かいお茶を飲んで、少しは気持ちが落ち着いたのか、不安そうに憂いでいた眼差しが柔らかくなった。ヴィルヘルムはそれを確認すると安堵《あんど》して、肩を抱く手に少しだけ力を込めた。

「セラフィ……どうしてずっと不安そうな顔をしていたんだい？　大地の神から他にも何か言われたのかい？　何か言えそうなことがあれば、私に話してくれないか？」

　ヴィルヘルムの問いかけに、セラフィは瞳を大きく見開いて、じっとヴィルヘルムを見つめた。翡翠色の瞳が揺れている。いく度か瞬《まばた》きをしてようやくセラフィが口を開いた。

「悲しくて」

「悲しい？　何がだい？」

　ヴィルヘルムはまるで子供に尋ねるように、小さな声で囁いた。

「あなたが……ヴィルが……死んでしまうかもと思ったら……悲しくて……それは嫌で……」

　セラフィがポツリぽつりと話し始めて、その大きな翡翠色の瞳が、潤み始めたのでヴィルヘルムは宥めるように、そっと額に口づけた。

「死なないよ。私は死なないよ。そうかそれで心配してくれたんだね。セラフィ……優しい君を悲しま

せたりして、私が悪かったよ。大丈夫だよ。私は死なないから大丈夫だよ」

　ヴィルヘルムは言い聞かせるが、セラフィは今にも泣いてしまいそうなほど、両目に涙を溜《た》めている。

「二人ともそう言ってた……でも死んでしまった……悲しい……ヴィル、あなたが死んだら……私は悲しい」

　声を震わせながらそう語ったセラフィに、ヴィルヘルムは驚くと共に、愛しさが込みげてその体を強く抱きしめた。

「セラフィ……」

　ヴィルヘルムに強く抱きしめられて、セラフィはその胸に顔を埋《うず》めた。

　部屋の隅にいたヨニは、とても驚いて思わず声を上げそうになったので、慌てて両手で口を塞いでいた。

　ずっと長くセラフィに仕えてきて、初めてセラフィが『あなたが死んだら悲しい』と言ったことに驚いたのだ。そもそもセラフィに『悲しい』という感情があるとは思わなかった。それは決して冷たいという意味ではなく、神子であるセラフィは、そういうものを持たず、超越した存在だと思っていたからだ。

　初代の王が死んだ時も、二代目の王が死んだ時も、少し残念そうに見えるくらいで、人間の死に対して特別な感情は持っていないように見えていた。だから転生したはずの次の王を探すことが出来たのだと思っていた。

　転生した王を見つけたところで、そこにも特に再会の喜びといった感情を見せたことはなかった。だから神の行う厳かな儀式のようなもので、そこに喜怒哀楽はないし、自分が見出した王だという、特別な思いもないのだと思っていた。

　だが今セラフィは、泣きながら『悲しい』と言ったのだ。そして初代と二代目の死も、実は悲しんでいたのだということも分かった。

　側仕えとしてずっと共に過ごしながら、初めて知った事実に大きな衝撃を受けていた。

「うっ……うううっ」

突然ヨニが嗚咽《おえつ》を上げて泣き始めたので、ヴィルヘルムはとても驚いて振り返った。

「ヨニ！　どうしたんだ！」

「申し訳ありません……申し訳ありません」

　ヨニは大きな声を上げて謝罪しながらも、涙が止まらなくて泣き続けた。これにはセラフィも驚いたようで、顔を上げてじっとヨニを見つめている。

「おい！　誰か！　ラッセ！　ヘルマン！　誰かいないか!?」

　ヴィルヘルムが扉に向かって大きな声を上げたので、間髪入れぬ勢いで扉が開き、ヘルマンが血相を変えて剣を抜きながら部屋の中に飛び込んできた。

「陛下！　いかがなさいましたか！」

　それにはヴィルヘルムもさらに驚いた。

「ヘルマン！　落ち着け！　大丈夫だ。別に何も危険なことはない。それよりもヨニがなんだかおかしいんだ。ティモを呼んできてくれないか」

　ヴィルヘルムにそう言われたヘルマンは、すぐに部屋の隅で大泣きしているヨニに気がついた。唖然とした顔でしばらく見つめた後、剣を鞘《さや》に収めると「失礼」と言って部屋の奥へと進み、ヨニの腕を乱暴に摑んで、引きずるように部屋の外へと連れ出した。

「ヨニ！」

　セラフィが心配そうに思わず声をかけた。それを聞いて、ヴィルヘルムも我に返る。

「ヘルマン！　乱暴にするな！　とにかくヨニを宥めて落ち着かせてやってくれ」

「はい……かしこまりました」

　ヘルマンは足を止めて、ヨニの腕を摑んでいた手を離した。憮然《ぶぜん》とした様子で、ヴィルヘルム達に一礼をすると、まだ泣き続けているヨニの背を押して、部屋の外へと出ていった。

　扉を閉めて、とても不愉快そうにヨニを睨みつけた。

「いつまで泣いている。いい加減泣き止《や》め」

「だって……だってヘルマン……私は……私は……」

ヨニは何かを言いかけたが、さらにわあっと泣き出して、その場にしゃがみこんでしまった。ヘルマンは、眉間にしわを寄せてチッと大きく舌打ちをした。

泣き止みそうにないヨニを、さっさとどこかに連れていきたいが、ヘルマンがここを離れるわけにはいかない。

「誰か！　誰かいないか！」

ヘルマンが大声で叫ぶと、近くにいたらしい侍女が走ってきたが、相手がヘルマンで尚且《なおか》つヨニが泣いているのを見て、思わず尻込みしてしまい近づこうとしなかった。

ヘルマンはさらに大きく舌打ちをする。ここでこんなに大声で泣かれたら、部屋の中のヴィルヘルム達にも聞こえてしまう。

「仕方ない……使役を使うか……」

ヘルマンはそう思って、使役を呼び出そうとしたが、はっと我に返って思いとどまった。

「いやいや、待て待て、戦いの場に呼び出すのとはわけが違う。ティモを呼んでくるお使いに熊を使ったら、神殿の中が大変なことになる」

ヘルマンはぶつぶつと呟いて、忌ま忌まし気に三回続けて舌打ちをした。

「おい、お前！　今すぐに泣き止むか、リスを呼び出してティモを連れてくるか、どっちかやれ！」

ヘルマンは床に泣き崩れているヨニに向かって怒鳴りつけた。それでも泣き止まないので、たまらずヨニの口を手で塞いだ。

「何の騒ぎですか!?」

そこへティモが走ってきた。先ほどの侍女が、事情が分からず怖くてティモを呼びにいったのだ。

「ヘルマン！　ちょっと！　あなたなんてことをしているんですか！　すぐにその手を放しなさい！　ヨニが死んでしまいます！」

駆け付けたティモが、ヨニの口を塞いでいるヘルマンの腕に飛びついた。無理矢理引きはがすと、解放されたヨニがぐったりとしている。

「ヨニ！　しっかりして！」

ティモが焦った様子で、ヨニの体を抱き起こして揺さぶった。

「一体どうしたんだい！　なにごとだい!?」

　そこにラッセも駆け付けた。

「どうしたもこうしたもあるか！　それはこっちが聞きたいよ！」

　ヘルマンが忌ま忌まし気に吐き捨てるように言った。そんなヘルマンをティモがキッと睨みつける。

「ヘルマン、正気ですか？　ヨニは死ぬところでしたよ！」

「だいたいこいつが……」

「まあ待て、皆落ち着け！　陛下の部屋の前で騒ぎを起こすな……とにかく……ここは私が見ているから、三人ともどこか別の場所に移動してくれ……ヨニも休ませる必要があるだろう」

　ラッセが宥めるように言ったが、ヘルマンは怒りが収まらないという顔で、ラッセに反論した。

「なんでオレまで！　オレは何もしていないぞ！　こいつが勝手に……」

「ヘルマン、いつもの冷静な君らしくないよ？　とにかく事の発端を明確にしないと、この場は収まらないだろう？　ヨニがこんな状態なんだから……とりあえず君も一緒に行って、ティモに状況の説明をして欲しい。後で私にも説明してくれ」

　ラッセは落ち着いた口調で、淡々とその場を片付けるように指示を出した。その眼差しはいつもよりも鋭くて、ヘルマンを黙らせるだけの迫力があった。

　ヘルマンは仕方ないという顔で、ヨニを抱き上げると、ティモに「行くぞ」と小さな声で言って歩き出した。ティモはラッセに一礼をして、ヘルマンと共にその場を後にした。

　三人が去ったのを見送って、ラッセは扉をノックした。

「失礼いたします。ラッセです」

　そう言って扉を開けて部屋の中へと入った。

　部屋の中には、ヴィルヘルムとセラフィの二人だけがいた。ソファに並んで座っている。セラフィが怯えたような顔をしてこちらを見ている。

『あれだけ騒げば聞こえるよね』

ラッセは内心そう思いながら、穏やかな笑みを浮かべて二人に一礼をした。

「大変お騒がせしてしまったようで申し訳ありませんでした。今、ティモがヘルマンとヨニを連れていきました。何があったのかは、後程解明して報告いたします」

落ち着いた様子でラッセはそう詫《わ》びと説明をして、深く頭を下げた。そのまま部屋を立ち去ろうとしたが、ヴィルヘルムに呼び止められた。

「ラッセ、違うんだ。たぶん……騒ぎの原因は私とセラフィなんだ。だからどうかヨニとヘルマンを責めないでやってくれ」

「それは……どういうことですか？」

ラッセは不思議そうに首を傾げた。


「だから……いきなりこいつが取り乱して泣き出したらしくて……陛下もひどく困っていらしたんだよ。セラフィ様なんか泣きそうな顔をしていらして驚かれていて……陛下から連れ出すように言われたものの……全然泣き止まないし、理由を聞いても言わないし……陛下の部屋の前で、あんな大声で泣き続けられたら、オレだってどうしていいか途方に暮れるだろう」

従者の控えの部屋まで戻ったティモ達は、とりあえずヨニをベッドに寝かせて、ティモが濡らした手拭いで、ヨニの顔を拭いたりして看病をした。その横でヘルマンが、不服そうに状況説明をしている。

「まあ……あなたの置かれた状況は分かったけど……だからってヨニに乱暴を働いていいって理由にはならないよ。鼻と口を塞いだら窒息してしまうじゃないか。殺すつもり？」

ティモはさらにきつい口調で責め立てた。

「悪かった。殺すつもりなんてあるわけないだろう。こいつの顔が小さいから……オレの手がでかいからか？　とにかく口を塞ぐつもりが鼻まで塞いでいたんだ。イライラしていたから乱暴にしていて気づか

なかった。すまない」

「謝るなら、ヨニに謝ってください」

ティモがそう言って、キッと睨みつけたので、ヘルマンは何も言わずに目を伏せた。

「ティモ……」

掠《かす》れた声でヨニが呟いた。ティモは慌ててヨニの顔を覗《のぞ》き込む。

「ヨニ！　大丈夫？　意識ははっきりしている？　私のことが分かる？」

ティモの呼びかけが大袈裟《おおげさ》に見えたのか、ヨニは微かに笑みを見せた。

「すみません……私、眠ってしまったのですね？」

ヨニがぼんやりとした顔でそう言って起き上がろうとしたので、ティモがそれを制して、再び横になるように額を押した。

「眠っていたんじゃなくて気絶していたんだよ……ヘルマンのせいでね」

ティモが嫌味を言ったが、ヘルマンは黙っていた。

「ヘルマン……ああ、ヘルマン、すみません。私……あなたに迷惑をかけてしまって」

「いや、オレも乱暴に扱ってすまなかった」

ヘルマンが素直に謝ったので、ティモは少しだけ驚いていたが、あえて何も言わなかった。

「職務中に……あんな失態をおかして……私は陛下とセラフィ様に何と言ってお詫びすればいいか……」

ヨニが苦悶《くもん》の表情で呟いた。

「ねえ、一体何があったんだい？　君、すごく泣いていたんだって？」

ティモが優しく尋ねた。

「実は……」

ヨニはポツリポツリとあの時部屋で起こったことを話した。時々声を上ずらせながらも、なんとか最後まで二人に話して聞かせることが出来た。

「私は知りませんでした……セラフィ様がずっと悲しみに耐えてこられていたことに……そういう感情がないと……勝手に思い込んで……でもセラフィ様は、初代が亡くなった時も、二代目が亡くなった時

も、とても悲しんでいらしたのです。そしてそんな悲しみの中、次の王を探さなければならないなんて……セラフィ様がどんなお気持ちで、一人で耐えていたのかと思うと……私は……泣けてきて……」

ヨニがその黒目がちの丸い目に涙をいっぱい溜めて、再び泣き始めたので、ティモは慌てて涙を拭ってやりながら宥めた。だがそんなティモも今にも泣きそうだった。

そしてヘルマンも無言のまま俯いている。

「ヨニ、自分を責めないで、分かっていなかったのは私たちも同じだよ。君が従者として失格だと思うならば、それは私たちも同じだ。あとでセラフィ様にお詫びしよう」

ティモはヨニを宥めながら、くしゃくしゃに乱れている栗《くり》色の髪を手櫛《てぐし》で整えてやった。

「オレはラッセと交代してくる。本当はオレが見張り番だったんだ」

ヘルマンは立ち上がり、ぽつりと呟いて部屋を出ていった。大きな背中が、なんとなく小さくなってしまったように見えて、ティモは眉根を寄せて彼を見送った。

「ヘルマン……ひどく落ち込んで見えたけど……私のせいかな？」

ヨニが心配そうに言った。

「いや、違うよ……ヘルマンは今日の陛下の言葉にショックを受けていて……たぶん自分の覚悟がまだ足りなかったとか、力のなさを思い知らされたとか……改めて思ったらしくて、その上今君からセラフィ様の話を聞いて、すごく落ち込んでしまったんじゃないかな？」

ティモがふうと溜息をついた。

「私も本当に従者として未熟だなって思ってる。百五十年以上もずっとお仕えしているのに……」

「私はなんとなく分かっていました」

ヨニが不意にそう言ったので、ティモは首を傾げた。

「何が？」

「なんで自分が未熟なのか」

自嘲《じちょう》気味に微笑んでヨニが言ったので、ティモは目を丸くした。

「それで？」

　先を言うように促した。

「私は……人間達の国を繁栄させるために、力を尽くす英雄王とセラフィ様の従者として仕えることを、いつの間にか望んでいないことに気づいたのです」

「従者を辞めたいってこと？」

　ティモが驚いて尋ねたので、ヨニは首を振った。

「私はただ……ヴィルヘルム様とセラフィ様のお二人が、静かに幸せに暮らせる場所を作りたい……そこでお二人の幸せを見守りながら従者として仕えたい……英雄王や神子ではない……誰かのために命を懸けるでもない。ただただ……二人に幸せになって欲しいって……そんな風に願うようになっていて……だから覚悟もないし、役にも立てず未熟なままなのだろうって……」

「ヨニ……」

　ティモは大きく目を見開いていた。だがすぐに穏やかな表情に変わる。

「そうだね、今なら私もその気持ちが分かるよ……人間らしく感情を持たれたセラフィ様には、神子としての辛《つら》い役目ではなく、ヴィルヘルム様との幸せな日々を過ごしていただきたいって思うよ」

　二人は頷いて微笑《ほほえ》み合った。


　ヘルマンが王の部屋に戻ってくると、扉の前にラッセが立っていた。ヘルマンは少しばかり気まずいという顔で、ラッセの側まで歩み寄った。

「さっきはすまなかった。迷惑をかけてしまったな」

　ヘルマンが深く頭を下げて謝罪した。

「いや、こっちは別に……それよりヨニは大丈夫かな？」

「ああ、もう大丈夫みたいだ。普通に話が出来たよ」

「そうか、良かった……ヘルマン、だいたいの事情は陛下から聞いたよ。たぶんヨニが取り乱した理由も……」

ラッセに言われて、ヘルマンは驚いたように顔を上げた。ラッセはいつもと変わらぬ様子で微笑んでいる。

「そうか……」

ヘルマンは頭を掻《か》きながら溜息をついた。

「なあ、ヘルマン……いい機会だから、四人で少しばかり話をしないか？　今後のことも踏まえて」

ラッセの提案にヘルマンは少しばかり考えた後頷いた。

「かまわないよ。じゃあ二人を呼んでくるか」

「いや、私達が行こう。ここで立ち話をするのもよくないと思うから」

「しかし見張りを離れるわけにはいかないだろう」

「そのことだけどいい案があるんだ」

ラッセが目配せをしてニッと笑った。

「本当に大丈夫か？」

ヘルマンが腕組みをして眉間にしわを寄せながら呟いた。

「そんなに長い時間離れるつもりはないし、これなら少なくとも人間は誰も近づかないはずだから、見張りにはいいと思うよ？　うちは大丈夫だけど、君の方は心配かな？」

「うちだって大丈夫だよ！　おい！　オレが戻るまで誰も近づけるなよ！」

ヘルマンがそう呼びかけた先には、大きな黒い毛並みの熊が座っていて、グォウッと返事して頷いた。その隣には立派な角を頭に掲げた大きな鹿が、ツンとした顔で立っている。

王の部屋の前で、しばらく見張りをさせるためにヘルマンとラッセが自分の仲間を使役したのだ。

「じゃあ、行こうか」

二人が従者の控えの部屋に行くと、すっかり落ち着いたヨニがベッドの上に座っていた。入ってきた二人を見て、ティモもヨニも目を丸くした。

「二人ともなんで……というか陛下達の護衛はどうしたんですか!?」

「代わりを立てているから大丈夫だよ」

　ラッセが微笑みながら答えて、ベッドの側まで歩み寄った。座っているヨニの頭を軽く撫でる。

「もう大丈夫そうだね」

「ご迷惑をおかけして申し訳ありませんでした」

　ヨニがペコリと頭を下げたので、ラッセが笑顔で首を振った。

「私は何も……それよりも用件が先だ。私達がここに来たのは他でもない。今日は色々なことがあったけど、これも我々が改めて話をするいい機会じゃないかと思ったんだ。こうして四人だけで話をするのは久しぶりだろう？」

　ラッセは唐突にそんな話を切り出して、椅子を出して腰を下ろした。ヘルマンもその隣に椅子を持ってきて座る。

「なに？　二人とも改まって……」

　戸惑うティモにも座るように、ヘルマンが手を振って指図した。ティモは仕方なく、ヨニのいるベッドに腰を下ろした。

「それで話って……なんですか？」

「皆の気持ちを再確認しておこうと思ったんだ」

「気持ち？」

　ティモは意味が分からないというように首を傾げて、ちらりとヨニに視線を送った。ヨニも同じようにしている。

「神の警告を聞いただろう？　これで三度目……危機が迫っているんだ。それぞれどうするつもりか、お互いに知っていたほうが良いと思う」

　ヘルマンが憮然とした顔で告げた。その言葉に、まだ意味が分からないというように、ティモとヨニが視線をうろうろとさせている。

「ヘルマンは相変わらず説明を色々と省きすぎるよね。それじゃあ二人に通じていないよ」

　ラッセがはははっと笑った。ヘルマンはむっとした顔で黙り込む。

「神から警告された危機が何なのかはまだ分からな

い。我々も二度の失敗で、嫌というほど思い知らされたから、この聖地の防御はかなり高い。外の人間は絶対に入ってくることが出来ないから、もしも危機の原因となる相手が、今までと同じ人間であるならば、必ず回避できると思う。神は『北西』と言った。つまりこの聖地の中ではない。外に危機の原因がある。だからこちらから誰かを呼びこまない限り絶対に安全だ。それでもまだ不安に思うならば、我ら以外の人間達を神殿から追い出せばいい……しかし問題は相手が人間ではない場合だ」

　ラッセは分かりやすいように丁寧に説明をしてくれた。ティモとヨニは何度も頷きながら聞いている。

「もしも人間ではない敵が……この聖地にやってきて、阻止することが出来なかった場合……また陛下やセラフィ様を危険な状態にさらしてしまった場合、我らがそれぞれどうするつもりでいるのか、一度互いに認識し合っておいた方が良いと思うんだ」

「これは話し合いでも、作戦会議でもない。我ら四人の行動を認識し合っておくためのものだ。誰かに合わせる必要はない」

　ヘルマンが付け加えるように言ったので、ティモとヨニは、途端に緊張した面持ちになった。

「オレから言う」

　続けてヘルマンが手を挙げながら言ったので、皆が注目した。

「オレは陛下の護衛騎士だ。今まで一度も陛下を守れなかった。それは自分が未熟だったり、甘かったり、色々と許されない理由はある。特に……二代目の時は、突然の襲撃に神殿内が混乱して、侍女達も次々と襲われて殺されるのを見た陛下が、オレに皆を助けろと命じたから、オレは前線に飛び出して戦った。その結果、陛下の側にいなかったために守れなかった。悔いても悔やみきれない結果ではあるが、オレは陛下の命令に従った。そう思っていた。でもやっぱりそれは違うと改めて思ったんだ」

　ヘルマンはそこまで話して、一度深呼吸をした。

「オレはもう有事の際には陛下の言うことは聞かない。ただひたすらに陛下だけを守る。侍女が殺され

ようが、神官が殺されようが、お前達が殺されようが助けない。オレは全力で命を懸けて陛下を守る。そして陛下はいつでもセラフィ様のために命を投げ出すつもりだと語られた。ならばオレは陛下を救うために命を投げ出す。そうすることが、結果的にセラフィ様をお守りすることになると思うからだ」

ヘルマンが「以上だ」と締めくくったので、部屋の中が緊迫した空気に包まれたまま静かになっていた。

「じゃあ……次は私かな？」

ラッセがそう言って話そうとしたが、ティモが大きく手を挙げた。

「私に言わせてください」

ラッセは驚いたが、すぐに微笑んで「どうぞ」と順番を譲った。

「私はそういう最後の最後の危機って時に、陛下の盾になります。敵が私を殺すのにわずかな時間もかからないかもしれない。でもそのわずかな時間でも隙を作ることが出来る。その隙にヘルマンに敵を倒してもらいたいです」

「なるほど」

ラッセは、ティモの発言が意外だったのか、一瞬絶句していたが同意するように頷いた。

「では私だけど……私はセラフィ様を連れて全力で逃げる。それが鹿である私の役目だと思うから……私はセラフィ様の護衛騎士だ。申し訳ないが、陛下をお守りすることは出来ない。いや、そんな余裕はないだろう」

ヘルマンとティモは、それに対して特に責めるわけでもなくただ頷いた。

「私は……」

最後に残ったヨニが口を開いた。

「私は……陛下の盾になります」

「え⁉」

ヨニの言葉に驚いたのは誰でもないラッセだった。同じセラフィに仕える従者だ。そのヨニがまさか英雄王を選ぶとは思わなかったからだ。

驚愕《きょうがく》の顔のラッセと視線を交わしながら、ヨニは

とても落ち着いた口調で話を続けた。

「私は、セラフィ様の幸せを一番に願っています。だからもうこれ以上セラフィ様を悲しませたくない。英雄王は死んでも転生するから大丈夫なんて……そんなことはない。セラフィ様はヴィルヘルム様には死んで欲しくないと泣いていました。だから私はセラフィ様のために陛下を守ります」

「しかしセラフィ様が死んでしまったら元も子もないだろう」

　ラッセがヨニを窘めるように言ったが、ヨニはニッコリと微笑み返した。

「でもセラフィ様は、貴方が無事に助けてくださるでしょう？　あなたがセラフィ様を連れて逃げると言ってくださったから、余計に決心がつきました。私が一緒に逃げても足手まといになるだけです。それにセラフィ様を逃がすことが出来たら、きっと陛下もセラフィ様を守るために後を追うかもしれません。それならば逃げるお二人を敵が追わないように、やはり盾になります。少しでも時間稼ぎが出来るように」

　ヨニの話を聞き終わっても、まだラッセが納得できないという表情をしていた。ヘルマンはそれをちらりと見たが、ガタンとわざと大きな音を立てて立ち上がった。

「よし、お互いの決意が分かって良かったよ……後はその最悪の事態を回避するために、北西の調査を続けよう」

　ヘルマンがさっさと締めの言葉を述べて、部屋を出ていった。

「私も側仕えとして陛下達のお側に参りますね。ヨニ、今日はこのまま休むといいよ。その代わり明日は長めに頼むね」

「ティモ、ありがとう」

　ティモもさっさと部屋を出ていった。

部屋にはラッセとヨニの二人が残った。

「ヨニ……無理だよ」

　ラッセが立ち上がってぽつりと呟いた。

「無理って……何が？」

　意味が分からないという顔でヨニが問いかけたが、ラッセは厳しい表情のままでヨニの側に歩み寄る。

「君に陛下の盾なんて無理だよ。一緒に逃げよう。セラフィ様には君が必要だよ」

　ラッセはベッドに腰を下ろして、切実な表情で訴えかけた。だがヨニは困ったように首を竦める。

「ラッセ、酷《ひど》いですね……私だって神に選ばれた従者ですよ？　主を守るための盾くらいなれます……戦うことは出来ないけど」

「君の主はセラフィ様だ」

「だけど陛下も主です。セラフィ様が大切に思う方です。さっき理由は言ったでしょ？　ラッセ、分かってください」

「君が盾になったところで、陛下を救うことは出来ない。斬られるのは一瞬だ。君は無駄死にするつもりかい？」

　なおもラッセは、必死に止めようとした。ヨニは頑《かたく》なに首を振る。

「無駄死にではありません。ティモも言っていたでしょう？　私が斬られるその一瞬の時間でも相手の隙を作れれば、きっとヘルマンが戦ってくれる。ヘルマンが陛下を守ってくれる。だから私は盾になっていいんです」

「私よりもヘルマンを信じるのかい？」

　思いがけない言葉に、ヨニはその丸い目をさらに丸くした。

「ラッセ……どうしたのですか？　なんでそんなことを言うのですか？　私はあなたを信じているからセラフィ様をお任せするというのに……」

　ヨニの言葉で、ラッセは我に返った。自分の愚かな失言に真っ赤になって狼狽えたように立ち上がった。

「す、すまない……私はどうかしていたようだ……ヨニ、ゆっくり休んでいなさい」

　逃げるように部屋を出ていったラッセを、ヨニは心配そうに見送った。

ティモが王の部屋へ戻ると、セラフィが不安そうな顔で何か言いたげに見つめられた。

「ヨニはどうだい？」

　セラフィの代わりに、王が尋ねた。

「はい、意識も戻り今は落ち着いています。どこにも異常はありませんでしたが、今日のところはこのまま休むように伝えました。ラッセが側についていますので心配ありません」

　ティモは一礼をして、落ち着いた口調で説明をする。セラフィを気遣って、出来る限り明るい表情を心掛けた。

「そうか、良かった。セラフィ、ほら、私が言った通りだろう？　心配ないよ」

　ヴィルヘルムが優しく宥めるように言うので、セラフィはじっとヴィルヘルムを見つめて頷いた。

「本当に大丈夫なのですか？」

　セラフィが改めてティモに尋ねた。

「はい、大丈夫です。本人はすっかり元気で、お二人に謝罪したいから、仕事に戻ると言ったのですが、みんなでそれを引き留めて宥めるのに苦労したほどです。心配はありません」

　ティモは明るい口調で答えた。

　そこでようやくセラフィは、ほうっと安堵の息を吐いた。表情が和らぐ。それを見たヴィルヘルムは、同じく安堵したのかわずかに頷く仕草をした。

「セラフィ、私はまだ仕事があるから、部屋に戻っていてくれるかな？」

　ヴィルヘルムの言葉に、セラフィはすぐには返事をしなかった。しばらくヴィルヘルムを見つめて、何か言いたげに瞳が揺れたが、すぐに諦めたように目を閉じて頷く。

「分かりました」

「ティモ、ここはいいからセラフィについていておくれ」

「はい、かしこまりました」

　セラフィはゆっくり立ち上がり、そろそろと歩いて扉へ向かう。ティモはヴィルヘルムに一礼をして、セラフィの後に続いた。

「ヨニにも……貴方にも……ラッセとヘルマンにも、悪いことをしたと思っています」

　自分の部屋に戻ったセラフィが、窓辺に置かれた長椅子に腰掛けて、ぽつりとそう呟いた。お茶の用意を始めていたティモは、驚いたように手を止めてセラフィを見つめる。

「え？　セラフィ様……？」

「ヨニがあのように取り乱したのは私のせいですよね。あの子は誰よりも優しく、感受性も豊かな子……私の代わりにあの子が取り乱したようなものです」

　セラフィはそう言って、愁いを帯びた表情で溜息をついた。

「私が……悲しいと言ってしまったからなのです。ヴィルが死ぬのは悲しいと……そんなこと言ってはいけないのに……思ってはいけないのに……なぜ私はそんなことを……」

「いけないことなどありませんよ」

　ティモがそう言いながら、テーブルの上にティーカップを置いた。セラフィの前にそっと差し出す。

「セラフィ様、愛する人が死ぬのは、誰だって悲しいのです。人間も動物も神だって……だからいけないことではないのですよ」

「神も？」

「はい」

　セラフィが驚いたように、その翡翠の双眸に光をたたえながらティモに向けた。

「セラフィ様に万が一のことがあれば、大地の神は悲しまれることでしょう。ですからセラフィ様を守るために英雄王を擁立させて、私達をお側に仕えさせているのです」

　ティモはセラフィを見つめ返して、そう答えた。セラフィは何か考えているのか、ティモを見つめたまま黙り込んでいる。

「セラフィ様は……英雄王は何度でも転生するから、死んだとしても悲しむ必要はないと思っていらっし

ゃるのでしょう？　だから悲しいと思ってはいけないなんて……だけどたとえ転生したとしても、ヴィルヘルム様が死んでしまったら悲しいのは当たり前です。次の英雄王は、同じ魂であったとしても、ヴィルヘルム様ではないのですから」

　ティモがセラフィの気持ちを代弁するように語った。するとセラフィは、激しく何度か瞬きをして、ティモの方へ身を乗り出した。

「今……何と言いました？」

「え？　今……ですか？」

　ティモは、セラフィがどの部分について、問うているのか分からずに、一瞬返事に戸惑った。

「今……ティモが最後に言った言葉です」

「ああ……次の英雄王は、同じ魂であったとしても、ヴィルヘルム様ではない。と言ったことでしょうか？」

　ティモがわずかに首を傾げて、確かめるように言うと、セラフィはその大きな目をさらに大きくして、ゆっくり頷いた。

「同じ魂でも……ヴィルではない……同じ魂でも……」

　セラフィは独り言のように、その言葉を何度か口の中で反芻している。

「セラフィ様？」

　ティモは何か余計なことを言ってしまったのかと、少しばかり焦りを覚える。またセラフィが動揺してしまうのではないかと案じたのだ。

「マティウスもエラントもヴィルヘルムではない……？」

　セラフィはそう言って、確かめるようにティモを見つめる。ティモは目を丸くして、しばらく考え込んだ。

　マティウスは最初の英雄王、エラントは二番目の英雄王だ。皆、違う人種で、顔立ちも体格も違っていた。だがセラフィは、同じ魂だと言っていた。生まれ変わりだと……性格も違っているように思えたが、改めて思い返せば、芯となる部分は同じだったと思う。皆、セラフィを心から信じて、愛していた。

少しも疑うことなく、セラフィの言う神の言葉を信じ、人間達のために心血を注いだ。そして命も懸けた。

英雄王のおかげで、ティモ達は人間を信じることが出来たのかもしれない。あれほど正しく純粋な精神を持つ人間を他には知らない。いや、もしかしたら妖精より純粋かもしれないとさえ思う。

だからヘルマンもティモも、英雄王の従者として忠誠を尽くすことが出来た。あれほど嫌っていた人間なのに……。

「ティモ？」

名前を呼ばれて我に返った。

「あ、し、失礼しました。そうです。セラフィ様の言うように、マティウス様もエラント様もヴィルヘルム様も同じ魂を持っていました。私でもそれはなんとなく分かります。確かに生まれ変わりなのだと思うことが、何度かありました。顔も声も違うのに、ちょっとした仕草や癖に、共通点を見つけて、はっとすることもありました。でも……それでも別々の人間なのです。生きてきた時間も環境も経験も違います。セラフィ様と共に過ごした日々も違うでしょう？　セラフィ様がマティウス様と、話をしたり、出歩いたり、そうして一緒に過ごした思い出は、マティウス様とだけのもの。それはエラント様も、ヴィルヘルム様もそうです。それぞれとの別れは悲しいはずです」

ティモの言葉に、セラフィは言葉もなく身じろぎもせず、ただじっと見つめ続けている。だがその白磁のような頬がほんのりと色づき、大きな翡翠の瞳が揺れてわずかに涙を浮かべているのが分かった。それを見てティモは、くっと眉根を寄せて、拳を握り締めた。

「申し訳ありません」

大きな声で謝罪の言葉を述べて、深々と頭を下げた。その突然のティモの行動に、セラフィは驚いて目を瞬かせた。

「ティモ？」

「すべては私達が悪いのです」

「え？」

「私もヨニも……思い違いをしていました。セラフィ様は大地の神の依り代……人間ではありません。だからそういう感情をお持ちではないのだと……勝手にそう思っていたのです。セラフィ様が悲しい気持ちを押し殺していたなんて……そんなことも知らずにいたから……王が死んでも慰めることをしませんでした。すぐに聖地の安全を確保し、乱れた世を鎮めて、新しい王を探す準備を整えなければと……それればかりに奔走し、セラフィ様のお心を考えることなく……私たちは従者失格です」

　ティモは片膝をついて、深く項垂れている。セラフィは立ち上がり、ティモの下へ歩み寄った。

「ティモ……どうか顔を上げて……私に人間のような感情がないのは当たっているのですから……そんなに自分を責めないでください」

　優しくセラフィに宥められたが、ティモは激しく首を振った。

「セラフィ様はもう豊かな感情をお持ちです。喜びも悲しみも、十分にお分かりになっている。ただどう表現すればいいのか、お分かりにならないだけなのです」

「ティモ……ありがとう」

　セラフィはティモの手を強く握り締めた。


　セラフィ達が、王の部屋を出るのと入れ違いに、ヘルマンが入ってきた。

「ヘルマン、ラッセを呼んでくれ。二人に話があるんだ」

　ヴィルヘルムが真剣な顔でそう命じたので、ヘルマンは表情を硬くして「はい」と返事をした。

　ヘルマンがラッセを呼んでくるのに、それほどの時間はかからなかった。命じられてすぐに、再び部屋の外へ出たのだが、その視線の先には、こちらに向かって歩いてくるラッセの姿があったからだ。

「ラッセ、陛下がお呼びだ」

　ヘルマンが廊下の向こうにいるラッセに向かって、

低いがよく通る声でそう告げた。ラッセは何か考え事をして歩いていたらしく、一瞬驚いた顔でヘルマンを見つめて、少しの間の後足早にやってきた。

「セラフィ様はまだ中に？」

「いや、先ほどティモと一緒にご自分の部屋へ戻られた」

「そうか」

ラッセは一瞬、セラフィのことが気になるのか視線を泳がせたが、すぐに思い直して「参ろう」と小さく答えた。

ヘルマンはラッセと共に、王の部屋へ入った。


「三日後ですか？」

ヘルマンが王の言葉を反芻した。

「そうだ。三日後に予定している領主会議。もしも何かがあるとするならば、領主会議の時だと私は考えている」

「それは何か根拠があるのですか？」

自信を持っているように見える王の言葉に、ラッセが疑問を投げかけた。すると王は頷いた。

「大地の神は未来を予言するわけではない。その時に起こりうることを助言する。嵐や干ばつなど自然の摂理に伴うことならば、大地の神も予言できるのだろうが、人や獣など意志を持って生きる者達の未来は分からない。予言できないのだ。だから初代王の悲劇は、神の言葉はなかった。王を暗殺した者は、前々から計画していたわけではなく、突発的な感情から引き起こしたものだからだ」

王の言葉に、ラッセとヘルマンは驚いたように顔を見合わせた。

「二代目王の悲劇は、神の言葉にて最初に『人間を侮るな』二回目に『警備を厳重にしろ』というようなことを告げられた。それは人間達が謀反の計画を二月《ふたつき》以上も前から企てていたからだ。謀反を企てる者達の悪しき気配を神が察して、忠告をしてくれたが我々がそれをきちんと把握できていなかったのだろう。まさか集団で謀反を起こすとは思わなかった

と、君たちは言っていたね？」

　王の問いかけに、ヘルマンとラッセは苦い顔をした。

「はい、神の言う通り人間を侮っていました」

　ヘルマンが悔し気に答えた。

「そして今回の言葉『北西に気をつけろ』だ。二代目の時の忠告から鑑みて、謀反などの類《たぐい》のものではないように思うのだ。神は『人間』とは言わなかった。そして三日後に領主会議を控えたこのタイミングだ。『気をつけろ』という言葉が、ひどく具体的に感じてしまったんだ。そう……例えて言うなら、二代目の時の二回目の言葉『警備を厳重にしろ』に近い感覚だと言えばよいだろうか？　一回目の『人間を侮るな』という抽象的な言葉に比べれば、より具体的な忠告だったと感じる。謀反はその数日後だったのだろう？」

「確かに……」

　ラッセもヘルマンも、腕組みをして唸るように同意した。

「ではやはり……北西の脅威とは魔の物？」

「可能性はある」

　王がそう言った途端に、部屋の中に緊張が走った。

「すぐに密偵を送りましょう」

　焦った様子でラッセが進言した。

「もちろん調査は急務だが……領主会議で進展があるだろう」

「最初に陛下がおっしゃった話ですね？」

「ああ、私は領主会議で、この話をするつもりだ。その時の領主達の反応で、ある程度ははっきりするだろう。人間達に謀反の疑いがなければ、魔の物の可能性が高まる。魔の物が相手であれば、人間達に軍備を整えさせて、戦う準備をしなければならない。だから何かが起こるとすれば、最速で領主会議の時、そうでなければそれ以降の割と早い時期ではないかと考える」

　王の力強い言葉に、ヘルマンとラッセはその場に片膝をついた。

「セク領とシーヴ領の調査をしていましたが、北西

方面全域に調査の範囲を広げます」

　ラッセが少し早口でそう告げると、一礼をして部屋を後にした。

「領主会議に備え、軍備を強化します」

　ヘルマンもそう告げて、一礼をしてラッセに続いた。

　窓の外がうっすらと明るくなってきた。夜明けだ。ベッドの中で、隣で眠るセラフィの美しい寝顔を見つめていたヴィルヘルムが、ちらりと視線を窓の方へ向けてそう思った。

　その夜は一睡も眠れなかった。今日は領主会議が行われるのだ。最悪の事態まで、色々と覚悟を持って考えた。そしてどんな結末に辿り着いたとしても、セラフィを守ることが最優先事項だ。

『この命に代えても』

　その決意は嘘ではない。きっと今までの英雄王も皆同じ気持ちだったのだろう。セラフィを守り抜いて死んだのだから、誰も悔いはないはずだ。

『でも……』とヴィルヘルムは眉根を寄せる。死ぬのは怖くない。セラフィのためならいくらでも命を捧げる。そう思う一方で、セラフィと別れたくないという強い思いもある。

　セラフィを残して死なねばならないのは辛い。セラフィはまた別の英雄王を迎えるのだ。その英雄王は自分の生まれ変わりのはずだが、自分ではない。記憶が残っているわけではない。次代の英雄王に嫉《しっ》妬《と》さえしてしまう。

　自分の前の英雄王も、同じ気持ちだったのだろうか?

　ヴィルヘルムはそんなことを思いながら、セラフィの寝顔を見つめて夜を過ごしたのだ。

『愛している』

　心の中で呟いた。今まで言葉にしたことはない。ヴィルヘルムとセラフィの関係は、そういうものではない。

　セラフィは神の子で、英雄王を選ぶのも神の意志

だ。

　ヴィルヘルムは孤児だった。猟師だった父は、ヴィルヘルムが物心つく前に、狩りの最中に事故死した。母もヴィルヘルムが六歳の時に病死した。他に身寄りはなかったが、ヴィルヘルムの生まれた村では、親のない子は村で養われた。小さな農村だったから、将来の働き手にするためだ。

　小さな頃から仕事をさせられたが、それほど辛い仕事ではないし、食事も寝床も人並みにもらえたので、不幸ではなかった。

　二十歳の時に、村長から小さな家と畑をもらった。村の一人前の男だと認めてもらったのだ。それからはより一層真面目に働いた。畑で作物を育てて、コツコツと貯《た》めた金で牛や馬を買った。荒れ地を開墾し、畑を増やした。別に裕福になりたかったわけではない。身寄りがないから、自分の居場所を確実なものにしたかった。村の中で一目置かれる存在になりたかったのだ。

　やがて働きが認められて、村長から娘をもらってくれと言われた。だがそれは断った。他からも縁談はたくさん来ていたが、すべて断っていた。

　自分には他に大切な人がいるような気がしていたからだ。それは不確かな、ぼんやりとした思いだったが、ずっと……子供の頃から感じていたことだった。

　こんな辺境の小さな村で、運命を語るような相手など、巡り会えるはずもないというのに……。

　だが運命はある日突然訪れた。ヴィルヘルムの前にセラフィが現れたのだ。

「英雄王だ」と言われた。神の啓示だと……。もちろんヴィルヘルムに、それを断ることはできない。村の者達も、自分たちの村から英雄王が出たと、大変な騒ぎになった。

　その後のことはあまりよく覚えていない。気がついたら、この神殿に来ていた。

　ヴィルヘルムは、自分が英雄王になったことよりも、セラフィに会えたことの方が、衝撃が大きかった。この世の中に、こんなにも美しい人がいるのか

と思った。目を奪われて、思考も奪われて、息をするのも忘れた。だからあまり覚えていないのだ。

　正気を取り戻したのは、神殿で英雄王を継承する儀式が行われた時だ。気がついたら全裸にされていて、目の前にはセラフィも一糸纏わぬ姿で立っていた。その姿を見て『男だったのか』と思ったが、特に驚きも失望感もなかった。セラフィを美しいと思う気持ちは、少しも揺るがなかったし、目も思考も、心までも奪われていたから……。

　そしてセラフィに導かれるように、ベッドで体を重ねた。最初は驚いて、興奮して、舞い上がった。こんなに美しい人を抱けるなんて！　と思ったからだ。だがそれは、その行為は、決していかがわしい……性欲旺盛な年頃の男が、喜んでやるようなそんなものではなかった。

　とても神聖な行為だった。

　ヴィルヘルムは次第に頭が冷えて、興奮も冷めて、セラフィの導くままに体を交わらせた。射精したのは一度だけ。それもひどく儀式めいていて、興奮は感じられなかった。

　でもその性交に似た儀式は、決してつまらないと感じるわけではなかった。終わった後は、崇高なる義務を果たしたという満足感で、心も体も満たされていた。

　そして自分が『英雄王』に生まれ変わったのだと実感した。

　セラフィと、交わったのはその一度だけだ。あれから百二十年の長い時を、ずっと共に寄り添ってきた。眠る時もこうして一緒に眠る。

　ヴィルヘルムが、セラフィに対して邪《よこしま》な感情を、まったく持っていないというわけではない。愛している。愛してしまった。そういう対象ではないと分かっていても、気持ちに嘘はつけない。

　だがセラフィは神の子で、無垢な存在だ。そしてセラフィ自身、誰かを特別に愛するという感情は、持ち合わせていないだろう。

　だからこの想《おも》いを伝えるつもりはない。結ばれたいという気持ちはあるが、告白したところでセラフ

ィを困らせるだけだと分かっているから、伝えないのだ。

　恋人になれなくても、自分が英雄王である以上、セラフィにとって唯一無二の存在でいられるのだ。それだけで十分だ。

　ヴィルヘルムは、そっとセラフィの頬に触れた。優しく撫でて、白緑の美しい髪をひと房手に取り、そっと口づける。

『この場所を誰にも譲る気はない』

　だから死にたくない。どんなことをしても生き延びたい。そう強く思う。

　月に一度行われる領主会議は、聖地ヴィフレアから離れた森の端に建てられた館で行われる。

　ヴィルヘルムはヘルマンとティモを従えて、館に向かった。

　聖地ヴィフレアを出る時、セラフィがとても不安そうな顔で見送りに来ていた。ヴィルヘルムは笑顔で「行ってくる」と告げて、ラッセ達に後を頼んできた。

　ヘルマンが、英雄王直下の近衛《このえ》騎士達を、聖地ヴィフレアの周辺と、館の近くに配置している。すべての騎士を配置したため、いつもよりもかなり堅固な警備だと、館に来た誰もが驚くほどだった。

　各地の領主が従者や護衛を連れて、ぞろぞろと集まってくる。

　館の中の広間に備え付けられた大きな円卓に、領主達が次々と着席するが、いつもと違う物々しい様子に、皆表情を強張《こわば》らせていた。互いに探るように、視線を交わすが誰も口を開かない。

　張り詰めた空気の中、英雄王ヴィルヘルムが現れると、さらに緊張が走った。

　ヴィルヘルムは着席すると、ゆっくりと皆の顔を見回した。そして少しばかり表情を曇らせる。領主達は、その表情の変化に、皆が一斉に同じ場所へ視線を向けた。

　空席がひとつある。そこは北西にあるセク領の領

主ダリオの席だった。

ヴィルヘルムは無言で、ティモを見つめると、ティモは頷いてそっと外へ出ていった。

領主達は只ならぬ様子に、ざわめいた。

「今日は、いつもの報告会の前に、皆に尋ねたいことがある」

ヴィルヘルムは、とても穏やかな表情で静かに語り出した。だがその銀色の瞳は、鋭い光を放っている。領主達は、体を強張らせてごくりと唾を飲み込んだ。

一方、広間を出たティモは足早に、館の屋上へ向かっていた。走りながら念を飛ばして、眷属である鳥をセク領に向かわせていた。

屋上に辿り着くと、北西の方角へ視線を向けた。

『遠見』

ティモが加護の力を発動させた。すると視界は望遠鏡でも観るかのように、遥か遠くのものまで見渡せる。ティモの指示で飛んでいた鳥は、しばらくしてセク領に辿り着くのが見えた。行き先は領主の館だ。館の裏手に、ラッセが三日前に配した密偵が待っていた。鳥は密偵の姿を見つけると、その肩にふわりと止まった。それが合図だ。密偵は辺りを確認して、領主の館の中に忍び込んだ。

ティモにはそれらすべてが手に取るように見えている。息を殺して、報告を待った。

事前に、北西にあるセク領とシーヴ領には、密偵を潜伏させていた。領主会議にそれぞれの領主が来なかった場合、もしくはなんらかの反抗的行動が見受けられた場合、ティモが鳥を飛ばして、密偵に合図を送り、密偵は領主の館に忍び込んで、状況を確認する手はずになっていた。

ティモの『遠見』を使えば、すぐに密偵からの報告を知ることが出来る。

万が一、密偵が失敗して捕らわれた場合は、すぐに煙弾が空に放たれるはずだ。密偵には、英雄王の親書を持たせてある。相手に見つかったとしても、

何も不都合がなければ親書を見せれば誤解も解けて捕らわれることはない。密偵が捕らわれるということは、領主側に反抗の意志があると判断する材料にもなるのだ。

『まだ何も動きはない……あっ……あれはっ……』

　ティモが焦ったように、何度も目を瞬かせた。

　館の二階の窓が割れて、煙弾が放たれたのだ。だが煙の色が赤い。密偵が捕らわれた場合の煙の色は白だ。赤は……。

「緊急事態!?」

　ティモは思わず呟いた。何が起きているのか、手掛かりはないかと視線をあちこちへさ迷わせた。すると先ほど煙弾が上がった窓が開き、密偵が身を乗り出した。こちらに向かって何かを叫んでいる。振り上げている右手には剣が握られているが、その剣は血のりで真っ赤だった。

「何が……」

　ティモが言いかけて息を呑《の》んだ。密偵の体に部屋の中から何かが飛び掛かった。それもひとつではない。次々と何かが襲い掛かるように飛びつき、そのまま密偵と共に下へ落ちていった。

　ティモには見えていた。その襲い掛かったものの姿が……。

「ゴブリン！」

　ティモが悲鳴に近い声を上げた。それと同時に、セク領に飛ばせた鳥から、危険を察知する念が返ってきた。慌てて辺りを見回して、絶句する。

　セク領の町中に、たくさんのゴブリンが攻め込んできていた。逃げ惑う人間達の姿も見える。領主の館の中からも次々とあふれ出すように、ゴブリンが出てきていた。

「陛下！」

　ティモは思わず叫びながら、館の中へ駆け戻っていた。


「今回の神のお告げにより、北西の方で、何かよからぬことが起こりつつあると言われた。そして今日、

セク領のダリオ殿が来ていない。欠席との連絡も受けていないが、誰か何か知る者はいないか？」

　ヴィルヘルムは、皆の顔を見回して尋ねた。領主達はざわざわと隣同士で囁き合う。

「恐れながら陛下」

　壮年の男が手を挙げた。ネル領の領主ロレンソだ。豊かな顎髭《ひげ》をたたえている。赤茶色の髪と髭には少し白いものが混じっていた。

「私はダリオとは親しい間柄です。実直な男で、決してよからぬことを企むような者ではありません」

「ではロレンソ、そなたは直近でいつダリオと話をしたか？」

　ヴィルヘルムは、穏やかな口調で尋ねた。

「最近会ったのは先月の領主会議の時です。ご存じの通り、我がネル領は南西の領地。セクとは聖地ヴィフレアを挟んだ反対側にあります。若い頃は時折互いの領地を訪ねることもありましたが、二人とも領主になってからは、月に一度領主会議で会うからと、ここでの再会を楽しみにしておりました。会議の後はいつもこちらの館で一室お借りして、二刻ほど話をしておりました」

「先月、何か変わった様子はなかったか？」

「何も」

　ヴィルヘルムの問いに、ロレンソは即答した。その眼差しは『陛下もご存じのはず』と言いたげに見えた。

「ロレンソ、誤解して欲しくないのだが……ああ、これはロレンソだけではなく、他の者達もそうだ。私は別にダリオが何かを企んでいると怪しんでいるわけではない。神のお告げでは、北西に何かよからぬことが起こりつつあると言われたのだ。北西の領地であるセク領とシーヴ領で、何か異変がないかと案じていた矢先に、ダリオが連絡もなく欠席したのだ。それこそ、ダリオらしくないと思うのは、私だけではないはずだ。ロレンソ、どんなことでもいい、いつもと違う何かに心当たりはないか？」

　ヴィルヘルムの言葉に、ロレンソは警戒を解いたのか、少しばかり表情が和らいだ。そして目を閉じ

て、思い出すようにしばらく考える。

「先月会った時の話では……セク領を訪れた旅の商人が、バルテク山の洞窟付近で、ミスリルの混じった鉱石を見つけたと言って持ってきたと話していました。だから近々冒険者を集めて探索に出ると……あの山の辺りは魔獣が出るから用心しろと忠告したのですが、自分が行くわけではないから大丈夫だと笑っていました。そしてもしもミスリル鉱脈を見つけたら教えるから、一緒に掘削所を作ろうなどと言って……それっきり何も便りはないので、失敗したのだろうなと思っていました。だから今日会ったら笑い話のひとつとして聞いてやろうと……そう思っていたところでした」

　話を聞いたヴィルヘルムは怪訝そうな顔で首を傾げた。

「なぜ、その旅の商人はバルテク山に？　人の行くような場所ではないだろう」

　バルテク山は、セク領からさらに北へ向かったところにある山だ。その山の周囲は魔の物が住む地域で、危険なので人はほとんど行かないような場所だった。

「陛下、確かにあの辺りは危険ですが、あえて魔の物を採りに行く者もいるのです。植物系の魔物は、薬や武器などの原料になるものもあります。冒険者を雇った商人が、そういうものを採りに行くことがあるのです」

「なるほど」

「陛下!!」

　その時、扉が勢いよく開いて、ティモが転がり込んできた。真っ青な顔で、ヴィルヘルムの下に駆け寄る。

「陛下！　た……大変です！　セク領が……セク領がゴブリンの大群に襲われています」

「なに!?」

　ヴィルヘルムは、思わず立ち上がった。領主達も皆騒然としている。

「大群というのは、どれくらいの数だ」

　ヘルマンが冷静に尋ねた。

「わ、分かりません……町が……ゴブリンの波に飲まれるように見えました。あれは……千や二千という規模だと思います」

「千や二千だと？」

　さすがのヘルマンも、驚愕の色を浮かべた。

「陛下！　恐れ入りますが、領地へ今すぐ帰ることをお許しください！」

　シーヴ領の領主が真っ青な顔色で立ち上がりながら、そう叫んだ。セク領の隣の領地だ。他人事ではない。

「陛下！　私も帰路へつきたく思います！」

　続けてヴィ領の領主も叫んだ。ヴィ領も反対側の隣接領地だ。

「会議は中止だ。全員自分の領地へ至急戻るよう命じる」

　ヴィルヘルムが大きな声でそう命じた。すると全員が慌てて帰り支度を始めた。皆、自分の従者に命じて、馬車の用意をさせている。広間は大混乱となった。

「ヘルマン、ティモ、屋上へ行こう。ティモは今の状況を報告してくれ」

「はい」

　ヴィルヘルムは二人と共に館の屋上へ向かった。

「北西はあちらの方角です」

　屋上に出ると、ティモが北西を指さす。ヴィルヘルム達はその方角を眺めたが、もちろん何も見えない。

「遠見！」

　ティモがそう呟いて、じっと一点を見つめた。ヴィルヘルムとヘルマンが「どうだ？」と尋ねるまでもなかった。ティモの顔色が白く血色を失っていく。肩が小刻みに震えていた。

「もう……ダメです……セク領は……もうダメです」

「ダメとは？」

　ヴィルヘルムはあえて尋ねた。状況をもっと詳しく知りたかったからだ。

「町は完全に破壊されて……たくさんの……人々の亡骸《なきがら》が……ゴブリンは町の外へ移動を続けています。

ゴブリンだけじゃない！　ワーウルフやリザードマン、トロルも……ああ……畑が……毒に犯されていく……」

ティモは両手で口を押さえた。

「陛下！　すぐに討たねば被害が拡大します」

ヘルマンの言葉に、ヴィルヘルムが頷く。

「ヴィフレアに戻り出立の準備を整えよう」


神殿に戻ったヴィルヘルムは、セラフィやラッセ達にすべてを話した。

「すぐに討伐へ向かう。ラッセ、君も来てくれ。ヨニはここでセラフィを守っていて欲しい。敵が魔の物であれば、ここはむしろ安全だ。聖なる結界のあるこの森へは、魔の物は入ってこられないのだから」

ヴィルヘルムの話を聞いたセラフィは、ひどくショックを受けている。ヴィルヘルムは宥めるように、セラフィの頭を撫でながら、ラッセ達に指示を出した。ラッセとヨニは真剣な顔で頷いた。

「準備が出来次第、すぐに出立する。急げ」

「はい！」

ヘルマン達は、タッと駆け出した。

「セラフィ、申し訳ないけれど私の支度を手伝ってくれないかい？」

ヴィルヘルムが、セラフィの肩を抱いて促すように歩き出した。セラフィは黙ってついていく。浮かない表情なのは分かっているが、今はセラフィを宥める時間もない。

ヴィルヘルムは部屋に戻るとすぐに、甲冑を身に着け始めた。セラフィは無言で、それを手伝っている。大人しく何も言わずに、戦支度を手伝うセラフィが、逆に不自然に思えた。

「セラフィ？」

セラフィが差し出した籠手《こて》を腕に嵌《は》めながら、じっとセラフィの顔を見つめた。浮かない表情なのは変わらない。それは諦めなのだろうか？　とも思う。

「さっきも言ったが……ここにいれば安全だから、ヨニと一緒に待っていてくれ」

念のため、もう一度言ってみた。

「私も一緒に参ります」

思いもよらない返事が返ってきたので、ヴィルヘルムは驚いて支度の手を止めた。

「なんだって？」

「私も一緒に参ります」

「馬鹿《ばか》なことを。そんなことを私が許すと思うのかい？」

ヴィルヘルムが、窘めるように言い返すと、セラフィはその整った細い眉を寄せて、眉間にしわを作った。

「許してくださらなくても私は参ります。これは私の役目ですから」

「役目？」

「人間を守り導くのは私の役目です。相手が魔の物であるのならばなおさらです。聖なる結界を張れるのは私だけです。魔の物を退けることが出来ます」

キッと意志の強い眼差しを向けて、セラフィが言い返したので、ヴィルヘルムはさらに驚いた。こんなセラフィは初めてだと思ったからだ。

「だが……危険だ」

「危険でも私は参ります」

セラフィははっきりとそう言い切った。困惑しているヴィルヘルムの下へ、ティモが駆けこんできた。

「陛下！　魔の物は、シーヴ領、ヴィ領にも入り込み始めました！」

「すぐに出立だ！」

ヴィルヘルムはセラフィの手を取って歩き出した。

「ヨニ、ティモ……セラフィを連れていく」

「え!?」

部屋の外にいたヨニにもヴィルヘルムは声をかけた。二人はとても驚いている。

「陛下！　ですが……」

ヨニが引き留めようとしているのは分かるが、セラフィの強い意志を、ヴィルヘルムは曲げられないと思った。

神殿の外ではラッセとヘルマンが、甲冑姿で準備を整えて待機していた。湖の向こうには、ラッセと

ヘルマンの眷属である熊と大鹿が数頭ほど集まっていた。

「セラフィ様」

　ヴィルヘルムがセラフィを連れてきたので、ラッセとヘルマンが驚いている。

「ここからならばヴィ領の方が近い。ヴィ領に向かい魔の物の進軍を阻止する。セラフィが結界を張り、魔の物の足止めをしたところを、我々が叩く」

　ヴィルヘルムの作戦を聞いて、ヘルマン達は少しばかり納得したようだった。だがラッセは不満そうにしている。

「近衛騎士達の半分をシーヴ領へ向かわせろ。ユク領カク領に兵を出すように指示し、近衛騎士隊と共にシーヴ領で魔の物を迎え撃つように使者を出せ」

「かしこまりました」

　ヘルマンはすぐに騎士達に指示を出した。騎士達は中隊を編成すると、その中から使者が先に出発し、その後から残りの騎士達も出発した。

　ティモの下に、一羽の鳥が飛んできて肩に止まった。

「陛下、探索に出していた鳥が、こんなものを見つけてきました」

　ティモがヴィルヘルムに一通の書状を差し出した。それはくしゃくしゃになっていて、血の染みまでついている。

「セク領の領主の館に潜入した密偵から託されたものだと言っています」

　ヴィルヘルムが書状を開くと、それはセク領の領主ダリオが書いたものだった。乱れた文字が、ひどく焦って書いた手紙であることを表していた。

　その手紙には、ダリオが冒険者を雇って、バルテク山の洞窟を探索させたのだが、それは仕組まれた罠《わな》で、冒険者達はゴブリンに操られ、魔獣除《よ》けの柵を壊されてしまった。と書かれていた。

　セク領のように近くに魔獣が棲《す》む山や森がある場所には、結界代わりの魔獣除けの柵が、広範囲に作られている。柵には魔獣が嫌う薬草や護符がかけてあり、魔の物は近づくことが出来なくなるのだ。そ

のおかげで、人間達は安心して領内に住むことが出来た。それはヴィルヘルムが、領地分けをした時に、設置させたものだった。

　バルテク山の洞窟は、ゴブリンの巣になっていて、ゴブリンには上位種のソーサラーがいるらしい。

　ダリオは、ゴブリンの大集団が襲ってくるという危機を知らせようとしていたらしいが、残念ながら間に合わなかったようだ。

　ヴィルヘルムは、沈痛な面持ちで書状を握り締めた。

「魔の物達を率いているのは、ゴブリンの上位種でソーサラーだ。知能が高い。人間を襲うのが目的だ」

「ソーサラー!?　魔法が使えるのか……それは厄介だ」

　ラッセが苦々しく呟いた。

「猶予はない、急ごう」

　ヴィルヘルム達は出発した。


　ヴィルヘルム達が全力で馬を駆けて、ヴィ領に辿り着いたのは、間もなく日が暮れ始めるという頃だった。西の空は茜《あかね》色に染まり始めている。

　ヴィ領の街にはすでにゴブリンが侵入していた。ヴィ領の兵士が戦っているが、数で圧倒されている。町から逃げてきた人々が、ヴィルヘルム達の姿を見つけて、助けを求めて必死に駆けてくるのが見えた。その後ろをゴブリンが追ってきている。

「セラフィ！」

「はい！」

　ヴィルヘルムと一緒の馬に乗っていたセラフィが、両手を合わせて祈りの形を作ると、歌うように呪文を唱え始めた。すると足元の地面に光の輪が現れ、次の瞬間、光の輪はすさまじい速さで、大きく広がっていき、あっという間に遥か先に見える町の入り口にまで到達した。

　こちらへ向かって逃げてくる人々は、光の輪の中に入ることが出来た。そして後を追ってきていたゴブリン達は、まるで光の壁に弾かれるように、町の

方へ飛ばされてしまった。

ヴィルヘルムは馬を下りて、セラフィを下ろした。

「君はここにいてくれ、ヨニと一緒に逃げてきた人々の治療をお願いする」

「分かりました」

セラフィは表情を曇らせた。

「どうか……お気をつけて」

心配そうなセラフィの顔を、ヴィルヘルムは見つめながら優しく微笑み、頬をそっと撫でた。ひらりと馬に跨《また》がり、「私に続け！」と叫んで、勢いよく馬を駆った。ヴィルヘルムの後を、近衛騎士とヘルマン達が続く。

ヴィルヘルムは、結界を越えてヴィ領の町中へと突入した。町の中にはたくさんのゴブリンがいた。ヴィルヘルムは剣を抜いて、次々とゴブリンを倒していった。

ティモが遠見で見た通り、敵はゴブリンだけではなく、ワーウルフやリザードマン、トロルまでいる。そちらは人間では敵《かな》わないので、近衛騎士達はゴブリンと戦わせ、他の魔獣はヴィルヘルム達が相手をした。

「ウオォォォォ！」

ヘルマンが咆哮を上げると、黒髪が逆立ち、瞳が赤く光った。ハンマーを振り回す巨大なトロルに、ひるむことなく突進する。自分の三倍ほどの大きさはあるトロルに、ヘルマンは大斧を振り上げて飛び掛かった。その後に続くように、大きな熊が次々とトロルに襲い掛かった。

その横を、ラッセが素早い動きで駆け抜けて、建物の間を俊敏に駆け回るワーウルフを捕らえて斬り払った。大鹿達もワーウルフを角で跳ね上げて、後ろ足で蹴り倒している。

ティモは遠見を使って、物陰に隠れているゴブリンを見つけ出しては、雀鷹達が鋭い爪で追い立てて、近衛騎士達の前に誘導していた。

ヴィルヘルム達は三倍以上の敵の数に苦戦したが、なんとか暗くなる前には倒し終えた。

「皆、大丈夫か？」

ヴィルヘルムが声をかけると、肩で息をしながらヘルマン達が集まってきた。

「大丈夫です」

ヘルマン達が口々に答える。近衛騎士達も無事だった。

「シーヴ領が気になるが、夜の闇で戦うのは危険だ。夜明けを待とう」

ヴィルヘルムの指示に従い、皆が頷いた時だった。すぐ側で何かが蠢《うごめ》いた。

「まだいたか！」

ヘルマンが唸って剣を抜いたが、相手を見て動きを止めた。

「まさか……アンデッド!?」

そこには先ほどまで折り重なって倒れていた町の者達の変わり果てた姿があった。

「なんということだ……」

ヴィルヘルムは眉間にしわを寄せて、呻《うめ》くように呟いた。

「死者を愚弄するとは……」

ラッセも信じられないという顔で、後ずさりをした。いくら死霊になっているとはいっても、ヴィ領の民達を切り捨てることは出来ない。

「一時退却だ！　セラフィの下へ戻る」

ヴィルヘルムの号令で、全員が撤退をした。

「ヴィル！」

戻ってきたヴィルヘルムの下へセラフィが駆け寄ってきた。

「ご無事で良かった」

そう言って抱き着くセラフィを、ヴィルヘルムは優しく受け止めた。

「町の者は大丈夫か？」

「はい」

セラフィが振り返った先には、逃げ延びてきたヴィ領の民達の姿があった。その数は二百名に満たないほどだ。ヴィ領の町の人口は、一万人余り。他にもどこかに逃げ延びた人々がいたとしても、失われ

た命の多さに、皆が口を噤んだ。その者達は今、死霊となって町の中をさ迷い歩いている。

「セラフィ……この町の魔の物はほぼ倒したが……死んだ民達がアンデッドにその身を乗っ取られている」

　ヴィルヘルムの腕の中で、セラフィが身を固くした。生き残った民達の間でも悲鳴のようなざわめきが起きる。

「私が……浄化します」

　セラフィがそう言って顔を上げた。

「私を町の入り口まで連れていってください」

「セラフィ」

「民達に安らかな眠りを与えなければ……」

「分かった」

　ヴィルヘルム達はセラフィを護衛しながら、町の入り口まで戻った。

　セラフィは、その場に膝をついて両手を合わせて祈り始めた。浄化の祝詞を詠唱する。するとセラフィの前に魔法陣が浮かび上がった。それは次第に大きくなり、町を包み込むように広がっていった。セラフィの美しい声が紡ぐ詠唱は、それを聞いているだけで心が洗われるようだった。

　町をすっぽり包むまでに広がった魔法陣は、次第に強い光を放ち始めた。

　真っ暗な夜の闇の中で、地面から光の柱が立ち上る様子は、とても幻想的で美しい。

　さ迷い歩いていたアンデッドは動きを止めた。人々の体から黒い煙のようなものが出て、光の中に消えていく。黒き影が消え去った者達は、その場にバタリと倒れた。あちこちで次々と、人の倒れる音がして、やがて最も光が強く輝いた頃、静寂が訪れた。浄化が完了したのだ。

　詠唱を終えたセラフィは、大きく息をついてふらりと体が揺れる。

「セラフィ」

　ヴィルヘルムが慌ててその体を抱きとめた。

「大丈夫です」

　額に玉のような汗を浮かべながら、セラフィはヴ

ィルヘルムに笑顔を向ける。

「セラフィ様」

　ヨニが慌てて駆け寄ってきて、セラフィの体に両手を添え、癒やしの光を当てた。

「陛下、セラフィ様、ひとまずオッデ領まで引き上げましょう。夜明けまで少しでも休んだほうが良い」

　ラッセがそう進言したので、ヴィルヘルムは頷き、避難民達と共にヴィ領の隣接領地であるオッデ領に向かった。

　オッデ領の領地境界には、ずらりと兵士が並び立っていた。兵士達はセラフィとヴィルヘルムの姿を確認すると、丁重に迎え入れた。

　ヴィルヘルムとセラフィ、従者達は領主の館に招かれ、近衛騎士達と避難民には宿屋が提供された。

「明日も辛い一日になる。少しでも休もう」

　ヴィルヘルムは、ベッドでセラフィの体を抱きしめて、優しく囁いた。

「はい」

　セラフィはヴィルヘルムの胸に顔を埋めて目を閉じる。眠くないはずなのに、体は疲れ果てていた。

二人ともいつの間にか、安らかな寝息を立てていた。

　夜明けと共にヴィルヘルム達一行は出発した。ヴィ領での戦いを顧みると、シーヴ領は完全に魔の物に落とされているだろう。夜には死者がアンデッドになっているのだ。最悪の場合は、シーヴ領の隣であるネル領も落とされているかもしれない。

　一行は険しい表情で、シーヴ領を目指した。

「陥落しています」

　途中でティモがそう呟いた。遠見を使ったのだ。

「ネル領はどうだ？」

　険しい表情でヴィルヘルムが尋ねた。ティモは無言のまま、馬上からネル領の方角を探している。やがて力なく首を振った。

「ネル領もか!?」

「早い！　早すぎる」

「やはり……アンデッドが……」

「コル領は？」

問われて再びティモが、遠見でコル領の方角を探した。

「……丘などの障害物があるので……はっきりとは見えませんが……戦闘中のようです」

「陛下！　我が眷属にお乗りください！　一刻も早くコル領に向かいましょう。このままでは間に合わなくなる」

ラッセがそう叫んだので、ヴィルヘルムは馬の足を止めて頷いた。

「私達もよいですか？」

ティモとヨニが尋ねたので、ラッセは頷いた。

「オレは？」

ヘルマンが尋ねると、ラッセは首を横に振った。

「申し訳ないが熊は無理だ。鹿達が潰れる」

その返答に、ヘルマンは顔を歪《ゆが》めた。不満で額に血管を浮き上がらせている。

「ヘルマン、お前は近衛騎士達と共にセク領に向かってくれ。最初に襲われた所だ。バルテク山も近い。もしかしたら奴らが拠点にしているかもしれない。もしも拠点にしているならば、リーダーである上位種のゴブリンがいるだろう。それさえ倒せば、元々知能もない烏合《うごう》の衆だ。魔の物は総崩れになる。アンデッドも沸かなくなる。ソーサラーを見つけ出して倒すのが最優先だ」

ヴィルヘルムの指示に、ヘルマンは気を取り直したのか、真剣な表情で深く頷いた。

「ソーサラーがいなかったら？」

「コル領を目指してくれ」

「かしこまりました」

ヘルマンは、すぐに馬の進路を変えた。

「オレについてこい！」

ヘルマンは眷属の熊達と、近衛騎士団を従えて、セク領へ向かって駆け出した。ヴィルヘルムはそれを見送ると、セラフィと共に馬を下りて、ラッセの従える大鹿の背に乗った。ティモとヨニも鹿の背に乗る。

「しっかりと捕まっていてください」

　ラッセはそう言うと『疾風！』と叫んで、加護を発動させた。

　それは凄まじい速さだった。ティモもヨニも振り落とされまいと、必死で鹿の首にしがみついていた。ヴィルヘルムも、しがみつきながらセラフィを気にしていた。さすがに鹿の背に二人は乗れない。セラフィはラッセが抱える形で運んでいた。

「着きました」

　ラッセの言葉に、一同は目を開けた。本当にコル領が目の前にあった。丘陵の多い土地は、コル領の特徴だ。町は少し窪《くぼ》んだ場所にあり、ヴィルヘルム達のいる丘の上から見下ろすことが出来た。

「戦闘中です……が、兵士の数が少ない。かなり劣勢です」

　ティモがそう状況を報告した。

「私が町の周りに結界を張ります」

　ラッセがセラフィを丁重に下ろしたので、セラフィはその場ですぐに祈りの準備を始めた。ヨニが側に寄り添う。

「我々は行こう」

　ヴィルヘルムが先陣を切って駆け出したので、ラッセとティモも後に続いた。

「なんとしてもここで食い止める！　皆、全力を尽くしてくれ！」

「はい！」

　ヴィルヘルムの叫びに、ラッセとティモが答えた。

「うおぉぉぉ!!」

　ヴィルヘルムの黒緋の髪がうねるように逆立ち、銀の瞳が青く光った。その全身にオーラのような光を纏わせると、剣を構えて目の前で兵士をなぎ倒すトロルに向かって斬りかかった。高く飛び上がり、振るった剣でトロルを一刀両断にした。

「疾風！」

　剣を構えたラッセがそう叫ぶと、瞬時に姿が消えた。後に続くように大鹿達も姿を消して、町のあちこちでワーウルフやリザードマンが、次々と音もなく切り刻まれていく。それは一陣の風がかまいたち

のように、あらゆるものを裂いていくようだった。

「みんな！　力を貸して！」

ティモは両手を高く掲げて、空に向かって祈りを込めて叫んだ。すると眷属である雀鷹の群れだけではなく、次々とたくさんの鳥達が集まり、空を埋めていく。

「行け！」

ティモの号令で、鳥達は一斉に急降下を始めた。一塊となった鳥の集団が、次々とゴブリンを襲っていく。ゴブリン達は成す術もなく、奇怪な叫びを上げながら倒れていった。

「ヨニ、眷属達を使って、逃げ延びた人々を安全な場所へ誘導してください。私は結界を維持するためにここを動けません」

結界を張り終わったセラフィが、側で寄り添うヨニにそう指示を出した。

「はい、セラフィ様」

ヨニは目を閉じて、リス達に念を送った。町の中を探索し、物陰に隠れている人々を、町の外へ誘導した。すべてのリス達に別々の行動をするように指示を出すには、大変な集中力が必要だった。ヨニは必死になって、与えられた役目を全うしようとした。

怪我をしている人には、癒やしの術をかけて治療する。

ヨニは、集中していたので、その異変に気づくのが遅れてしまった。

「きゃあ！」

セラフィが悲鳴を上げて倒れた。

ヨニは驚いて、はっと目を開ける。隣でセラフィが、苦悶の表情を浮かべながら、起き上がろうとしていた。

「セラフィ様！」

ヨニは慌ててセラフィの体を助け起こした。

「どうなさったのですか？」

「誰かに……無理矢理結界を破壊されました」

「え？」

ヨニは驚いて辺りを見回した。

「あれは……」

町の方からこちらに向かって歩いてくる人影があった。黒いフード付きのマントを羽織っている。フードをかぶっていて顔が半分隠れているが、見えている口は、耳まで裂けているように大きく赤い口だった。人間のものとは思えない。

たくさんのコブが付いた曲がった枝のような杖《つえ》を持つ手は、緑色をしていて、真黒な長い爪が生えている。

「上位種……ソーサラー」

ヨニは真っ青になって呟いた。

ソーサラーは、ゆっくりと歩きながら、杖を持つ右手を上に掲げた。それを見て、我に返ったヨニは立ち上がり、セラフィの前に両手を広げて立ちはだかった。

ザンッという激しい音と共に、地面を風の刃《やいば》が走った。

「ああっ！」

ヨニの体が宙を舞って、ドサリと地面に倒れた。

「ヨニ！」

セラフィが、弾かれるように倒れているヨニの体に飛びついた。

「ヨニ！　ヨニ！」

セラフィは必死でヨニの名を呼んだ。

その時、再びザンッという地を裂く音がした。セラフィは咄嗟《とっさ》に心の中で詠唱をした。すると地面からバサリとたくさんの弦が生えて、セラフィの前に分厚い弦の壁が出来上がった。風の刃が壁に当たり、大きな傷を作ったが、セラフィ達には届かなかった。

ソーサラーは不敵な笑みを浮かべながら、杖を振るう。すると弦の壁が、ゴォォォッと激しい音を立てて炎に包まれた。

「きゃあっ！」

セラフィは苦悶の表情で、悲鳴を上げた。

「セラフィ様……お逃げ……ください」

セラフィの腕の中のヨニが、うっすらと目を開けた。

「ヨニ！」

「早く……私を置いて……お逃げください」

「いや！　ヨニ！」

セラフィは目にいっぱい涙を溜めて首を振る。そこへ容赦なく、ソーサラーの風の刃が放たれた。ほとんど燃えてしまった弦の壁は役目を果たせず、セラフィ達めがけて唸りを上げながら、空気を切り裂いた。しかしキンッという音と共に、風の刃は弾かれるように消えた。

セラフィが自分の周りに結界を張ったのだ。

ソーサラーは、次々と風の刃を放った。刃は結界に当たって弾かれるが、その度に衝撃はセラフィ自身を襲う。セラフィはヨニを抱きしめたまま、苦痛に耐えていた。

「陛下……」

ヨニはうつろな表情で呟いた。

「どりゃあああ!!」

ヴィルヘルムは、三匹目のトロルを倒し、大きく肩で息をしていた。自分の何倍もの巨体を倒すために、魔力を使っていた。そのため体力の消耗が大きい。しかしここで食い止めなければ、人間達が滅んでしまう。もうすでに六万人近い犠牲が出ているのだ。

「キィィーッ！」

耳の側で、突然高音の鳴き声がした。それと同時に耳を引っ張られる。

「な、なんだ？」

ヴィルヘルムが驚いている間にも、体のあちこちでキィキィと鳴きながら、甲冑をカツカツと突く音や、髪を引っ張られる感触がある。

「リス？　ヨニか？　なんだ？」

突然のことに混乱していたが、すぐにはっと顔色を変えた。

「セラフィ！」

ヴィルヘルムは叫びながら駆け出していた。

ソーサラーの攻撃の手は緩まない。セラフィは、苦痛に耐え続けていた。だが突然ふわりと少し体が軽くなった。驚いて目を開けると、ヨニがセラフィの胸に手を当てて、癒やしをかけていた。

「ヨニ！　私よりもあなたの傷の手当てを……」

「セラフィ様、隙を見てお逃げください」

「いやです！　いや！」

セラフィは激しく首を振った。

「セラフィ!!」

ヴィルヘルムの叫びに、セラフィは顔を上げた。

「ヴィル！」

「貴様ぁぁぁ！」

鬼神の形相で、ヴィルヘルムがソーサラーに斬りかかった。しかしソーサラーの体は一瞬消えて、剣をかわされてしまった。

「くそっ！」

ヴィルヘルムは剣に魔力を込めて、激しい斬撃をいくつも放ったが、すべてかわされてしまった。ソーサラーは短い距離の転移魔法をいくつも繰り返して、消えては現れを繰り返し、ヴィルヘルムの剣はかすりもしなかった。

「剣がダメなら」

ヴィルヘルムは、バッと左手を前に突き出した。すると炎の弾が、無数に飛び出して、ソーサラーを攻撃する。だがそれもすべてかわされた。だが不意にソーサラーの動きが止まった。ソーサラーは驚いたように、自分の足元を見た。足元には魔法陣が光っている。

「馬鹿め、さっきの炎は目くらましだ」

ヴィルヘルムは、束縛の魔法陣でソーサラーの動きを封じたのだ。

「ここまでだ」

ヴィルヘルムは、剣に再び魔力を込めて、振りかぶった。しかしソーサラーが、杖を大きく振ったので、攻撃が来るのかと一瞬身構えてしまった。

「きゃあっ！」

ソーサラーが攻撃したのは、セラフィの方だった。

ヴィルヘルムが来てくれたことで、セラフィは気を緩ませて結界を解いていたのだ。

風の刃がセラフィを襲った。白緑の長く美しい髪が切れて、宙に舞った。それと同時に、背中から鮮血が迸《ほとばし》る。

「セラフィ！」

ヴィルヘルムは、思わず駆け寄ろうとした。その瞬間、ソーサラーを縛っていた魔法陣が消えてしまった。ソーサラーは、不気味な笑い声を立てながら、セラフィに向かって、攻撃を続ける。

「やめろ！」

ヴィルヘルムは間に立ち、必死に剣を振るって風の刃を弾いた。ソーサラーの攻撃は次第に激しくなった。ヴィルヘルムが、防ぎ損ねた風の刃が、セラフィを襲う。かろうじて当たりはしなかったが、蹲《うずくま》るセラフィの周囲に土煙が上がり、爆《は》ぜた小石がセラフィの顔や体に当たっていた。

『このままでは……』

ヴィルヘルムは、なんとかセラフィを安全な場所へ逃がせないものかと考えていたが、防戦に必死で転移魔法を使う隙がなかった。

シュンッと、何かが物凄《ものすご》い勢いでソーサラーに当たった。不意を突かれたソーサラーは、体勢を崩して攻撃を止めた。

「陛下！」

町の方から駆けてくるのはティモだった。ソーサラーに体当たりをしたのは、ティモの眷属である雀鷹だ。ソーサラーは、忌ま忌まし気に舌打ちをして、ティモに向かって風の刃を放った。

「うわあっ！」

ティモは避けることが出来ずに、風の刃を受けて弾かれるように後方に倒れた。

「ティモ！」

だがヴィルヘルムは、この隙を見逃さなかった。

バッとセラフィの方を向き、心の中で転移魔法の詠唱を始めた。

『だがどこへ送る？　ヴィフレアは遠すぎる。しかしこの周辺で安全な場所などない。ソーサラーには

魔力検知ですぐに見つかってしまうだろう。どうすれば……どこへ転移させれば安全なのか……神よ……大地の神よ！　私にセラフィを守る力を！』

それは瞬きほどの一瞬のことだった。ヴィルヘルムは素早い詠唱と共に、頭をフル回転させて転移先を探した。セラフィのすぐ側の空間には、光の線が走りみるみる魔法陣を描いていく。それを描き終わったとき、転移は執行される。

あと少しというところで、ソーサラーに気づかれた。風の刃が放たれる。

「させるかぁぁ！」

ヴィルヘルムは、風の刃の軌道上に立ちはだかった。

セラフィは、ヴィルヘルムの叫び声を聞いて顔を上げた。そこには両手を広げて仁王立ちしているヴィルヘルムの姿があった。

「ヴィル……」

うつろな表情で名前を呟いた時、ヴィルヘルムの背中に風の刃が直撃して、ばっと血飛沫《しぶき》が上がるのが見えた。

「ヴィル！」

セラフィは大きく目を見開き、悲痛な声で叫んだ。起き上がろうとして、ふわりと体が宙に浮かぶ感覚に、何が起きたのか分からずに必死で両手を、ヴィルヘルムに向かって伸ばした。

魔法陣が完成して発動したのだ。セラフィの体が、魔法陣に吸い込まれていく。

「愛している！」

ヴィルヘルムが叫んだ。

「忘れないでくれ！　オレだけがお前の英雄王だ！」

転移する間際、その叫び声と、ヴィルヘルムの笑顔がセラフィに届いていた。セラフィはそれに答える暇もなく、意識を失って視界は暗転した。

魔法陣と共に消えたセラフィを見届けて、ヴィルヘルムは安堵していた。結局行き先は分からない。だが転移魔法の詠唱が終わった瞬間『違う世界へ』

という神の声が聞こえた気がした。だから心配はいらないはずだ。

背中に受けた傷は深かったが、このまま倒れるつもりはなかった。

「死なばもろとも」

ヴィルヘルムはそう呟いて、ニッと口の端を上げた。そして早口で、何かの詠唱を始めた。

ソーサラーは、ヴィルヘルムの今までとは違う気配に、何かを察して逃げようとした。だが体が動かない。また束縛の術かと足下へ視線を送ったが、そこに以前のような魔法陣はなかった。

「私は魔力はあるが魔術師ではないから、攻撃魔法も治癒魔法も苦手なんだよ」

耳元でそう囁かれたので、ソーサラーはひどく驚いた。いつの間に真後ろを取られていたのか気づかなかった。だが体が動かない。逃げることも反撃することも出来ない。

「残念ながら君のおかげで、私の肉体はもう限界だ。悠長に戦っている時間は残っていないから、一気に終わらせるよ。セラフィが守ろうとした人間達と、緑の大地をこれ以上お前の好きにさせるつもりはない」

ヴィルヘルムは、ソーサラーの体をはがいじめにした。残った魔力を体の中心に集めていく。一気に爆発させるつもりだった。

ヴィルヘルムはそのままの体勢で、空中をゆっくりと移動した。町の上で爆破させついでに残っている魔の物も消し去るつもりだ。

『ティモとヨニはたぶん巻き込まないだろう……ラッセはどこだ？　まだ町中で戦っているのか？　巻き込みたくないが……もう時間だ』

ヴィルヘルムは、そんなことをぼんやりと考えていた。体の中心に魔力が集まり、熱を持ち、今にも爆発しそうだった。捕まえているソーサラーが、ヒーヒーと情けない声を上げている。

『セラフィを命を懸けて守った。思い残すことはない』

目を閉じて、最後の瞬間にそう思った。

『本当か？』

　心の声が問いかける。

『本当に思い残すことはないのか？　そんなに死にたいか？』

　心の声がさらに問いかける。

　その瞬間、カッとヴィルヘルムは目を見開いた。

『死にたくない！』

　コル領の町の上空で、激しい光と共に大きな爆発が起こった。ドーンッという爆発音と共に、町の半分が吹き飛んだ。

　それは戦いの終わりを告げる合図でもあった。

二章

　床も壁も石造りの廊下を歩いていた。長く続く廊下には、途中にいくつもの角があり、廊下は左右にも続いている。扉もいくつもあった。

　だが迷うことなく、しっかりとした足取りで歩いていた。

『夢だ』

　そう思った。それが現実なのか夢なのか、不思議なことに分かるのだ。夢を見て、夢の中で過ごしながら、それを夢だと分かるなんて、少しばかりおかしな話なのかもしれない。

　だけど分かるのだ。

　なぜならその夢は、何度も繰り返し見ていたからだ。もちろん同じ内容の夢を繰り返すわけではない。だが場所はいつも同じなのだ。

　今歩いている建物は、大理石のようなもので出来た神殿だ。テレビでよく観るような、西洋の古い神殿だ。広いその建物の中は、すでに熟知している。

　祈りを捧げるような部屋もあれば、大きな広間、個人の部屋や寝室、従者の部屋、そして王様の執務室。そう……ここは神殿だけれど、王様も住んでいるお城のようなものらしい。

　それはよく出来た映画を観ているような、ＲＰＧ

のゲームでもしているような、日本人の自分からすれば、まったく現実味はないはずなのに、昔から知っている場所のように、長く住み慣れた場所のように、とてもよく知っているのだ。

　でも自分以外の登場人物はほとんどいなかった。いや、正確に言えば、この神殿ではたくさんの人々が働いているし、廊下ですれ違う人、挨拶を交わす人、いつも従者のように側にいる人、そしてもちろん王様もいる。

　だけどなぜだか、それらの人々はぼんやりとしていて、顔もよく分からないし、具体的に何を話しているのかもわからない。『夢』の中で会う人達のことは、とてもよく知っている相手で、とても好意的に感じるのだが、その相手と接する瞬間に、まるで映像が早送りされるみたいに、やりとりが分からなくて曖昧になってしまうのだ。

『夢』だというのに、ずいぶん適当なのだなと自分でも思う。こんなに何度も見るのならば、いい加減に他の登場人物のことを明確にしたい。名前をつけたり、会話を楽しんだり、自分好みの顔の女性なんかと仲良く出来たらいいのに。せっかくファンタジー映画みたいな世界なのだから、冒険なんかもしてみたい。

　いつも目が覚めるとそんな風に思って、次にこの夢を見たら、そういう話になるように試してみようなんて考えるのだが、いつもいつも代わり映えのしない、とても抽象的なぼんやりとした世界の夢なのだ。

　だけど目の前に広がる風景はとても美しくて神秘的だ。

　神殿の玄関から外に出ると、目の前には青く澄んだ湖と、深い緑の森が広がる。実家も木々に囲まれていたが、その風景とは違う。日本の自然にあふれた風景とは違うのだ。ドイツの黒い森とか、カナダの大森林とか、どちらかといえばそちらに似ている気もするが、でもやっぱりどこか違う。

　生えている木や植物が違うのか……でもそんなに植物に詳しいわけではないから、そこに見える森の

木々が、なんという木なのかまでは分からない。杉ではないと思う。松や銀杏《いちょう》でもないと思う。もちろん桜や梅でもない。いや、すみません。自分の木の知識なんてそんなものです。もちろんクヌギやモミの木や檜《ひのき》とか……他にも色々な木があることは知っているけれど、一目見てそれがなんの木かなんて即答できるほどの知識はない。

　ましてや夢の中なので、たぶん自分の中にあるぼんやりとしたファンタジー風の景色になっているだけのはずだ。だからとにかく深い森はとても神秘的だった。

　上を見上げてもてっぺんが見えないくらい、とても大きな木々で、だけど辺りは決して暗くはなかった。

　湖はとても深いのか、澄んでいるのに濃い藍色で、水底なんて到底見えそうにもない。ただ覗き込んでいると、時折綺麗《きれい》な女の人が、スーッと水面に浮かんできて微笑みかけてくる。淡い水色の長い髪、白目が全く見えない真っ青な瞳、耳は尖っていてひれのようなビラビラが付いている。とても綺麗だけれど、どう見ても人間ではない。だって腰から下が魚のようだからだ。人魚だよね。人魚って海だけじゃないんだ。え？　淡水でも大丈夫なの？　そんなことをぼんやりと考えるが、まあそこは夢だから……と自分に言い聞かせる。

　だがこの日の夢は、少しだけいつもと違っていた。

　何かの視線を感じて顔を上げると、向こう岸に銀色の狼がいた。フサフサの銀色の毛並みがとても綺麗だ。瞳も銀色だ。頭部に鬣《たてがみ》のような一房の黒い毛がある。

　狼はじっとこちらを見つめていた。なんだかとても惹《ひ》かれてしまって、側に行きたくて辺りを見回し、橋か船はないかと探す。

　ようやく小さな小舟を見つけたので、それに乗り込もうとして、ふと狼の方へ視線を向けると、そこにはもう狼はいなかった。

　あっと思った瞬間、辺りが真っ白になり、やがて目が覚めた。

目の前にあるのは見慣れた天井。耳元でアラームが鳴っている。

「朝か……」

現実に戻った失望感で、深い溜息と共に呟いた。

枕元に置いているスマホを手に取り、アラームを解除した。

気怠《けだる》そうな顔でゆっくりと起き上がり、シンと静かな自分の部屋を見回す。日本の典型的な六畳の部屋だ。セミダブルのベッドと美術書ばかりが並んだ本棚がひとつあるだけの殺風景な部屋。

青年は立ち上がり、のろのろと歩いて寝室を出た。寝室の隣は十畳のリビング。のはずだが、そこにはテーブル&ソファやローボードに載った大きな液晶テレビなんてものもなかった。

あるのはイーゼルに置かれた描きかけの油絵。壁には大きな木製の乾燥棚があり、たくさんのキャンバスが置かれている。もちろんほとんどが完成している絵画だ。真新しい白い張りキャンバスもいくつかある。

完全にただのアトリエだ。住居のはずなのにそこに生活感は一切見られない。

部屋の主、神森《かみもり》光樹《みつき》はカーテンを開けることもなくリビングを通り抜け、洗面所に向かった。顔を洗ってタオルで拭きながら、まだ少し眠そうな目で鏡を覗き込む。

「ちょっと髪が伸びたかな……」

普段、髪形どころか手入れにも気を遣わない光樹の髪は、よい言い方をすればショートボブだが、ボサボサの男にしては長めの髪だ。前髪が完全に両目を隠している。

左手で前髪をかき上げた。うっとうしいと思うが、だからといってすぐに美容室へ行こうという気もない。

「まあいいか」

光樹は気怠そうにそう呟きながら、一応顎や口の周りを擦って、髭が伸びていないことも確認する。元々髭は薄くて、週に一度剃《そ》ればよいくらいなのだが、問題はその薄い髭の生え方で、まばらに生える

ので余計にみっともなく感じるのだ。

　自分の容姿にあまり頓着のない光樹だが、まばらな薄い髭は、男としてはちょっとばかり気になってしまう。顎髭や口髭がそれなりに生えるのならば、むしろ剃らずに無精髭でいたいくらいだ。まばらだから剃るより仕方がない。

「よし……終わり」

　光樹の身だしなみはこれで終了らしい。洗面所を後にして、通りすがりのキッチンで食パンをトースターに放り込み、タイマーをセットする。

　再び寝室に入ると、クローゼットを開けて着替えを始めた。

　薄いベージュのチノパンを穿《は》き、ダークブラウンのフリースシャツを羽織った。靴下を履こうとして、片方しか見つからなくて、収納ケースの引き出しをゴソゴソと探したが、同じ靴下の片方はとうとう見つからなかった。

「……同じ白だからいいかな？」

　偶然見つけた同じく片方だけの靴下を手に取り、そう自分で納得して履いたのだが、こちらはワンポイントの刺しゅう入りなので、あきらかに違う靴下なのだけれど、そういうことに無頓着なのだ。

　着替えを済ませて寝室を出ると、丁度トースターがチンッと音を立てて焼きあがったトーストを、飛び上がらせた。

　光樹は冷蔵庫から牛乳パックを出して、マグカップに注ぎ、焼き立てのトーストを熱そうに摘《つま》みながら、キッチンの対面に備え付けられたバーカウンターに座った。

　リビングがアトリエ化しているせいで、テーブル&ソファもないし、それどころかダイニングテーブルもないのだ。元々備え付けだった細いバーカウンターで、食事を済ませている。ちなみにこの家にはテレビもない。

　光樹は何もつけていないトーストをかじりながら、スマホでニュースを眺めている。わずか五分の朝食タイムは、牛乳を一気飲みして終わらせ、光樹は床に置いていたデイパックを背負って家を出た。

出勤だ。

　神森光樹、二十四歳。関東の都会と田舎が程よい感じの街にある私立高校で、美術の臨時教師をやっている。自宅マンションからは、自転車で十五分の距離だ。ちなみに実家は、ここから電車で二度乗り換えて片道一時間の郊外にある。緑豊かな町の由緒ある神社だ。

　小さな神社だが、一応鎌倉《かまくら》時代から続く古い歴史があり、村の鎮守様といったところだ。父親が宮司で、光樹には兄がいるので、後継ぎは兄がなる予定だから、光樹は好きなことをさせてもらっている。

　兄からは「自分に何かあった時のために、一応資格は取っておけ」と神職養成講習会に参加するように、たびたび言われているのだが、甥《おい》っ子も生まれたことだしと、光樹は聞いていないふりをして躱《かわ》し続けている。

「先生おはよう！」

「みっちゃんおはよう！」

　光樹が学校に到着すると、すれ違う生徒達が気軽に声をかけてくる。

「はよぉ～」

　光樹はそれに対して、少し間の抜けた挨拶《あいさつ》で答えた。生徒達は「早く起きろよ！」と笑いながら返してくる。

　どう見ても生徒と変わらないような……いや、よく言って大学生のような風貌の光樹は、生徒達からの人気も高かった。

　もちろん親しみやすい見かけももちろんではあるが、温和で優しい人柄も、人気の理由でもある。

　光樹は自転車を駐輪場に止めて、校舎の中に入っていった。近代的な美しいデザインの校舎は、さすが私立高校といった感じだ。最近建て増しされた新設の校舎に、光樹の部屋がある。

　この学校では二年前に、芸術コースが新設された。そのため美術教師の増員がされて、光樹は臨時教師として採用されたのだ。

　それなので職員室に行く必要はなく、用意された自分専用の部屋があった。これは特別待遇だ。光樹

はこう見えて、地元では有名な画家だった。

　高校生の頃から、色々な美術展で賞をもらい、大学時代にはすでに何度も個展を開いて、独特な神秘的で幻想的な絵画は、地元ばかりではなく日本全国にもファンは多かった。

　高校からは客員講師扱いで声がかかったのだが、学校の広告塔にされるのは面倒なので、客員扱いを断り普通の臨時教師としてならばと返事をした。学校側からは少しばかり難色を示されたが、授業のない時は自由に絵を描かせて欲しいという条件で、『普通の臨時教師』としては特別待遇で採用された。だから給料はとても安いのだが、学校側としては体裁を整えたいので、個人用の部屋を用意して光樹を迎え入れた。

　普通の臨時教師である光樹は、学校側が目論《もくろ》んでいた「学校案内パンフレット」の目玉として載せられることはなかったが、光樹が美術展の賞を取るたびに、肩書きとして教師である学校名が出るので、それが良い宣伝になっていた。だから職務時間に自由に絵を描くことも、どーぞどーぞと許されたのだ。

　光樹は部屋に入り、ソファにデイパックを置いて、奥の窓際にあるイーゼルに置かれたキャンバスの前に立った。描きかけの絵をしばらく眺めていたが、ふいに興味をなくしたように背を向けて、机の上に無造作に置かれていたスケッチブックを手に取った。

　椅子に座り、鉛筆を持って無心にスケッチを描き始める。

　今日の授業は午後からなので、午前中は好きなだけ絵を描くことが出来た。

「みっちゃん先生！」

　突然ノックもなしに扉が開いて、女子生徒が三人飛び込んできた。驚いた顔で固まってしまっている光樹を見て、女子生徒達は奇声とも悲鳴ともつかない声を上げる。

「やだあ！　なにそれ！」

「みっちゃん先生！　それはダメよぉ！」

「なぜクリップ！」

　三人はきゃあきゃあ言いながら、立て続けに光樹

に向かって文句を言った。その指さす先が、自分の額のそれだと気づき、ようやく我に返った光樹が「ああ」と小さく声を漏らした。

「これ？」

光樹が額にある、前髪を無造作に留めたダブルクリップを指さした。

「それ！」

女生徒達は、見事同時に返事をした。

「これは……前髪が邪魔で……何か留めるのはないかと探してて……」

「みっちゃん先生らしいけど、それはさすがにやばいよ！」

女生徒達はお腹《なか》を押さえて、ゲラゲラと笑った。

「私のこれあげるからさ」

一人が自分の前髪を留めていたヘアピンを外して、光樹の前髪を留めているダブルクリップを外して代わりに留めた。ピンク系のビーズでデコっているヘアピンが、光樹の額に輝いている。

「可愛《かわい》い～！」

女生徒達がまたお腹を押さえて笑っているが、光樹は「ありがとう」と言ってヘラッと笑うだけで、女の子らしいヘアピンをつけられたことは、特に何も気にしていない。

「先生、今日も女子達に遊ばれてる？」

そこへ男子生徒が二人入ってきた。二人は可愛いヘアピンを付けた光樹を見るなり、大笑いをした。

「やっぱり遊ばれてる」

「お前らの笑い声が聞こえたから、また何かしていると思ったけど」

「いいじゃん、可愛いから」

「だって、みっちゃん先生ったら、これを髪留め代わりにしてたんだよ！　ひどくない？」

生徒達はわいわいと賑《にぎ》やかに話しながら、部屋の中央に置かれているソファに向かい合わせで、次々に腰を下ろして、テーブルの上に弁当箱を置き始めた。

「みっちゃん先生、また時間も忘れて絵を描いていたんでしょ？　ほら、もうお昼よ。ご飯食べよう」

「ああ、うん」

　光樹は生徒に言われて、のろりと立ち上がり、椅子の上にスケッチブックを置いた。

「ねえ、何描いていたの？　見せて！」

「うん、いいよ」

　光樹は一旦置いたスケッチブックを手に取ると、生徒達の下へ歩み寄り、女子生徒の一人に渡した。男子生徒が間を詰めて、光樹が座る場所を開ける。

「わあ！　これ狼？　めちゃくちゃ綺麗！」

「どれ？　ひゃあ！　本当！」

「さすがみっちゃん先生！　本当に綺麗」

　生徒達はスケッチブックを開いて感嘆の声を上げた。スケッチブックには数ページにわたり、色々な構図の狼が描かれていた。光樹が今朝夢で見た狼だ。無性に描きたくなって、描きかけの絵はそのままに、スケッチに夢中になっていたのだ。

「まあ、絵に夢中になるのはいいけど、ちゃんとご飯を食べてね」

　女子生徒達は、自分の分よりも多い量のお弁当を持ってきていた。光樹の分だ。男子生徒も売店で買ってきたパンや飲み物をテーブルにたくさん並べている。

　この生徒達は芸術コースで、光樹に師事していた。画家としても尊敬しているが、光樹個人を慕っていて、こうして休み時間に遊びにくるのだ。

　光樹も生徒達の出入りを拒むことはなく、進路の悩みや絵についての相談から個人的な話まで、気軽に聞いてくれるので、生徒達は入れ代わり立ち代わり、この部屋にやってくる。光樹としても、生徒達のおかげで食事には困らないのだ。

　だが生徒達も、光樹を画家として尊敬しているだけのことはあり、美術展の作品を描いている頃などは、決して邪魔をしにくることはない。だからこそ光樹も、嫌な顔をせず生徒を受け入れているのだ。

　たわいもない会話を交わし、賑やかに食事をする。しばらくするとまた別の生徒がやってくる。気がつくといつも昼休みは、生徒でいっぱいになっている。

「ほら、そろそろ昼休みが終わるよ」

「私は次の時間、みっちゃん先生の授業だからこのままでいいの」

「いいなぁ～、私は次の時間現国だよぉ……絶対眠る」

教室へと帰っていく生徒達、隣の美術教室へ移動する生徒達、光樹はニコニコと笑顔で見送った。

「さて……僕もそろそろ先生をしなきゃな」

光樹はよっこいしょと立ち上がり、テーブルの上に広げられたスケッチブックをそっと閉じた。


ふと目が覚めて、自分が柔らかな草の上で寝ていることに気づいた。その瞬間『あ、夢だ』と思った。いや、もうすっかり慣れているし、日常では原っぱで寝ていることなんてないから、もうそれしかないよねと、特に慌てるわけでもなく起き上がる。

するとすぐ隣に寄り添うように横たわる銀色のモフモフの毛並み……狼だ。もう何度も夢に出てきているけれど、今日が一番近いなって思う。触りたいという感情が湧き起こる。でもなんとなく触れないことは分かっていた。この夢は、なかなか自分の思い通りにはならない。この中の自分は自分であって自分ではない。

誰か別の人の記憶を覗いているみたいな気がするのだ。

『もしかして僕の前世の記憶なのかな？』

そんな風に思ったりもしたが、こんなにファンタジー世界みたいな前世ってあるのだろうか？　この世界は、中世ヨーロッパというわけでもなさそうなのだ。

なぜかって……だって湖には人魚みたいなのがいるし、鹿とか熊とかリスとか小さな鷹みたいなのとか……そういう動物の精霊が、周りに普通にいるし、何より『僕』の姿が、普通ではないのだ。

鏡で見たわけではないけれど、湖の水面に映る姿は、まるで精霊のようだった。長い髪は白くて……いや、白というよりちょっと薄緑みたいな感じで、瞳も緑色で、女性のように綺麗に感じた。

『感じた』っていうのは、水面だから……鏡ではないから、鮮明な映像としてその姿を見たわけではないからだ。

　この目の前に寝そべっている狼にしたってそうだ。本物の狼は見たことないけれど、たぶんこんなに大きくない。一応調べたけれど、ハスキー犬より少し大きいくらいだ。

　でもこの狼は、かなり大きい……仔《こ》馬……いやポニーくらいの大きさはある。二メートルくらいあるのではないだろうか？　かなり大きい。

　でも少しも怖くない。彼は（なんとなく雄かな？と思うので）とても優しい。よくじっと見つめられるのだけれど、銀色の瞳がとても優しい光をたたえている。その瞳に見つめられると、胸がきゅっと痛くなってしまう。

　それはなんだか恋をしているような感覚に近くて、狼に恋？　っておかしいと思うのだけれど……。

　でも恋といえば、この夢の中の『僕』は王様のことがとても好きだ。王様も『僕』にとても優しい。だから恋人同士なのかな？　と思ったのだけれど、なんだか違う気がする。

　夢の中では、王様と親しく過ごしているのだが、具体的に何をして過ごしているのだとか、どんな会話を交わしているのだとか、その辺りが実はよく分かっていない。

　例えて言えばイメージ映像を見ているような、プロモーションビデオを見ているような、会話などの音声はよく聞き取れなくて、顔もはっきりとは見えなくて、すべてが霞《かすみ》掛かっているようでもあり、断片的でもあり、物心ついた頃からそれを繰り返し何度も見ているから、どの人が王様だとか、どの人が親しくしている人なのだとか、そういうことが【感覚】として分かっているだけなのだ。

　それはその光景を見つめている『僕』の感情から読み取っているだけで、無理に考えようとすると、すべてが真っ白になって消えてしまう。

　子供の頃は、ごくたまにしか見ることがなかったから、あまり気にしていなかったけれど、ここ最近

は頻繁に見るようになった。

それはこの世界を、絵の題材にするようになったからなのかもしれない。ぼんやりと断片的だった夢を、絵という具体的な形に残そうとしているせいで、意識して見てしまっているのだろう。

頻繁に夢を見るから絵に描いたのか、絵に描いたから頻繁に見るようになったのか、どちらが先だったのかは光樹にもよく分からない。

「もう朝か……」

アラームの音で現実に引き戻された。

光樹は溜息をついて、スマホを手に取りアラームを解除した。

「どっちが現実か……分からなくなりそうだ」

光樹は起き上がり、ぼんやりと宙を見つめながら呟いた。

「みっちゃん先生は、どうして美術教師なんてやっているの？」

いつもの昼休み時間。光樹の部屋でお弁当を食べる女子生徒の一人が、突然そんなことを聞いてきた。

「え？　教員免許を持っているから」

光樹がぼんやりとした顔で答えると、プハーッと女子生徒達が噴出した。明るく笑い飛ばされて、光樹はよく分からないという顔で首を傾げた。

「違う、違う、そういう意味じゃなくて……みっちゃん先生の絵って売れているんでしょ？　年に一回個展を開いているし……絵だけで食べていけるんじゃない？　わざわざ学校に来て、授業をしている時間がもったいなくない？　臨時教師なんて給料安いんでしょ？　家に籠もって、集中して絵を描いて売った方が、よっぽどいいと思うけど」

「ああ……」

説明をしてもらって、ようやく質問の意図を理解したように、光樹はゆっくりと何度か頷いた。

「まあ……そうなんだけど……そしたら人としてダメになりそうだからさ、ほら、こうして君達にご飯を世話してもらわないと、昼食も忘れて絵を描いて

しまうだろう？」

光樹が笑いながら、のんきにそう答えたので、生徒達はまた噴き出した。

「待ってよぉ〜、みっちゃん先生、朝と夜もちゃんと食べてるの？　そんなこと言うと心配になるじゃん！」

「大丈夫、だからさ、学校に来るから食べるんだよ。朝はパンの一枚でも何か食べないと、自転車を漕《こ》ぐ力が出ないし、夜も自転車漕いで帰るから、お腹が空いて途中のコンビニで何か買って帰るし……これが家に籠もったら本当にやばいからね。まあその時は実家に戻るだろうけど……」

光樹が他人事のように、あっけらかんと人としてダメなことをさらすので、生徒達は呆《あき》れ顔で聞いている。

「掃除・洗濯はしているの？　私達がやってあげようか？」

「大丈夫、週に一度は掃除しているよ。埃《ほこり》とかが乾いていない油絵にくっつくのは嫌だからさ……その辺りはちゃんと……それに月に一度、母親が抜き打ち検査に来るんだよね。自立できていないと家に連れ戻されちゃうから……」

光樹はそう言って困った顔で、はははっと乾いた笑いを漏らした。

生徒達も一緒になって笑っているのを見て、光樹は自分がほっとしていることに気づいた。先生をやっている理由について、冗談のように言ったので、生徒達は笑いながらも半分は本気にしてくれているようだ。実際、半分は当たっている。

『人としてダメになる』という部分は、生徒達はきっと違う形で解釈しているだろうが、光樹の意図としては夢と現実の違いが分からなくなりそうな不安を抱えていたのだ。

特に最近はなんだか『あの夢』の頻度が高い。以前は多くても週に一度くらいだった。それが四、五年ほど前から頻度が高くなってきた。ここ一年では二日に一度は見ている。

今朝のように無意識に『夢の中の方が良い』と思

うようになってきたので、こうして生徒達といる時間が楽しいと、現実の方が良いと思えて安心するのだ。

「みっちゃん先生！　あの絵……最初は綺麗な森の絵だと思っていたけど、狼が追加されたんだね」

　生徒の一人が制作途中の絵を見て、そんな言葉をかけてきた。それを聞いた他の生徒達も、興味津々という様子で、絵を眺めている。

「綺麗……これは売るんですか？」

「うん、次の個展で出すつもりだけど……なに？　買いたい？　学割にしてあげようか？」

　光樹がニッと笑って言ったので、言われた生徒はぷうと頬を膨らませた。

「先生！　プレゼントしてよ！　生徒からお金を取るなんてひどい！」

「クリエイターの作品を無料でもらおうなんて、芸術コースの生徒としてどうなんだ？」

　抗議した生徒に、別の生徒が茶々を入れて、生徒達がわいわいと論争を始めたので、光樹は楽しそうに黙ってそれを眺めていた。

『人間が好き』

　ふと頭にそんな言葉が浮かんでハッとした。今のは自分の言葉なのか、誰かから聞いた言葉なのか、そんな疑問を持ったからだ。

「先生、どうかした？」

　急に顔色を変えて、きょろきょろと辺りを見る素振りをしている光樹に気づいた生徒が、不思議そうに声をかけた。他の生徒も一斉に注目する。

「あ、いや、なんでもないよ……っていうか、もうすぐ休み時間が終わるよ？」

「は～い！」

　生徒達は素直に散らかした物を片付けて、光樹にバイバイと手を振りながら、ぞろぞろと自分の教室へ帰っていった。

「……久しぶりに実家に帰ってみようかな」

　誰もいなくなった部屋で、光樹はポツリと呟いた。なぜだか分からないけれど、不意に実家の境内にあるご神木が脳裏に浮かんだからだ。

そして書きかけの絵に視線を向けた。うっそうとした深い森、月の光が差している場所が、ぼんやりと青く輝いている。そこに一頭の銀色の狼が佇んでいた。

さっきの生徒が言った通り、最初は森だけを描いていた。暗い夜の森を描きたくなって、ひたすらに絵の具を重ねて深い森を描いていた。だが夢に現れた狼が、ずっと心に残っていて、後からそっと小さく森の中に狼を描いた。

光樹は表情を曇らせる。なぜこんなにも惹かれてしまうのだろう？　狼にも、あの夢の世界にも……。得体の知れない不安をどうにかしたくて、光樹は実家に帰る決意をした。

「帰るなら先に連絡くらいしなさい」

ただいまと実家の玄関をくぐったら、出迎えた母の第一声がそれだった。

「おかえりくらい言ってよ」

光樹が少し拗《す》ねたように返したが、言葉とは裏腹に母が嬉しそうなので、光樹も満更ではなくて照れ隠しにそう返しただけだ。

「あら、光樹くんおかえりなさい」

居間に入ると、義姉《あね》の志保《しほ》が笑顔で出迎えた。

「みっちゃんだ！」

甥の悠人《はると》が嬉しそうに駆けてきて、光樹に抱き着いた。

「お義姉《ねえ》さんただいま。ハル君重くなったね」

光樹は志保に挨拶をしながら、悠人を抱き上げて微笑みかけた。悠人は四歳で元気な盛りだ。去年妹の結衣《ゆい》が生まれてから、甘えん坊になっているようだ。光樹に抱っこされて、嬉しそうに両手を光樹の首に回して、ぎゅっと抱き着いている。

志保が今、結衣を抱っこしているので、おそらく拗ねていたのだろう。光樹が志保と視線を交わすと、志保は肩を竦めて苦笑している。

「何かあったの？」

母が光樹の分のお茶を運んできて、少し心配そう

に眉根を寄せながら尋ねたので、光樹はわざと明るく答えた。

「いつも帰ってこいってうるさいくせに、たまに帰るとこれだから……なんでもないよ。なんでもない時に帰りたくなっただけさ。年末年始は家の手伝いで忙しくて、全然のんびり里帰りが出来ないからさ……」

　笑顔で少しばかりオーバーに溜息をつきながら言うと、母は「何言ってるの」と呆れ顔で、座卓に光樹の分のお茶を置きながらその場に正座した。光樹も悠人を抱いたまま、母の側に正座する。

「神事なんて毎月色々あるのよ？　年末年始だけが忙しいわけじゃないんだから……今だって父さん達は、来週の秋季例祭の準備で忙しくしているわ」

　母の言葉を聞きながら、光樹は『地雷を踏んだかな』と内心では舌を出しながら、表面上は神妙な顔をして、出されたお茶を一口飲んだ。

「もちろん分かっているよ……だけど大きな神社みたいに、神事も大掛かりなわけじゃないし、毎日たくさんご祈禱《きとう》やお祓《はら》いの申し込みがあるわけでもないし、通常の神事は父さんと兄さんで、回せているんでしょ？　だけど年末年始はさすがに僕まで駆り出されるからさ……中学生の頃とか白袴《しろばかま》を着せられて、授与所で仕事を手伝うのが本当に嫌だったんだよね……クラスメートとかお守り買いにくるしさ……『神主さんだ』ってからかわれてさ。普通の人は神主と出仕《しゅっし》の違いなんて分からないでしょ？」

「そういえばあなた、いつも不貞腐《ふてくさ》れていたわね。だから神職の資格を取らないの？　家業が神職なんだから、神主さんって呼ばれても、別にからかわれているわけじゃないでしょ。本当のことなんだから、そういう時は『まだ資格がないから神主じゃないんだ』って言えばいいじゃない」

　母が何がおかしいの？　と不思議そうな顔で言うので、光樹は苦笑して頭を掻いた。光樹の膝に座っている悠人が、真似をして頭を掻いている。

「そういうことじゃないんだよなぁ」

「なによ、そういうことじゃないって」

光樹が困ったように呟いて、母は意味が分からないというように首を傾げている。

「お義母《かあ》さん、光樹君はそういう思春期の頃は嫌だったって話で、別に家業が嫌って言っているのではないと思いますよ。男の子はそういう時期ってあるんじゃないですかね？」

　志保が横から擁護してくれたので、光樹は少し安堵した。

「きっと悠人もそうなるわよね。今はじぃじの真似をしたがっているけど」

　志保はそう言って、光樹に抱かれてきょとんとした顔をしている我が子を見つめながら笑った。

「ハル君は神主になるの？」

「うん！　なる！」

　光樹が尋ねると、悠人は大きな声で元気よく答えた。その様子に大人たちは笑った。

「光樹だって、悠人くらいの頃は、神主になるって言っていたわよ？」

　母が笑いながら言ったので、光樹は何も言わずにただ微笑み返した。


「光樹」

　荷物を置きに自分の部屋へ向かった光樹を、母が追いかけてきて呼び止めた。階段を上りかけていた光樹は、足を止めて振り返る。

「なに？」

「……あなた、本当に何もないのよね？」

　母は硬い表情で言いにくそうに尋ねた。光樹は一瞬何のことだか分からずに、目を瞬かせて母を見つめる。

「急に帰ってきた理由よ」

　反応の悪い光樹に、母は眉根を寄せながら続けてそう言った。両手は前掛けを強く握り締めている。光樹はそれに気づいて、改めて母の顔を見つめた。ひどく不安そうだ。

「なんでもないよ……というか、まあ全然何も用がないってわけじゃなくて、実は高校時代に描き溜め

ていたデッサンを取りにきたんだ。授業で生徒達に見せようと思ってね。彼らと同じ頃の僕の絵を見たら、何かの指針になるんじゃないかと思って」

「そう……」

光樹が明るく答えると、母は少しばかり安堵したのか、硬い表情が和らいだ。

「母さん、さっきからどうしたの？　本当に僕が帰ってきたらまずかった？」

「ううん、そうじゃないの。何もないならいいのよ。まったく……普段からあなたがよく帰ってきているなら私だって気にしないのよ……あなたがちゃんと先生が出来ているか心配じゃない。最近の学校は色々と大変だって聞くから……」

「大丈夫だよ、母さん。心配してくれてありがとう」

光樹が笑顔で礼を述べたので、母は決まり悪そうに小さく溜息をついて、居間の方へ戻っていった。

光樹はそんな母の後ろ姿を、深刻な表情で見つめる。

今話した『帰省した理由』は嘘だ。母の様子から『なんでもないよ』だけでは納得しないだろうと思って、咄嗟についた嘘だ。

光樹は溜息を吐いて、ゆっくり階段を上り自室へ向かった。

扉を開けて部屋の中に入ると、なんだかホッとする。高校卒業まで過ごした部屋だ。一番しっくりくるのも仕方がない。荷物を置いて、窓を開けた。涼しい秋の風が吹き込んでくる。周囲を木々に囲まれているから、静かで風も心地良い。

住居は社務所の裏手にあるので、境内は見えないが、二階にある光樹の部屋からは、境内にあるご神木の梢《こずえ》は見える。

「母さんはやっぱり勘が鋭いなぁ」

光樹は風に吹かれながら、ご神木を見つめつつ呟いた。

傍《はた》から見れば、光樹に対してとても過保護な母親だろう。社会人でもある二十四歳の息子の家に、月に一度抜き打ちで様子を見にくるくらいだ。未だに光樹の一人暮らしに反対をしていて、何かにつけて戻るように言ってくる。

それも仕方のない話ではあった。

光樹は三人兄弟の末っ子で、上の二人とは歳《とし》が離れていた。兄とは十二歳、姉とは九歳離れている。

ある夜のこと、母は誰かに呼ばれた気がして境内に向かった。するとご神木が光っていたそうだ。それが現実だったのか夢だったのか、実のところ母の記憶は曖昧だ。ただその直後に、妊娠が発覚した。

だから生まれた子に『光樹』と名付けた。家業が神職であるせいもあり、神の恵みを授かった子だと、大事にされたのは言うまでもない。

だが母が超過保護になった理由はそのせいではなく……光樹が三歳の時、母が少し目を離した隙に、光樹は姿を消した。

母が慌てて探していると、光樹はご神木の前に立っていた。声をかけると、光樹はひどく真剣な表情で「私は私の世界に帰らなければなりません」と言った。

その子供らしくない、はっきりとした口調に母はとても驚いた。だが光樹の奇妙な発言はそれっきりで、聞いたのも母だけだったので、家族は誰も信じずに『聞き間違いだろう』と一笑されて終わった。

しかし母はよほどそれが衝撃的だったのか、それ以来光樹の行動をとても気にするようになったのだ。

光樹自身は、その事件のことは覚えていない。でも不思議な夢を見るようになったのは、その頃からではないかと思う。もちろん三歳児の記憶などないので、明確にいつからとは断定できないが、少なくとも幼稚園に入る頃には、すでに何度か見ていて、お絵描きも始めていた。

小学生までは年に二、三度くらい、中学・高校くらいには月に一度くらい、大学時代には週に一度のペースで、不思議な夢を見るようになっていた。

従来、前世の記憶なんていうものは、幼少期にあったりするものではないのだろうか？　と光樹は思う。それなのに大人になるほど、不思議な夢を頻繁に見るようになって、最近ではどちらが現実なのか分からなくなるくらいだ。

もっとも未だに夢の内容は、ぼんやりとしたもの

なので、正確には『どっちが現実か分からない』ではなく、夢の世界が居心地が良いと思うようになっている。というのが正しい。

それは別に寝坊助《ねぼすけ》になっているわけではない。なんとなく『夢の中の世界の方がしっくりする』という言い方が正しいかもしれない。

最近、光樹はそう思い始めたためか、ご神木のことが頭から離れなくなっていた。それは母が聞いたという三歳児だった光樹が言った『私は私の世界に帰らなければなりません』という言葉を思い出したからだ。

『別に本気であの夢が前世だとか、自分の本当の世界だとか思っているわけじゃないけど……』

誰に言うでもなく、心の中で言い訳をする。

階下から母の呼ぶ声が聞こえたので、光樹は窓を閉めて部屋を出た。

賑やかな食卓は嫌いではない。一人暮らしをしていると、絵を描く方が優先されて、食事への興味が薄れてしまう。作るのが面倒だというだけの話ではない。今は便利だから、自分で作らなくても、デリバリーでいつでも美味《おい》しいものが食べられる。

でもどんなに美味しいものが、目の前に用意されていたとしても、絵の方が優先されるのだ。お腹が空かないわけではないし、もちろん食べることも嫌いではないのだけれど、絵に集中してしまうと食事なんて空腹が満たされればなんでもいいってことになってしまう。

だけどこうして家族で賑やかに食べる食事は好きだった。自然と食が進む。

物静かな父は、美味しいとも不味《まず》いとも言わないが、好き嫌いがなくていつも綺麗に食事をする。兄は話好きで、食事の間もよく色々な話をする。ただ口の中に食べ物が入っている時は、一言もしゃべらない。もちろん相手が、口の中に入っている時にしゃべると注意する。世話焼きだし、行儀にもうるさい。

今は嫁いでここにはいないが、姉は父親似でいつも静かに食事をしていた。ただ兄のおしゃべりをうるさいと感じれば、容赦なく注意していた。兄と姉はよく喧嘩《けんか》をしていたものだ。

　母は食事の間も常に誰かの面倒を見ている。兄と姉の喧嘩の仲裁もしなければならず、いつも落ち着いて自分の食事に集中できていなかった。

　姉がいなくなり、代わりに兄が結婚してお嫁さんが来て、兄の話し相手と世話は、母の仕事ではなくなった。

　光樹が家を出てからは、益々《ますます》母の仕事がなくなって、自分の食事に集中できるようになったはずだが、なんだか寂しそうだ。

　だからこうしてたまに光樹が帰ってくると、母はとてもはりきって食事の支度をする。そして食事中も何かと光樹の世話をしたがるのだ。

　でもたぶん今は孫の世話があるから、少しは母も寂しくないはずだと、光樹は賑やかな食卓を眺めながら思った。

「光樹、ちゃんと食べている？　おかわりは？」

　早速母が世話を焼いてきた。

「食べているよ。こんなにご馳走《ちそう》を作らなくてもいいのに……もうお腹いっぱいだよ」

　光樹が苦笑しながら答える。

「お前、ちょっと痩せすぎじゃないか？　肉を食え、肉を！」

　兄が早速小言を言ってきた。

「なにそれ、近所のおじさんみたいな絡みは止めてよ」

　光樹が思わず笑いながら答えると、悠人が真似をして「肉を食え！」と言って意味は分かっていないのに、楽しそうにはしゃいでいる。

　とても心地いい。なんだ……結局一人暮らしが寂しくなっていたのかな？　光樹は笑いながら、頭の片隅でそんなことを思っていた。

静かな秋の夜。至る所から虫の声が聞こえるだけ

で、車の走る音や人々の喧騒などはない。

　最寄り駅まで徒歩十分。駅前にはちょっとした商店街もあり、国道も近いし、住宅地もある。ほどよく発展した町で、決して何もないド田舎というわけではない。

　だけどそこだけ周囲の発展から取り残されたように、うっそうとした森に囲まれた神社は、まるで結界でも張られているかのように、静かな別世界だ。ここだけ空気が澄んでいるのも気のせいではないと思う。

　光樹は星空を眺めながら、のんびりとした足取りで境内にまで出てきた。昼間は参拝者がいるので、神職ではない光樹は遠慮して境内に入ることはない。

　以前は夜間も開放されていたので、たまに夜中にお百度を踏みにくる人がいたのだが、不良のたまり場になり物騒だということで、十五年ほど前に参道の長い階段を上りきった二の鳥居のところに通行止めの柵を設けて、夜七時には閉めてしまっている。

　だから不審者でもない限りは、夜間の境内に入る者はいない。

　光樹の足は、境内にあるご神木に向かっていた。見上げるほどに大きな巨木。樹齢約千三百年のクスノキだ。

　元々はこの木が、この土地の氏神様で人々に崇《あが》められていた。昔々、旅の僧が不作にあえぐ農民達のために、土地神様に祈りを捧げてこの木を植えたところ、その年は豊作になったのが信仰の始まりらしい。

　その後鎌倉時代に、社殿を建てて我が家のご先祖様が宮司になった。

　光樹はご神木の側に立ち、そっと両手で幹に触れた。ご神木の幹はとても太くて、大人が二人両手を広げてもまだ少し足りないくらいだ。幹にはしめ縄が掛けられている。

　光樹はご神木の根を踏まないように、足元に注意をしながら、幹にぴったりと寄り添い、耳をくっつけるようにして目を閉じた。

　光樹は子供の頃から、こうするのが好きだった。

木の鼓動が聞こえるような気がするからだ。実際には何も聞こえないのだけれど、なぜかとても気持ちが和らいでいく。

光樹はふと違和感を抱いて目を開けた。辺りがぼんやり明るい気がしたのだ。目を開けて驚いた。ご神木が淡く光っていたからだ。

「え!?」

光樹が驚いて顔を上げると、ご神木は幹も枝も葉も、すべてが淡い光に包まれていた。月明かりしかない暗い境内で、それはとても神秘的で美しかった。

光樹は驚きながらも、その美しさに目を奪われて、ぽかんと口を開けたままご神木を見上げていた。するとご神木を包んでいた光が、一か所に集まってきた。それは丁度見上げている光樹の頭の上辺りだ。

集まってきた光は丸く円を描き、やがて不思議な模様を描き始めた。

「これって……」

光樹は思わず息を呑んだ。光が描くそれは、所謂《いわゆる》【魔法陣】に似ていたからだ。漫画やアニメで見るような、白く光る魔法陣のようなものを見つめながら、もしかしてこれも夢なのか？　と、光樹は思わず両手で顔を擦《こす》ったり、頬をつねったりした。

すると光樹がご神木の幹から手を離したためか、光は幻のように消えてしまった。

「え!?　き、消えるの？」

光樹が夢から覚めたというよりも、確かにそこにあった光が、スーッと暗く消えていくようだった。

夢かと思って慌てたけれど、いざそれが消えてしまうと、途端にもったいないという気持ちが湧き上がった。その美しい光の模様を、もっとよく見たいと思うのは、芸術家の性だろうか？

もう一度ご神木の幹を両手で触ったり撫でたりしたが、もう何も起こらなかった。

「光樹？　光樹！　そこにいるの？」

母屋の方から声がして我に返った。母が心配そうな顔で、こちらに来るのが見えたので、光樹は慌ててご神木から離れた。

「光樹……こんな時間にそこで何をしているの？」

「あ、ああ……別に……久しぶりに帰ったから、ご神木にご挨拶をしていただけだよ」

　光樹は笑ってごまかしたが、母は怪訝そうに少し眉根を寄せている。母は光樹がご神木の側にいることを好まない。もちろん神社の大切な氏神様だから、露骨に毛嫌いするようなことはないのだが、三歳の時の出来事以来ひどく不安になるようだ。

「ねえ母さん、僕を身籠もった時に、ご神木が光ったのって、どんな風に光ったの？」

　光樹がわざと戯言を言うように、明るい口調で尋ねると、母は一瞬困ったように表情を歪めて、ご神木を見上げた。

「木の全体が……枝も葉っぱも全部がぼんやりと光ったのよ。綺麗だったわ」

「その時さ……」

　光樹は【魔法陣】のことを尋ねようとしたが、思いとどまって口を閉ざした。

「なに？」

　言い淀《よど》んだ光樹に、母が聞き返す。

「あ、いや……驚いたよねって思って……父さんはすぐに信じてくれたの？」

「ええ、本当に信じてくれたかどうかは分からないけれど……その時はまだ貴方を授かっているとは知らなかったから……ただお父さんは『それは吉兆だ』って言って笑ったのよ」

　今までご神木が光った時のことについて、尋ねてもあまり詳しく話してくれたことのなかった母が、珍しく語ってくれたので、光樹は内心驚いていた。

「じゃあ、僕を授かったことは、母さんにとって吉兆だった？」

「もちろんよ……何を馬鹿なこと言っているの。さあ、もう家の中に入りなさい」

「は～い」

　光樹は素直に従って、母屋に向かって歩き出した。

「光樹」

「なに？」

　母に呼びかけられて振り返ると、母は立ち止まって何か言いにくそうにしている。光樹は首を傾げて

足を止めた。

「なに？　どうしたの？」

「毎月……お母さんが貴方の部屋に行くの……迷惑なんでしょ？」

「え？」

突然の言葉に、光樹は驚いて目を丸くした。母は気まずいという顔をしている。

「分かっているのよ。貴方はもう二十四歳の大人で……ちゃんと社会人として働いているんだし……お母さんが過保護すぎるのは嫌よね」

「母さん……なんで急にそんなこと言うの？」

「急にじゃないのよ……前から言われていたの。雅《まさ》彰《あき》から……いい加減でやめろって、光樹は優しいから言わないけど、普通息子は母親の干渉を嫌がるって……そんなにべったりじゃあ彼女を作れないって」

兄がそんなことを母に言っていたなんて、光樹は知らなかったのでさらに驚いていた。光樹が何も言わないのをどう捉えたのか、母は一度頭を下げた。

「ごめんね、私が子離れ出来なくて」

「か、母さん待って！　そんな……別に僕はなんとも思っていないよ。実際、母さんに来てもらって、掃除とか洗濯とか助かっているし……僕は別に彼女もいないし、というかそういう出会いもなければ、正直に言うと絵を描くことの方が、今は大事だから全然そういうのに興味ないし……別にマザコンってわけじゃなくて……なんというか……母さんを家政婦代わりみたいに思っていて、むしろ申し訳ないくらいだよ。ほら、母さんが来てくれても、僕はいつも絵に集中していて、ろくに話もしないし……親孝行も何もしていないし……ごめんね、母さん」

光樹は母の側に駆け寄り、懸命に宥めた。

「本当にそう思うの？」

「本当だよ。ほら、美術展前で忙しい時とか、来てもらうと困る時は来ないでって、ちゃんと伝えてるでしょ？　やだなぁ……そんなこと気にしていたの？」

光樹が笑いながら母の顔を覗き込んで言うと、母の表情は少しばかり和らいだ。

「それならいいんだけど……」

「うん」

光樹は頷いて、再び母屋に向かって歩き出した。それは母親に限った話ではなく、家族全員から……母にそんなことを言っている兄にしたって、十分に光樹に対して甘い。

月に一度、母親が世話をしに来てくれることだって、周りからしたらマザコンと思われていることだろう。まあ実際のところ、それを鬱陶《うっとう》しいなどとは思わないので、マザコンなのかもしれないけれど、光樹自身は単純に世話してもらえて楽だというだけで、それが母親でも姉でも家政婦さんでも、誰でもいいという程度に、まったく気にならないというだけだ。

それに母は、光樹が本当に消えてしまうのではないかと心配しているように感じるので、あえて好きなように構ってもらっているつもりだったのだけれど、改めて母の言葉を聞いて、親不孝をしていたなぁと、深く反省をした。

『これからは、母さんが来てくれた時には、きちんとお礼を言って一緒に食事くらいしないとなぁ……それにもう少し実家に帰るようにした方がいいのかもなぁ』

光樹はそんなことを考えて、すっかりご神木が光ったことなど忘れてしまっていた。

ガバッと勢いよく起き上がった光樹の顔は、驚きで大きく目を見開いていた。肩で息を吐きしばらく呆然《ぼうぜん》と暗い部屋の中を見回した。

「また……あの夢だ……」

そこが自分の寝室であることを確認して、大きく息を吐いて前髪をかき上げる。汗で濡れた髪が額や顔に張り付いていて気持ち悪かった。背中も汗でぐっしょりだ。

光樹はぐったりとした様子でベッドから起き上がり、キッチンへ向かった。冷蔵庫を開けて、ミネラ

ルウォーターのペットボトルを取り出し、ゴクゴクと一気に飲んだ。

冷たい水が喉を通り、体を内から冷やしてくれる。ようやく人心地がついて、光樹は深い溜息をついた。

ここのところ悪夢を見るようになった。何か得体の知れないものに襲われる夢だ。その相手が何者なのかは分からない。姿ははっきりとしない。黒くて何かひどく嫌な感じがして『僕』は懸命に逃げる。そんな『僕』を助けようと王様が戦っていて、酷い傷を負うのだ。

『僕』は何もできない。怖くて足が竦んで……王様が必死に何かを叫んだのだけれど、いつものごとくその夢は、声も何も聞こえない。王様の顔もはっきり見えない。ただ深手を負いながらも『僕』を逃がそうと、懸命に戦っていることだけは分かった。

やがて真っ暗な中、動くことも出来ず恐怖に震えていると、銀色の狼がすっと『僕』の前に現れて、ついてくるように促される。その狼が指し示す先には、暗闇の中あの魔法陣が輝いて浮かび上がるのだ。魔法陣と狼以外は、真っ暗で何も見えないはずなのに、背後から得体の知れない何かが追ってくるような恐怖を感じて、でも魔法陣を前にして狼が何を示しているのか分からなくて、ひどく焦りながら目を覚ます。

夢なのに、光樹はとても疲労していた。

「ご神木が光って以来だ……」

光樹はぐったりとしながら呟いた。

ご神木が光り、不思議な魔法陣のようなものを見た。その後実家にいる時は、不思議な夢を見ることはなかったが、自宅に戻ってから悪夢を見るようになった。

あの日から十日が経《た》つ。その間に悪夢は四回見た。毎日ではないのが救いではあるが、それでも最近はなんだか怖くて眠るのが億劫《おっくう》になっている。

「王様は死んでしまったんだろうか……」

光樹を庇《かば》って……正確には夢の中の『僕』を庇って血を流していた。『僕』がひどく悲しんでいた。胸が張り裂けそうなほど辛かった。

一体何があったのか、光樹にもよく分からない。いつも夢で見る美しい世界に、あんな恐ろしいことが起きるなんて信じられない。

やっぱり前世の記憶なのだろうか？　と、光樹は眉根を寄せた。視線を部屋の時計に向ける。デジタルの赤い文字が、薄暗い部屋の中に浮かんで見えた。午前六時。起きるには少しばかり早いけれど、寝直す気にはなれない。だからといって、絵を描けるような精神状態でもない。

光樹はチェストの上に置いている小型スピーカーの電源を入れて、携帯型のデジタルオーディオプレイヤーを手に取り、プレイリストから明るい曲調の音楽を選んでかけた。

早朝なのでボリュームは少し抑える。

キッチンカウンターのハイチェアーに座り、カウンターの上に突っ伏した。何度目か分からないため息が漏れる。

「一度心療内科にでも行った方がいいのかな？」

溜息と共に小さな声で弱音を吐いた。

早く目が覚めてしまったので、いつもよりも少し早めに出勤した。朝練のために早く登校している生徒達もいるが、一般の生徒の姿はほとんど見られない。芸術コースの新校舎はとても静かだった。

部屋の鍵を開けて中に入る。デイパックをソファに置き、作業スペースに移動した。イーゼルにかけられた布をそっと外す。そこには完成した絵が置かれていた。

幻想的な夜の森、月の光の下に佇む一頭の狼。

光樹は複雑な表情で、立ったまま腕組みをして、じっと見つめていた。

いつも見る幻想的で不思議な夢は、場所こそ同じ森の中の神殿だけれど、常に違う内容の夢だった。静かで穏やかな日々を、淡々と過ごしている。そんな感じの夢だ。それがあまりにも居心地が良くて、夢から覚めたくないと思ったくらいだ。

だけど最近見る悪夢は、毎回同じ内容だ。

何かに襲われる夢。実際のところその『何か』がはっきりとしない。怖い姿のモンスターというわけでもない。もしかしたらそうなのかもしれないけれど、光樹は夢の中で相手の姿は一度も見ていない。だからあの恐怖は、もしかしたら『僕』の記憶なのかもしれない。心象風景というか『僕』が体験した恐怖の記憶の残像をイメージとして見ているのかもしれないと、光樹は考えていた。

それはあくまでも光樹がいつも見ている不思議な夢が『前世の記憶かもしれない』という仮定の上での話だが……。

悪夢の中で唯一はっきり見えているのは、銀色の狼とあの不思議な魔法陣だけだ。

「狼は僕に何を伝えようとしているんだろう……あの魔法陣を描けってことかな？」

光樹はぽつりと呟いて、何か思いついたというように、完成した絵をイーゼルから降ろして、整理棚に置いた。そしてスケッチブックを開くと、イーゼルに立てかける。

「何度も見たから……たぶん描けると思う」

光樹は誰に言うでもなくそう呟くと、木炭を手に持ちスケッチブックに線を引き始めた。

ご神木が光り、宙に浮かび上がった魔法陣。夢にも同じものが出てきた。それは円の中に四角や三角を重ねたような幾何学的な図形と、円の外形を縁取るように書かれた文字のようなもので、複雑に形成された図案だった。

光樹は文字も読めないし、その魔法陣自体も幾度か見ただけだったが、なぜか『描ける』と思ってしまった。実際、描き始めると不思議なくらいにスラスラと手が動く。まるで魔法陣の描き方を知っているかのようだった。

そんな異常な状況も、今の光樹は気にならなかった。ただ無心で真っ白な紙の上に描き続けた。

「みっちゃん先生！」

女子生徒達の元気な声に、光樹は我に返った。夢から覚めたようなぼんやりとした顔で、生徒達の方を振り返る。すると生徒達は、きゃっきゃっと笑い

出した。

「やっぱり思った通りだ！　絵に集中しすぎて忘れていたでしょ？　三限目は授業だよ！」

　言われて光樹は時計を見た。授業開始五分前だ。

「わっ！　もうこんな時間！」

　光樹は慌てて立ち上がり、机の上に置かれた美術書などの教材を抱えた。

「わあ、綺麗！　何かの文様？」

「これ知ってる！　魔法陣っていうのでしょ？　漫画で見たことある！　でも物凄く細かいね……先生のオリジナルデザインなの？」

　呼びにきた生徒達が、光樹が描いていた絵を興味深そうに覗き込んでいる。

「ほらほら、行くよ！」

「もう！　先生が忘れていたくせに！」

「ごめんごめん、助かったよ」

　光樹は笑いながら、生徒達と共に教室へ移動した。


「先生、また後でね！　今日はたくさん唐揚げを作ってきたんだよ」

「私はクッキー焼いてきた！」

「それは楽しみだ」

　授業が終わり、女子生徒達が光樹にお昼のお弁当について声をかける。光樹は笑顔で相槌《あいづち》を打ちつつ、他の生徒からの技法などについての質問に答えていた。

「先生、進路のことで聞きたいことがあるんだけど、昼休みに部屋に行ってもいいですか？」

「ああ、いいけど他にもうるさい連中がいるけど……」

「先生、うるさい連中って私達のこと？」

　もうすでに教室を出たと思っていた女子生徒達が、ぷうと頬を膨らませながら出入り口のところで抗議しているので、光樹は思わず苦笑しながら頭を掻いた。

「どこの大学がいいのか分からなくて、大学について色々と聞きたいだけだから、別に他の人がいても

いいです」

　進路について相談したいと言ってきた男子生徒が、光樹と女子生徒達とのやりとりを見て、笑いながらそう答えた。

「そう、それなら僕の方はいつでも大丈夫だよ。前にも言ったと思うけど、僕の部屋は誰でも出入り自由だから、いつでもおいで」

　光樹が快く承知したので、男子生徒は安堵の表情で頷いて、美術教室を後にした。

「さあ、みんな、四時限目が始まるよ！」

　光樹はまだ教室に残っている生徒達に声をかけて、自分の荷物をまとめると、皆と一緒に教室を出た。

　生徒達と別れて、自分の部屋に戻り、描きかけの絵に再び取り掛かった。

　スケッチブックに描かれた魔法陣は、すでに七割ほどが描けている。光樹は腕組みをしてしばらくじっと眺めた。

　夢中で描いていたから、自覚がなかったがこうして眺めると、かなり複雑な文様だと思う。円の外周を縁取るように並んでいる文字が、自分で書いたものの何と書いてあるのかは分からない。

「こういう文字ってなんていうんだっけ？　ルーン文字？　いや、ちょっと違うような気もするなぁ……でも……なんで僕はこれが描けるんだろう……」

　考えても分からないことだが、なんだかこれを完成させればその謎が解けるような気がしていた。

「お昼休みまでには完成できるかな？」

　光樹は一旦絵の前から離れて、コーヒーを淹れ始めた。ドリップバッグのコーヒーにお湯を注ぐと、部屋の中にいい香りが広がる。

　一口飲んでホッと息を吐いた。

「下絵が完成したらどうしようかな……せっかくがんばって描いたから、ただのスケッチで終わるのはもったいない気がするけど……キャンバスに描いてみるかな。だけど油絵にするより水彩画……いやパステルでも面白い感じになるかも……」

　光樹はぶつぶつと呟きながら、コーヒーを半分ほど飲んでテーブルの上に置いた。

「よし、がんばろう」

椅子に座り再び木炭を手に取った。集中して黙々と描き続ける。三十分ほどかけて、残りの部分を描き切り、光樹が夢でも見たあの魔法陣が完成した。

「出来た……」

光樹は木炭を置き、満足そうに描きあがった魔法陣を見つめる。

「うん、こうしてみると芸術的にも美しい模様だよね」

立ち上がって一歩下がりながら、まじまじと見つめた。

「これで本当に魔法が使えたらすごいんだけど……完成したものの……何も起きないか。まあ当たり前だけど……もしかしてあの狼を召喚できるかもなんて、ちょっとは思ったんだけどなぁ」

光樹は自嘲気味に、くすりと鼻で笑って右手をそっと魔法陣の上に重ねた。すると木炭で書かれた魔法陣の線の上を、スーッと光が走った。

「え？」

光樹は驚いて目を瞬かせる。あっという間に、魔法陣は光の線となって浮き上がった。光樹は慌てて魔法陣から手を離した。しかし光は消えない。

その時四時限目の終了を告げるチャイムが、スピーカーから流れた。その音で光樹は、ここが学校であることを思い出して我に返る。

いつもの夢ではない。これは現実で起きている。あの夜、神社のご神木の光も夢ではなかった。

校舎のあちこちで、生徒達の賑やかな声が聞こえてきた。皆が昼休みの解放感に沸き立っている。だがその喧騒をよそに、光樹の目の前では非現実的なことが起きていた。スケッチブックに木炭で書いた魔法陣が光っているのだ。光はどんどん大きくなっている。

魔法陣の光は宙に浮き上がり、みるみる強い光を放ち始めていた。光樹は思わずよろりと後ずさった。

その時廊下の方から、きゃっきゃっと聞き覚えのある女生徒達の楽しげな声が聞こえた。光樹は顔色を変えて、一瞬扉の方と魔法陣を交互に見た。魔法

陣の光がどんどん大きく強くなるので、なんだか爆発するような恐怖を抱いた。

「危ない！　逃げろ！」

　光樹は咄嗟にそう叫んでいた。

　叫び声と爆発的な激しい光と、どちらが先だったのかは分からない。それは本当に一瞬のことだった。

　カッという激しい光に、光樹は目が眩《くら》んで思わず両手で顔を庇うように覆っていた。

「みっちゃん先生!?」

　光樹の部屋に向かっていた女子生徒達は、突然聞こえた光樹の叫び声と同時に、光樹の部屋のドアの隙間から、何かピカッという光が漏れて見えたので、驚いて思わず顔を見合わせていた。

　誰というではなく、バタバタと駆け出すと、慌てて扉を勢いよく開けた。そして部屋の中を見て、皆が唖然と立ち尽くした。

　部屋には誰の姿もなかった。

「え？　今……先生の声がしたよね」

　一人がそう呟いた。

「う……うん、あれ？」

　女子生徒達は、狐《きつね》に摘まれたような顔で部屋の中を見回す。

　部屋の主はいなかった。あるのはイーゼルに置かれた何も描かれていない真っ白なスケッチブックと、テーブルの上の冷めてしまった飲みかけのコーヒー。そして彼女達からは見えていないが、まるで光樹の抜け殻のように、パサリと床の上に落ちた光樹の衣服だけが残されていた。

「ねえ、先生の声って……誰のこと？」

　一人が不思議そうに友人達の顔を見回して尋ねる。尋ねられた中の一人が、答えようとして言葉に詰まり首を傾げる。

「えっと……あれ？　さっきまで……分かっていたつもりだったけど……この部屋の先生……あれ？　誰だっけ？」

「ここは……ほら、美術の……え？　誰だっけ？」

「っていうか、なんで私達ここにいるんだろう？　お弁当食べるんだよね？　美術室で食べたら怒られ

るんじゃない？　教室に戻ろうよ」

「そうね……なんで私達ここに来ちゃったんだろう？」

　女子生徒達は口々に疑問を呟きながら、ゆっくりと扉を閉めた。彼女達の記憶の喪失と連動するように、床に落ちた光樹の衣服がふわりと消えてなくなり、乾燥棚に立てかけられていた光樹の作品達や、机上の私物も消えていった。

　まるで光樹の存在のすべてが、消えていくようだった。

第三章

　意識を取り戻して、一度ゆっくり目を開けた。一瞬めまいがして、小さく呻きながら何度か瞬きをする。ぼんやりとしていた意識が次第にはっきりしてくると共に、自分が冷たい石畳の上に横たわっているのだと気づいた。

「なんで……」

　呻くように呟いた声が、自分の声とは聞きなれないもので驚いた。

「え？　んっんっ……どうなってるんだ？」

　喉の調子が悪いのかと、何度か咳払《せきばら》いをしながら両手を床について体を起こした。気のせいではなく、やはり床は石畳だ。綺麗に磨かれた光沢のある御影《みかげ》石《いし》のような、黒い石が敷き詰められている。

　その冷たい石の感触を手にしながら、なぜこんなところに自分がいるのか？　と考えを巡らせるよりも先に、視界に入ったものに驚いた。

「え？　これは……」

　ペタリと床に座り込み、視界を覆い隠すような長い髪を、思わず両手で掴んでいた。引っ張ると痛いので、その髪は間違いなく自分の頭髪だ。だがいくら光樹が、散髪に行くのを怠っていたからといって、こんなに長いはずはない。その掴んでいる髪は、腰に届くほどの長さがある。

いや驚くべき部分はそこではない。もちろんいきなり自分の髪がこんなに長くなったら驚くが、それよりももっと驚愕すべき事実は、その髪の色が黒ではないということだ。白髪……いや、正確には淡く緑がかっている。

　一見真っ白だが、こうして束ねると色が濃くなり、淡い緑がかった白なのだと分かる。こんな色の髪など尋常ではない。日本人なのにという次元の話ではなく、染めるかウィッグでもない限り、人類としてあり得ない色だ。

　光樹は混乱しつつも、もうひとつ気づいたことがある。それは自分が全裸だということだ。そればかりではない。その両手も、足も、体も、見慣れている自分の体ではない。

　透き通るほどに白い肌、腕も足も細くて長くしなやかだ。体も細くて無駄な肉どころか筋肉もない。

　確かに光樹は痩せてはいるが、仮にも成人男子だ。多少なりの筋肉はついている。画材の運搬など、意外と力を使うのだ。だがこの体はまるで未発達な少年の体のようだ。

「え？　なに？　なんで？　ここはどこ？」

　光樹は混乱して辺りを見回した。そこは床も壁も天井もすべて石造りの広い部屋だった。家具や調度品などは何もない。まるで、光樹が何度も見ていた不思議な夢の世界に出てくる神殿のようだ。

「一体……」

　光樹が呆然としながら呟いた時、こちらに向かってくる足音がした。

「セラフィ……様」

　声のする方を見ると、一人の青年が立っていた。両手で口を覆い、驚いているのか目を大きく見開いて、光樹を見つめている。

「あ、あの……」

　光樹は今の状況を尋ねようとして立ち上がりかけたが、強烈なめまいを感じて思わず膝をついた。

「セラフィ様！」

　青年が慌てて駆けてくる気配を感じながら、光樹は再び意識を失った。

　光樹はぼんやりとする意識の中、誰かの話し声に気づいた。

「セラフィ様はご無事なのか？」

「はい、気を失っていらっしゃるだけで、お体に大事はないかと思います」

「ヨニ、セラフィ様はいつお戻りになったんだい？」

「たぶん……つい先ほどだと思います。神殿に魔法の気配を感じたので、まさかと思って駆けつけたら、セラフィ様がいらしたのです」

　こそこそと小声で話す声を聞きながら、どうやら一人二人の声ではなさそうだと思った。次第に意識がはっきりとしてきていたが、この状況下で目を開けてよいものかどうか分からずに、光樹はじっと寝たふりを続けていた。

　どうやらあれからまた倒れて、どこかの部屋に運ばれたらしい。ベッドに寝かされていることは分かった。

「とにかくセラフィ様が無事にお戻りになって良かった」

「ああ、これでヴィフレアはもう大丈夫だ。人間達も」

　声の主達は一様に安堵し合っている。その声の調子からも、とても喜んでいるのが分かった。

『さっきから彼らが言っているセラフィ様って誰のことだろう』

　光樹はなんとか情報を集めようと、じっと聞き耳を立てた。そして最初に目が覚めた時のことを思い出す。

　最初に見た青年は、光樹の方を見て「セラフィ様」と呼んだ。あの部屋には誰もいなかったから、そうすると自分のことをそう呼んだということになる。

『セラフィ様って僕のこと？　なんで外国名？　というか僕のこの体……さっきは気が動転してしまったから忘れていたけど……どっかで見覚えがあると思ったら、夢の中の『僕』じゃない？　あ、じゃあこれは夢か……なんだ。びっくりした。一瞬現実か

と思ってパニックを起こしちゃったじゃないか』

　光樹はそっと安堵の息を漏らした。

『それにしても今までの夢とは違うなぁ……ずいぶんリアルだ。相手の姿もはっきり見えるし、言葉まで分かる。今までは映像がぼんやりしていて、相手の顔なんて見えなかったのに……それに言葉も。今まではサイレントだったよね。あ、それに感触も……シーツはサラサラしていて気持ちいいし、ベッドも柔らかい。さっきの部屋の床も石の感触とかリアルだったたな。だから夢じゃなくて現実なのかと錯覚しちゃったんだよな』

　光樹はフウと人心地がついた。

『あれ？　だけど僕はまだ学校にいたんじゃなかったっけ？　なんで夢なんて見てるんだ？　もしかしてうたた寝しちゃってる？　魔法陣を描いていたはずだけど……いや、下絵は完成したんだった。それでどんな仕上げにしようか考えてて……魔法陣に触ったら急に光り出して……爆発しそうなくらいに大きく光って……それから……あっ！　あの子達は!?』


　光樹は気を失う直前のことを思い出していた。廊下で生徒達の声がした。爆発に巻き込んでしまうと焦って叫んだのまでは覚えている。あれからどうなったのだろう？　夢を見ているということは、もしかしたら自分は爆発のショックで気を失ったのかもしれない。もしもそうだとしたら、あの子達は無事なのだろうか？　と、そんなことをぐるぐると考えたら、思わずパチリと目を開けてしまった。

「セラフィ様！　お気づきになりましたか？」

　目を開けると同時に、嬉しそうな声がすぐ側でした。見ると明るい栗色の髪の青年が、こちらを覗き込んでいる。最初に会った青年だ。

　歳は光樹と変わらないくらいだと思うが、黒目がちな瞳と優しい面立ち、小柄な体格が、少し幼い印象を与えていた。

『僕に向かってセラフィ様って言っている』

　光樹は驚いて目を瞬かせた。

「あ、あの……」

「セラフィ様、お体は大丈夫ですか？　どこか痛む

ところなどありませんか？」

別の声がして、そこでベッドの側に立っている人物が四人もいることに気がついた。話しかけてきた二人目の人物は、最初の青年と同じくらいの歳と背格好で、灰青《はいあお》色の髪と青い瞳の青年だ。

その二人の後ろには、とても背の高い体格のいい男性が二人立っていた。一人は黒髪短髪に茶色の瞳で、整った顔だが少し強面《こわもて》だ。もう一人は短めの赤毛に、黒い瞳の精悍《せいかん》な顔立ちをしている。

ひどく動揺している光樹の様子を、彼らはどう受け取ったのか、互いに顔を見合わせて頷いている。

「セラフィ様、今の状況に混乱なさっていらっしゃると思いますが、まずはご安心ください。セラフィ様は元の世界に……ヴィフレアにお戻りになったのです。私達もこのように無事でおります」

灰青色の髪をした青年が、微笑みながらそう告げた。

「元の……世界」

光樹が困惑の表情で、そう口にしたので灰青色の髪の青年が頷いた。

「あ、あの……これは夢ですよね？」

「夢？」

光樹の言葉に四人は首を傾げる。

「ですから……これはその……いつもの夢ですよね？」

「いつもの……夢とは……セラフィ様、なんのことをおっしゃっているのですか？」

赤毛の男性が、柔らかな物腰で尋ねてきた。すると皆が一斉に光樹に注目し、返事を待っている。

『え？　なんか……おかしくない？』

光樹はなんだか嫌な予感がした。これはあきらかにいつもの夢とは違うようだ。早く目覚めなければと、光樹は焦った様子でギュッと頬をつねった。

「いっ痛い！」

爪を立てて本気で思いっきりつねったら、とても痛くて思わず悲鳴を上げた。

「セ、セラフィ様！　いきなり何をなさるのですか！」

四人が驚いて少し前のめりになっている。光樹は少し涙目になりながら、ジンジンと痛む頬を手で押さえた。

『え？　こんなに痛いのに夢から覚めない!?　どういうこと？』

光樹はさらに混乱してしまった。

「ああ、こんなに赤くなってしまって……綺麗なセラフィ様のお顔が……」

栗色の髪の青年が、頬を押さえる光樹の手をそっと外して、赤く腫れてしまった部分に癒やしの術をかけた。一瞬ふわりと淡い緑色の光が浮かび、頬の腫れは綺麗に消えてなくなった。

「もう大丈夫ですよ」

癒やしの術をかけた青年が、優しく微笑んでそう言った。光樹はまだ状況が把握できずに、キョロキョロと視線を泳がせた。

「あ、あの……ここはどこですか？　皆さんは一体何者なのですか？」

目の前にいる者達が、自分に対して敵意はないと判断して、恐る恐る尋ねてみた。するとその言葉に、四人は一瞬顔色を変えて、無言のまま顔を見合わせている。

『何かまずいことを聞いたのかな？』

光樹は彼らの反応を見て、少しばかり不安になった。かけられている毛布の端を、ぎゅっと握り締める。

「セラフィ様……私達のことを覚えていらっしゃらないのですか？」

栗色の髪の青年が、とても悲しそうな顔で尋ね返してきた。

「え……」

光樹は思わず言葉を詰まらせた。まったく覚えてなどいないのだが、正直にそう返事をするのは、さすがにためらわれた。

「別の世界に転移されていたのだ。記憶が混乱されても仕方ない。そのうちに思い出していただけるだろう」

赤毛の男性が穏やかな口調で、項垂れる栗色の髪

の青年を宥めた。そしてすぐに視線を光樹へ向ける。

「セラフィ様、私はセラフィ様の護衛騎士ラッセと申します。彼はセラフィ様の側仕えのヨニ。そして彼が英雄王の護衛騎士ヘルマン、最後に彼が英雄王の側仕えティモです」

ラッセと名乗った赤毛の男性が、一人一人を紹介してくれた。紹介された者は、光樹に向かって頭を下げたので、慌てて頭を下げ返した。

「ぼ、僕は神森光樹と申します。あの……なぜここにいるのかは分かりませんが……」

「セラフィ様は、ご自分の意思で転移魔法を使って、こちらの世界に戻ってこられたのではないのですか？」

ティモと紹介された灰青色の髪の青年が、光樹の言葉を聞いて、困惑した様子でそう尋ねた。

「転移魔法？　あの……先ほどから……僕のことをセラフィ様って呼んでいるように思うのですけど……それは僕の名前ですか？」

光樹が質問に質問で返したので、四人は再び顔色を変えて、互いに顔を見合わせている。

「申し訳ありませんが、少しお待ちいただけますか？」

ラッセがそう光樹に告げて、他の三人に合図をしてその場を離れた。三人はラッセについていき、部屋の隅で何やら話し合いを始めた。

光樹はゆっくり体を起こして、不安そうに彼らを見つめたり、部屋の中を見回したりした。そしてふと、自分が服を着せられていることに気がついた。

シルクのような肌触りの真っ白い服だ。女性のネグリジェみたいに、足元まで隠れるくらいのワンピース状の長衣で、首元には襟はなく、レースやフリルなどの飾りもない至ってシンプルなものだった。

そして改めて、自分の髪を手に取って見た。やはり見間違いではなく、淡い緑がかった白髪だ。それも腰までの長さがある。

光樹は鏡がないかと、辺りを見回した。

あまりにもわけが分からなくて、何からどう気持ちを整理すればいいのか分からない。自分の姿がど

うなっているのか気になるし、ここがどこだかも気になる。セラフィと呼ばれていることも気になるし、彼らが言っていた『転移の魔法』とかいう単語も気になる。

そして何よりも、これが夢ではないようだというのが、最大の問題だった。これが夢ではないならなんだというのだろうか？　現実？　これが？　さっきまで日本にいたのに、こんな外国みたいな場所にいて、何から突っ込めばいいのかさえ分からない。

それでも光樹が大騒ぎをしないのは、この場所や彼らの存在を全否定することが出来ないからだ。

彼らのことを覚えていないと思ったけれど、まったく知らないというわけではない。顔は初めて見るけれど、彼らの存在は薄々知っていた。「はじめまして」という気持ちにはならなかった。

ラッセとヨニという二人は、夢の中でいつもそばにいてくれた人達に似ている。夢の中の『僕』がとても信頼している二人だ。

ティモとヘルマンという二人のことも知っている。『僕』が大好きな王様の側に、いつもいた二人だ。『僕』はその二人のこともとても信頼していた。

名前も知らないし、顔も見たことないし、声さえ聞いたこともないのだけれど、何度も見た夢の中で、いつも『僕』と共に過ごしていた人物達だ。

到底認められるものではないのだけれど、おそらくここは夢で見ていたあの世界で、それがいつの間にか現実になってしまっているようだ。

「セラフィ様」

光樹が腕組みをして考え込んでいる間に、彼らが戻ってきたようだ。声をかけられて、我に返った。

「少し長い話になりますが、私達の話を聞いていただけますか？」

ラッセがそう言ったので、光樹は素直に頷いた。すると四人は、静かにセラフィの物語を語り始めた。

話は二百年ほど前まで遡り、大地の神がセラフィをこの世に作り出したところから始まった。従者である四人を、人間の姿にしたことや、英雄王を選び出し人間達を繁栄させるための手助けをする使命を

負ったこと、二度の失敗で英雄王が二度亡くなってしまったこと、そして三度目の治世で起きた災厄のこと……。

「ヴィルヘルム様は、セラフィ様を逃がすために転移の魔法を使い……大地の神の力を借りて、敵の手の及ばぬ安全な場所へ送ったのです。それはここことは違う別の世界でした」

「我々が知るセラフィ様の話はここまでです。正直に申し上げると、セラフィ様が転移の魔法で飛ばされた時は、私達は誰もそれを見ていませんでした。ですからセラフィ様が、そのようなことになっていると知ったのは、もっと後のことで……大地の神からそう聞かされただけなのです」

光樹は、言葉を失ってしまっていた。もちろん語られた話は、主要な部分だけで細かいところはすべて省かれている。しかしそれでも、ただの平凡な日本人として二十四年という短い人生しか歩んできていない光樹にとっては、壮大な物語だった。

『神の御子？　英雄王？　魔法とか普通にある世界で……彼らも人間ではなく、元は精霊で……全然自分の話とは思えない。ファンタジーだよ！　空想の世界だよ！　こんなの……』

「本当に申し訳ありません」

突然、ヨニがその場に跪《ひざまず》いて、涙声で叫ぶように言った。

「え……ど、どうしたんですか？」

光樹は驚いて前のめりになり、床で平伏するヨニを覗き込んだ。

「私のせいなのです。私はセラフィ様をお守りすることが出来ませんでした。それればかりか、盾となりセラフィ様を救うつもりが、怪我をした私を案じて、逆にセラフィ様をその場に留《とど》めることになってしまった……私を庇って、セラフィ様が攻撃を受けられて……結界を張ったがために、たくさんの魔力を使わせてしまい。怪我まで……セラフィ様を、異世界へ転移させることになったのは、すべて私のせいなのです」

ヨニはそう言って、何度も何度も謝罪の言葉を繰

り返した。

　光樹はヨニの言葉を聞いても、どういうことなのか理解できずに、残りの三人へ視線を向けて説明を求めた。

「セラフィ様が無事なお体でしたら、異世界でなくても、この世界のどこかに転移させることが出来れば、なんとかなったはずなのです。英雄王が使える転移魔法で、転移させられる範囲は限られています。戦闘のあった場所から、この神殿まではあまりにも遠くて無理でした。でもとりあえずどこか少しでも離れた場所へ転移させることが出来れば、セラフィ様は結界を張って敵の追っ手から逃げることも可能なはずでした。でもセラフィ様は酷い怪我をされていて、その上魔力も切れかかっていました。そんな状態のセラフィ様を、滅多な所へ転移させるわけにもいかず……英雄王は必死で大地の神に助けを求めて、ギリギリのところで異世界に転移させ難を逃れたのだと……私達はそう聞かされました」

　ティモが代わりに説明をしてくれた。その表情はとても悲痛なもので、後悔に苛《さいな》まれているのがよく分かる。しかし光樹にとっては『セラフィ』のその話は他人事で、自分のこととは思えないから、どう声をかければいいのか分からなかった。

「あの……それで……王様は今どちらに？」

　とりあえずこの空気を変えたくて、話を逸らしたつもりだったが、光樹のその言葉は四人の表情をさらに険しくしてしまった。

　皆が眉間に深いしわを刻み、一気に重々しい空気に変わる。

「陛下は残念ながら……」

　泣き伏したままのヨニはともかく、ティモも唇を嚙《か》んで俯いているので、ラッセが代表して苦し気に真実を告げた。

「亡くなられたのですか？」

「はい」

　光樹もさすがに驚いて絶句した。セラフィとしての記憶はないけれど、夢の中の記憶はある。顔も知らない人だったけれど、夢の中の王様はとても優し

かった。そして夢の中の『僕』は王様のことが大好きで、その感情にいつしか感化されていたので、光樹自身も王様に対して特別な気持ちを持っていた。

「そんな……じゃあ……あれは……」

　こちらの世界に呼び戻される前、何日も悪夢を見ていた時に、目の前で酷い怪我を負った王様の姿を思い出した。やはりあれはセラフィの記憶なのだ。おそらく最後にセラフィを庇って傷ついた王様の姿だったのだ。

「何か思い出されたのですか？」

　何かを言いかけて口籠もる光樹の様子に、ラッセが恐る恐る尋ねた。そのラッセの言葉に、皆が一斉に視線を向けてくる。

　光樹は一瞬顔を強張らせた。

「いえ……すみません。何も覚えていません」

　それが本当に記憶なのか、ただの夢なのか、今の光樹には判断がつかない。皆の向ける視線に込められた期待に応えられそうになくて、俯いて首を振った。

「結局オレはまた主を守ることが出来なかった」

　ポツリとヘルマンが呟いた。光樹が驚いて顔を上げると、屈強な体軀《たいく》の強面の男が、苦し気に顔を歪めていた。その顔がなんだか泣いている子供みたいに見えて、光樹は釣られるように眉根を寄せる。

「君は陛下の命令で別の場所にいたんだ。仕方がないと言ったじゃないか」

　ラッセが宥めると、ヘルマンは口をきつく結んで目を伏せた。

　光樹はようやく少しずつではあるが、この世界の彼らの物語が見えてきたような気がした。

『僕』こと大地の神子セラフィは、人間を愛する大地の神によって、この世に作り出されて神の代理として、この地で人間達に手助けをしてきた。そして人間の代表として英雄王を選び、二人で共に人間の国造りをがんばってきた。

　ここにいる四人は、セラフィと英雄王の従者、セラフィ達の手足となってくれている。

　約二百年の間、色々な苦難もあったが、二十四年

前魔の物の強襲に遭い、人間を守るために戦った英雄王とセラフィは、深手を負って……セラフィは別の世界に転生して、神森光樹として生を受けた。一方の英雄王は、死んでしまった……。

『本当に夢じゃないんだよね？』

　未だに信じられなくて、俯いたまま両手をグーパーグーパーと、開いたり閉じたりして、自分の見慣れた手とは違う白い手を見つめていた。

「王様は……本当に亡くなったのですか？」

　光樹が俯いたまま小さく呟いた。それはほとんど独り言に近いものだった。こんな不思議な世界で、魔法もあるし、精霊や神様もいるし、自分だって転生者だというのならば、王様だって実は生きているのじゃないのだろうか？　ふと、そんなことを思ったからだ。

　四人はその言葉を聞いて、また辛そうに顔を歪める。彼らから見たセラフィは、ひどく心細そうで、肩を落として俯いたままそんなことを言うものだから、その言葉の意図を勝手に色々と解釈してしまっても仕方がなかった。

　ヨニはポロポロと涙を落として口を開いた。

「私は怪我をして気を失っていたので……何も見ていません。申し訳ありません」

　鼻をすすりながら、そう答える。

「私も……陛下を助けようとして敵の返り討ちに遭い、気を失っていました」

　ティモが、悔しそうにそう言って唇を噛んだ。

「私は見ていました……陛下が敵のソーサラーを葬るために、拘束したまま諸共に大爆発を起こすのを……町の半分が消し飛びました。私も近くにいたので爆発に巻き込まれましたが、運が良いのか悪いのか……生き残ってしまい……すぐに陛下の姿を探しましたが、ボロボロの肩当てと剣を見つけただけです」

　ラッセが辛そうに顔を歪めながら語った。ヘルマンは一人無言のままだ。

「酷い……戦いだったんですね」

　皆の話を聞いて、光樹の頭の中にはファンタジー

映画のような戦いの場面が浮かぶ。

『王様が自ら戦ったんだ。なんかすごく強そうだったものね……でも死んでしまったのか……さっきの話だと、英雄王は死んでもまだ転生するんだよね。ということは、もうこの世界のどこかで生まれ変わっているのかな？　僕が見つけにいかないといけないんだよね……一目で王様って分かるのかな？』

　光樹はなんだか他人事のような……いや、他人事というよりは現実味のない物事……例えればプレイ中のゲームの攻略方法を考えているような……そんな感情の伴わないぼんやりとしたことを考えていた。

「王様は……もうどこかで生まれ変わっているんでしょうか？」

　光樹が誰にともなく呟いたが、返事がないので顔を上げて四人の顔を見た。すると四人共、眉根を寄せて目を閉じ悲痛な表情のまま黙り込んでいる。

『あれ？　何か質問を間違えたかな？』

　光樹は戸惑い気味に、何度か瞬きをして固まってしまった。

「……おそらく……そうだと思われます」

　ようやく振り絞るように、ラッセが答えた。だがそのラッセの言葉で、他の三人がさらに眉間のしわを深くした。

『えっと……今の質問は地雷だったのかな？　まあそうだよね。皆、王様が死んで辛いよね。僕だけ他人事みたいで空気を読めてなかったな。悪いことしちゃった……どうしよう。だけど今まで王様もセラフィもいなくなっていて、皆は大変だったんだよね？　だからセラフィが戻ってきて、すごく喜んでくれたんだ。でも僕はセラフィの記憶はなくて、姿はセラフィなんだろうけど、中身は日本人の神森光樹なんだよね。あれ？　それって……中身だけがこっちに来たのかな？　僕の……神森光樹の体はどうなっているんだろう？』

「あの……ひとつ伺ってもよろしいですか？」

　空気読めなくてごめんなさいと思いつつ、恐る恐るそう声をかけた。すると四人が、ハッと我に返ったような表情で、一斉に目を開けて光樹に注目した。

「えっと……あっちの世界の僕って、どうなっているかご存じですか？」

いきなり注目されて、光樹は居心地悪そうに視線を逸らしながら尋ねた。すると四人は一瞬無言で顔を見合わせる。

「セラフィ様は……こちらでの記憶がなくて、自分の意思ではなくこちらに戻ってこられたのですよね？」

ティモが確認するように聞き返してきた。光樹はコクリと頷く。

「それは神が呼び戻したのでしょうか？」

ヨニが涙を拭いながら、ティモに問いかけている。ラッセとヘルマンは、考え込むような表情のまま無言だった。

「どうやってこちらに戻ってきたのかはお分かりですか？　何かきっかけとか……」

ティモがさらに尋ねてきたので、光樹は上手く説明できるか分からなくて、少しばかり頭の中を整理した。

「実は……記憶がないとは言いましたが、貴方方のこととか、王様とか、この建物とか……まったく知らないというわけではないんです。僕は向こうで小さな頃から時々不思議な夢を見ていて、その夢の中に貴方方や王様が出てきていたんです。それで最近は毎日のようにその夢を見るようになって……夢の中に不思議な魔法陣が出てきて……それを実際に描いてみたんです。そしたら魔法陣が光って……気づいたらここに……」

光樹の話に、四人はとても驚いていた。

「それではセラフィ様は、無意識に転移魔法を使われたということなのですね」

ヨニが最初に口を開いた。それは四人が同じように感じたことらしく、ヨニの言葉に合わせて、残りの三人が大きく頷いている。その表情は驚きと共に、とても感動しているようにも見えた。

「転移魔法の魔法陣はとても複雑なものです。詠唱と魔力で自動筆記されて発動しますが、それを手書きで書くなんて、とても難しいのに……記憶もない

のにそれが出来るなんて、さすがはセラフィ様です」

　ティモが頬を紅潮させながら興奮気味に言うと、また他の三人が同意するように大きく頷いた。それを光樹は、きょとんとした顔で見ている。

「え……でも……待ってください。セラフィ様は今『小さな頃から』とおっしゃいましたか？」

　ラッセが何かに気づいたというように、眉根を寄せながら尋ねた。

「はい、僕は向こうの世界で生まれて、普通に二十四年間を生きて、大人になりました」

　光樹が素直に答えた言葉に、一同は動揺を見せた。

「それは人間の子供として生まれたのですか？　それとも別の生物？　もしくは妖精のようなものとか……」

　ラッセがひどく動揺しながら、捲《まく》し立てるように尋ねるので、光樹は困惑しながら怪訝そうな眼差しをラッセへ向けた。

「人間ですけど……いけませんか？」

「人間!?」

　これにはラッセだけではなく他の三人も驚きの声を上げた。その反応に、光樹はさらに不可解だというように眉根を寄せる。

「なぜそんなに驚かれるのか僕には分かりませんが……こちらの世界と違って、向こうの世界には人間しかいません。あ、もちろん色々な動物……熊とか鹿とかそういう獣はいますけど、妖精とかはいないし、魔法も存在しません。もちろんゴブリンとかそういう魔の物？　とかいうものも存在しません」

　光樹にとっては、こちらの方があり得ない非現実的な世界だと思っていた。すべて空想の産物だ。生物の進化の過程で、恐竜は存在してもドラゴンなんてものはいないし、人間は類人猿から進化したのだ。その過程に妖精や魔法使いなんてものはない。

「そんなことよりも、むこうの世界で僕がどうなっているのか教えてください！」

　光樹は少し語気を強くしていた。あまりにもわけの分からないことが多すぎて、精神的にも限界だった。夢なら早く目覚めたいし、これが夢ではないと

いうのならば、さっさと向こうの世界に戻りたい。

　時間が経つにつれて、光樹の中で不安がどんどん膨らんでいて、嫌な考えが頭の中に浮かびそうだったので、それを振り払いたくて感情的になっていた。

　滅多に苛立《いらだ》ったり、怒ったりすることのないおっとりとした性格の光樹が、こんなに誰かに対して語気を強くしたことはなかった。

　それは四人も同様だった。セラフィが、こんな風に苛立ちを露《あら》わにするところなど見たことがない。『感情的』という言葉ほど、セラフィに縁遠いものはない。四人は信じられないものを見るように、目の前のセラフィを見つめていた。

「教えてください！」

　もう一度、光樹が強く言うと、ティモが動揺しながらも口を開いた。

「あ……私達は……てっきりセラフィ様が別の世界に転移されているものと思っていましたので……まさか転生されていたとは思わず……あの……ですから……分かりません」

　ティモは言葉を選びつつ、最後は申し訳なさそうに小さな声で言った。それを聞いて、光樹は眉間にしわを寄せて、あからさまに不快さを表情に出している。

「分からないって……どういうことなんですか？　転移魔法って、こちらの世界の人はどういうものかご存じなんでしょう？」

「セラフィ様、どうぞ心穏やかになさってください。ティモが言ったように、私達はセラフィ様が転生していたことを知らなかったのです。だから私達もどういうことなのか、戸惑っているのです。転移魔法とは離れた別の場所に、一瞬にして移動させる魔法です。例えばセラフィ様を、今瞬時に部屋の外に移動させることが出来る……それが転移魔法です。ですがセラフィ様は転移ではなく、別の肉体に転生された……生まれ変わっていたということですが、今、私達の目の前には元の姿で戻っていらしている。つまり……セラフィ様はあちらの世界から戻っていらっしゃる時も転移ではなかったということになりま

す」

　ラッセが懸命に宥めようと、ゆっくりと穏やかな口調で説明をした。それを光樹は、眉間にしわを寄せたままで、じっと聞いていたが、聞き終わって視線をうろうろと動かしている。

「え？　それって……どういうこと？　僕の……神森光樹の体は？　魂だけがこっちに来たってこと？　じゃあ、向こうには僕の体だけが残っているの？　それって……死体と一緒じゃないか……え？　僕は死んだの？　待って！　帰してよ！　僕を元の世界に帰してよ！」

　光樹はひどく混乱して、両手で頭を抱えながら叫び始めた。

「セラフィ様！」

「セラフィ様！　落ち着いてください！」

「いやだ！　僕を帰して！　元の世界に帰して！」

「セラフィ様！　……ヨニ、セラフィ様を眠らせるんだ」

「は、はい」

　四人がかりでセラフィを落ち着かせようとしたが、どうにもならないため、ラッセがヨニに指示を出した。ヨニは慌ててセラフィの額に手を当てると、癒やしの術を使って眠らせた。

　ストンと眠りに落ちて脱力した体を、ヘルマンが受け止めて、そっとベッドに寝かせた。ヨニが、セラフィの目元が濡れていることに気づき、せつない顔でそっと拭う。

　静かになった部屋の中で、四人はしばらく呆然としていた。様々なことがありすぎて、皆の頭が整理できずにいたのだ。

　最初に大きな溜息をついたのはヘルマンだった。

「オレは何もできなかったし、よく分からん」

　ボソリとそう呟いて、乱暴に頭を掻いた。

「まるで別人のようですね」

　そう呟いたのはティモだった。その言葉に、ラッセは無言で頷く。

「でも……やっぱりセラフィ様に変わりはありません。セラフィ様は、元々情の深い方なのです。誰よ

りも優しく慈悲深い方です。セラフィ様の記憶がなくても、私達に対する眼差しは優しかったし……陛下の死を悼《いた》んでいました。きっと……記憶が戻れば、大丈夫なはずです」

ヨニが両目を潤ませながら、必死に弁護をした。その頭を、ラッセが優しくポンッと叩いた。

「大丈夫だよ、ヨニ。みんなちゃんと分かっている。ただ私も含めて色々な意味で戸惑っているだけだ。この……戻っていらしたセラフィ様のことを否定しているわけじゃないよ」

ラッセがヨニを宥めて、皆の視線がセラフィに注がれた。

セラフィが目の前にいる。まちがいなく戻ってこられた。それだけで四人は満足なはずだった。昨日まで二十年以上も続いていた絶望の日々を思えば、少しセラフィの様子が違うことくらい、どうという話ではない。

「大地の神に尋ねてみたらどうだろう？」

ティモが良いことを思いついたとばかりに、ポンッと手を叩いて言った。

「我らでは大地の神を呼び出せないことは、嫌というほど分かっているはずじゃないか。あの戦いの後、大地の神が我らに声をかけてくれたのはあの一度きりだ。それ以降、どんなに我々が祈っても、二度と呼びかけに答えてはくださらなかった。我らがどれほどセラフィ様の行方を案じても……」

ヘルマンが、悔し気にティモの案を否定した。だがティモは、いやいやと首を振る。

「神に尋ねるのは私達ではないよ。以前通りにセラフィ様に祈っていただいて、直接神に聞いていただければいいじゃないか」

ティモはそう言って、簡単なことではないかというように、軽く首を竦めた。

「記憶もなく、あのような状態のセラフィ様が、神に祈って話が出来るだろうか？」

ラッセも表情を曇らせて否定した。

「大丈夫です！　セラフィ様は大地の神子です。たとえ記憶がなくても、セラフィ様に変わりはありま

せん。きっと神も喜んで応えてくださるでしょう」

　ヨニはようやく明るい表情になり、瞳を輝かせて自信があるという口ぶりで言った。

　四人はそれぞれの思いを抱えながら、安らかに眠るセラフィを見つめた。


「ん……」

　光樹は眩《まぶ》しくて目を開けた。窓から差し込む朝の陽射《ひざ》しが、白い大理石の床に反射して、部屋を明るく照らしている。

　何度か瞬きをして、視線を天井から部屋の中へと動かした。どんなに目を擦っても見覚えのない部屋だ。壁も床も石造りの洋風な……いや、この場合『洋風』という枠に入れてもよいのだろうか？　中世のような……が正しいかもしれない。どちらにしても、光樹の住んでいたマンションの部屋ではない。

　光樹は溜息をついた。寝て起きても夢から覚めることがないなんて……やはりこれが現実なのだ。夢だと思っていた世界の方が、今は現実になってしまったのだ。

　いつの間に眠ったのか分からない。記憶を辿ると、光樹が興奮して錯乱気味になり、その後から何も覚えていない。無理矢理に魔法でも使って眠らされてしまったのだろうか？

「夢を……見なかったな……」

　光樹はポツリと呟いて、ゆっくり体を起こした。さらりと体にまとわりつく長い髪は、白色のままだ。両手を開いて目の前に掲げる。小さくて白い手。ペンだこがない細い指。いつも綺麗に洗ったつもりでも、爪の間や関節のしわの間に、残る絵の具や木炭の汚れもない。自分の手とは思えないその手を、グーパーグーパーと握ったり開いたりして、確かに動かせば自分の手なのだなと、ぼんやり考える。

　これからどうすればいいのだろうか？　異世界転生なんて、ラノベかアニメの世界の話だと思っていた。あまり読んだことがなかったけれど、こんなことならいくつか嗜《たしな》んでおけばよかっただろうか？

そうすれば異世界に転生した主人公が、どんな風にしてすべてを受け入れて生きていくのか、段取りみたいなものも分かっただろうに……。

光樹はそんなことを考えて、思わずクスリと笑っていた。馬鹿馬鹿しい。くだらないことを考えている。リアルな悩みを思い出すと、不安でまた頭がおかしくなりそうで、無意識に考えないようにしていた。そんな自分が滑稽で、笑ってしまったのだ。

光樹はおもむろにベッドから立ち上がった。石の床が、素足にひやりと冷たかったが、気候は暖かいので、むしろ心地良いくらいだ。

ペタペタと歩いて窓の側まで行った。窓には木製の鎧戸《よろいど》がついていて、それが半分ほど開いている。そこから陽射しが差し込んでいた。ガラスはなかった。観音開きの扉を、中から外開きに大きく開けて、外の景色を眺めた。

目の前には森が見える。窓枠に手をついて、少し体を乗り出すようにして、辺りを見回した。

建物の周囲には、広い庭がありその向こうには大きな水堀が見える。さらにその向こうには森が見えた。この景色は知っている。夢で何度も見た。目の前にある暗い色の水面は、水堀ではなく湖だ。

湖の真ん中に浮かぶ島に、白亜の宮殿？　神殿？　が建っている。たぶんこの建物だ。こうしてひとつひとつ、夢で見ていたものが、目の前に現実として現れると、自分はセラフィという人だったのだなと実感する。夢はセラフィの記憶なのだ。

そして昨日彼らが話した通り、自分はセラフィが転生したのだと……認めたくない事実に突き当たる。

セラフィが別の世界に転生した。それが神森光樹。そして転移の魔法陣とやらで、偶然にもまた元の世界に戻った。だけど『転移』ならば、神森光樹の姿でこの世界に現れなければならないはずだ。しかしこの体は、セラフィの体だ。中身は神森光樹なのに……僕なのに……じゃあ僕の体は？　と、そこまで考えが至ったところで、光樹は眉間にしわを寄せながら、深い溜息をついた。

胸がひどく痛い。不安で押しつぶされそうだ。

「僕は一体……誰？」

光樹は呟いて、窓枠に突っ伏した。

その時、背後で扉の開く音がした。慌てて顔を上げて振り返ると、ヨニが立っていた。光樹の様子を見て、少し困った顔で微笑み、ペコリと頭を下げた。

「セラフィ様……具合はいかがですか？」

気遣うように声をかける。

「……大丈夫です」

光樹は同じように、少し困った顔で微笑み返した。昨日のこともあって、どんな顔をすればいいのか分からなかった。でも別に敵意があるわけではないし、怒っているわけでもないから、迷った挙げ句に無理に笑みを作ったら、ちょっと困った顔になってしまった。だからきっと彼も自分と同じような感じなのだろうと、光樹はヨニに対して少しだけ親近感を覚えた。

「お着替えをお持ちしました」

ヨニは手に持っていた衣を見せて、ベッドのところまで移動した。衣をベッドの上にそっと置く。

「着替えをお手伝いいたします」

「え、いや……自分で着ますから……」

光樹は戸惑いながら、着替えぐらい……と反射的に断った。だがヨニは、微笑みながら緩く首を振る。

「私はセラフィ様の側仕えですから、衣食住のお世話をすべていたします。これが私の仕事ですから、お気遣い無用です。それにこの衣の着方は、お分かりにならないと思いますから……」

ヨニはそう言って、衣を広げて見せた。

別に服くらい、どこの世界のものでも、それほど違いはないだろう……と光樹は思ったが、広げられた衣が思いの外、布の量も多くて丈も長く、ボタンや帯や付属品もたくさんついていそうだった。

ヨニが来ている服は、割とシンプルなのに、それとはまた違うようで、自分では着られそうにないなと即座に判断した。

「よろしくお願いします」

光樹は情けない声でそう言いながら頭を下げた。

とりあえず今着ている寝巻きのような服は、自分で

脱げるのでさっさと脱いだ。

薄々は気づいていたけれど、下着は何も着けていない。服を脱いでから、それを思い出して「しまった」と思ったが遅かった。

ヨニの前で全裸をさらしてしまい、光樹は赤くなって慌てて股間を両手で隠した。

「あ、あの！　下着ってないんでしょうか？」

狼狽えながら尋ねる光樹に、ヨニは一瞬目を丸くしたがすぐにニッコリと微笑んだ。

「ございますよ。こちらをお着けください……下着は就寝の際には着けないのです」

そう言って差し出されたものは、ペラリとした長方形の白い布だ。四辺の角に紐《ひも》がついている。褌《ふんどし》に近いが、布の長さは五十センチほどで短い。

『着け方は……やっぱり褌式かな？』

受け取った布を、股にくぐらせて紐を両脇で握った状態のまま少し考えた。

『え？　これだと褌というより紐パンじゃない？』

光樹はそう考えて、頭の中にセクシーなイメージが湧き上がった。

「そちらの紐は体に巻いて……こう結びます」

ヨニが手助けをしてくれた。右前の紐と左前の紐は、それぞれ体の後ろで交差させて前で結び、同じように右後ろの紐と左後ろの紐を、前で交差させて後ろで結んだ。やはり紐パンよりは、褌の方が近かった。というより、この結び方は袴だったな……と、家の手伝いのたびに着せられた白袴を思い出した。

光樹が安堵の表情を浮かべて、ヨニと視線が合うと微笑まれた。

「あちらの世界でのお名前を、もう一度伺ってもよろしいですか？」

ヨニが次に着る衣の用意をしながら、そんなことを尋ねてきた。

「え、あ、はい……神森光樹です」

「カミミョリミチュキ？」

ヨニが手を止めて、一生懸命に復唱しようとしたがとても言いにくそうだ。

「ミツキです」

「ミツキ」

ミツキ単体なら発音が出来そうだ。光樹はニッコリ笑って頷いた。

「そうです」

「では……私はこれからミツキ様とお呼びいたしますね」

「え？」

「その方がよろしいでしょう？　セラフィという名前は、聞き覚えがないでしょうから」

「え、でも……」

光樹の戸惑っている様子を見て、ヨニは笑みを浮かべながらも、少し申し訳なさそうに眉をひそめた。

「ただ……他の者達は、いい顔をしないと思います。ですから私達二人の時だけになってしまいますが……申し訳ありません」

「いえ、いえ……気遣ってもらって……ありがとうございます」

光樹は嬉しくなって満面の笑顔で礼を述べた。やはり人から呼ばれるのは、自分の名前が嬉しい。もちろんセラフィも自分の名前に間違いないのだろうけれど、光樹にとっては初めて聞くものだ。今まで『神森光樹』を全否定されているような気持ちになっていただけに、本当に嬉しかった。

チュニックのような物を着せられて、ズボンを穿かされた。その上から上着を着る。上着といっても厚地のブラウスのようなもので、でも丈はお尻が隠れるほど長い。

前をボタンで留めて、腰に帯を巻かれた。その上から短いケープのようなマントを羽織って完成のようだ。

上着とズボンは白で、帯は茶色の縦糸と黄緑の横糸で織られたような色合いで、マントは裏地が濃い緑で、表地は白だ。

上着のボタンは貝殻で出来ているみたいで、螺鈿《らでん》細工のように虹色に光って見える。

靴はショートブーツみたいな感じで、厚手の布で出来ていた。足首の辺りを紐で縛る。靴底は革だ。軽くて履き心地は悪くないけれど、足場の悪いとこ

ろを歩いたら、足の裏が痛くなりそうだな……なんて考えた。

　まあ……きっとセラフィさんは、そういう場所には行かないだろうけれど……と、考えている光樹の手を、ヨニがそっと握った。

「こちらにお座りください。髪を梳《す》きます」

　近くの椅子までエスコートされて、そのまま座らされた。ヨニが丁寧に、ブラシで髪を梳き始める。

　本当に甲斐甲斐しく世話をしてくれるなと、光樹は感心していた。

「慣れているのですね」

　光樹が何気に話しかけたので、ヨニの手が一瞬止まった。だがすぐに動き出す。

「はい、もう長く……それは長くセラフィ様にお仕えしていますから……こうして再びお世話をすることが出来て、とても嬉しいのです」

　ヨニは背後にいるため、どんな顔でそう言っているのか見えないが、声のトーンから笑顔でいるのだろうと想像が出来た。

「でもなんだか新鮮で、初めてお仕えした時のような気持ちになっています」

「新鮮……久しぶりだからですか？」

「それもありますが……ミツキ様だからだと思います」

「僕？」

　光樹は聞き返したものの、すぐにその意図するものが何か分かった。

「そうですよね。僕はセラフィじゃないんですよね。記憶がないから……」

　光樹が申し訳なさそうに、苦笑しながら言ったので、ヨニは慌てた様子で光樹の面前に移動した。

「違います！　ミツキ様が思っていらっしゃるような意味で言ったのではないのです。たとえ記憶がなくても、セラフィ様に変わりはありません。セラフィ様が纏っていらっしゃる雰囲気そのものは、少しも変わっていません。ただ……ミツキ様はあちらの世界で、普通の人間としてお育ちになったのですよね？　ご両親もいらして……ですから、こうして話

をしていても、とても感情豊かなお方だと分かります。愛されてお育ちになったのだと」

　ヨニは少し頬を紅潮させて、一生懸命手と首を振って一度光樹の誤解を解こうとした後、そう話を続けて微笑んだ。

「セラフィ様は、大地の神がその手で自ら作り出した神子。つまりこの世に生を受けた時から、すでにお体は今のような成長したお姿で、でも中身は生まれたばかりの赤子のようなものでした。知識や魔力は神より豊富にいただいていましたが、感情が未熟で……大人しい赤子のようでした。ですから、ミツキ様が怒ったり笑ったり、感情豊かなところがとても新鮮なのです。私は今のセラフィ様……ミツキ様も好きです」

　少しはにかみながらそう言ったヨニの表情には、嘘偽りは感じなかった。光樹はなんだか、とても癒やされていた。すっと体の力が抜けたような感覚がした。

　自分でも意識していなかったが、ヨニに対して……いやこの世界のすべてに対して、ひどく気負っていたようだ。喧嘩腰に「なんとしても元の世界に帰ってやる！」と息巻いていた。

　だがヨニの優しさに触れて、力が抜けてしまった。ヨニはセラフィではない『ミツキ』を受け入れようとしてくれている。決して敵ではないのだ。

「ヨニさんは……優しいですね」

「え⁉　あ、いや、まず敬称はつけないでください。私はミツキ様の側仕えです。ヨニとお呼びください。それに……私は優しくなどはありません。ただ弱くて何も出来ないだけです」

　ヨニは自嘲気味に笑って、ブラシを握り直すと再び光樹の後ろに回って、髪を梳き始めた。

「優しいですよ。少なくとも僕は今、ヨニ……のおかげで少し救われました。この世界の人達は僕ではないセラフィ様を望んでいて……僕なんていらないのだと思って……僕だって好きでこの世界に来たわけではないのに、すぐにでも帰りたいのにって……それで昨日は感情的になってしまって……だけどヨ

ニは、僕を受け入れてくれたから、少しだけ救われました。少しだけなのは……やっぱり向こうの世界に帰りたいという気持ちは、変わりがないからです。ごめんなさい」

　光樹が本心を明かしてみたが、ヨニは無言だった。顔が見えないから、返事がないことに不安を覚えて、やはり言ってはいけなかったかと後悔していると、小さくクスリと笑っているような吐息が聞こえた。

「本当にミツキ様は、素直で感情が豊かで……とても新鮮です。褒めていただけて光栄です。私は……他の三人と違って、本当に何も力を持っていなくて、弱くて、何も出来ないのです。セラフィ様の身の回りのお世話だって、要領が悪くて、手際も悪くて、のろまで、役立たずなんです。先ほどミツキ様は、私の仕事ぶりを、慣れているとお褒めになりましたが、私がさっき言ったように、長い月日をかけて、繰り返しお世話をし続けたから、手際よく出来ているように見えただけです」

　そう言って髪を梳いてくれるブラシの扱いは、とても優しく丁寧だ。強く髪を引っ張るようなこともなく、梳き残しもなく、長くて量も多い髪を、とても綺麗に仕上げてくれているのだと分かる。心地よくて眠くなってしまいそうだ。

　同じお世話の繰り返しで慣れたのだというのならば、普通は逆に粗雑になってしまいがちだと思う。着替えの時も、今も、ヨニの手際は無駄なところがなく洗練されていたし、とても丁寧だ。彼は謙遜しすぎだろう。光樹はそんな風に思いながら、今はヨニの言い分をすべて黙って聞こうと思った。

　光樹が何も言わないので、ヨニは話を続けることにした。

「昨夜、ずっと考えました。ミツキ様のこと。よくよく考えたら……本当にミツキ様が気の毒になってしまって……だって記憶がなくて、何も知らないまま突然別の世界に来たわけですから、混乱するのは当然だし、知らない人に囲まれて、不安しかないですよね。私だったら泣いていると思います。それで……私はセラフィ様の側仕えなのだから、誰よりも

私が一番、セラフィ様のお力になるべきだったと気づいて……今、セラフィ様が『ミツキ様』なのだとしたら、私はミツキ様に寄り添って、お世話をするのが私の仕事だと……そう結論づけたのです」

ヨニはそこまで話して、ブラシを側のテーブルの上に置いた。

「終わりました。お茶をお淹れいたします」

ヨニは光樹の肩にそっと触れてから、お茶の用意をするためにその場を離れた。

部屋の一角に、ポットや茶器などが置かれたちょっとしたキッチンのような場所があった。ヨニは水瓶からポットへ水を注ぎ入れ、ポットを何かの上に置いた。するとわずかな時間で、ポットから湯気が出始める。ヨニはそこへ茶葉を入れて、カップをトレイに並べた。

光樹はその様子を、珍しそうにじっと眺めていた。

ヨニは用意が出来たトイレを持って戻ってきた。

「お湯がすぐに沸いたみたいですが、どうやったのですか？　ガスコンロがあるとは思えないけど……」

戻ってきたヨニに、光樹が不思議そうに尋ねたので、ヨニは「ガスコンロ？」と初めて聞く言葉に首を傾げつつ笑みを零《こぼ》した。

「魔法具です。ポットを置いて、魔力を注げば瞬時にお湯を沸かすことのできる魔法具があるのです」

「魔法具！」

光樹が目を丸くして驚いたので、ヨニはクスクスと笑った。

「ミツキ様は何にでも驚かれて好奇心を持たれるのですね」

光樹はなんだか自分が子供っぽいと思われたような気がして、恥ずかしくなり渡されたお茶のカップを見つめるふりをして、俯いたまま黙り込んだ。

「ミツキ様……実は昨日、仲間達と話し合ったのですが……大地の神に直接聞いてみたらいかがでしょうか？」

「大地の神？　え？　神様？　神様に聞くって……神様と話が出来るのですか？」

たった今、子供っぽい行動に反省したばかりだと

いうのに、光樹はまたひどく驚いた態度を取ってしまった。でもびっくりしたのは間違いないので仕方がないと諦めて、それよりもヨニの返事に期待した。

「はい、おそらく話が出来ると思います」

「おそらく？」

ヨニの微妙な返事に、光樹は眉根を寄せた。ヨニは自分の言葉で、光樹に不審がられてしまったことは承知で、落ち着いた態度のままで話を続けた。

「はい。おそらく……と申し上げたのには訳があります。本来、セラフィ様は大地の神子ですから、祈りを捧げれば神を呼び出すことが出来て、神の声を聴けました。それはセラフィ様の本来の仕事でもあります。でもミツキ様は、セラフィ様の記憶がありません。祈り方もお分かりにならないでしょう。祈りに決まった作法があるわけでも、呪文の詠唱があるわけでもありません。セラフィ様だけが行えることで、私達は術を知らないのです。ですから……ミツキ様の呼びかけに、神が答えてくださるかどうか、やってみなければ分かりません」

ヨニは、光樹にも分かりやすいように、丁寧に説明をした。光樹は真剣な顔で聞いている。

「でも神を呼び出すことが出来れば、ミツキ様が知りたいことにも答えてくださるでしょう」

光樹はゴクリと生唾を飲んだ。光樹が知りたいことはただひとつ。元の世界に帰ることが出来るのか？　ということだ。しかしそのことについては、自分でも答えは分かっている。

『二度と帰れないんだろうな』

光樹は半ば諦めて、そう思う。本当の自分は、この『大地の神子セラフィ』で、神森光樹というのは、仮の姿でしかない。だから再びこちらの世界に戻ることが出来たのだ。自分で望んだことではないとしても、これが本来あるべき姿だ。いずれ記憶が戻れば、自分は完全に『セラフィ』として生きる道を選ぶだろう。

だけど光樹は、どうしても確認したいことがある。向こうの世界の『神森光樹』がどうなってしまったのか？　ということだ。

残してきた家族のことが、どうしても気になっていた。不安そうな顔で、光樹の身を案じていた母の顔がちらついて離れない。

母は、光樹がいつかいなくなってしまうと予感していた。それが現実になった時、母はどうするのだろう？　悲しみに打ちひしがれて、壊れてしまうのではないか？　そんな親不孝をしてしまって、自分は平気でこの世界で生きていくことが出来るだろうか？

昨日、動揺して錯乱してしまったのも、それが一番の気がかりだったからだ。

正直に言えば、自分自身はどこでどうなってもよいと思っている。元々物心ついた頃から、何にも執着を示さない性質だった。

衣服も食べる物も、住む場所や仕事、友人、絵を描くことさえ、特に拘《こだわ》りも執着もなかった。

だから今日から異世界で生きていってください。と言われたら、ああ、そうですか、死なない程度にがんばります。そんな風に切り替えられるくらいには、今もすでに順応出来ている。

でも残してきた人達のことは別問題だ。光樹自身には、家族や友人に対する執着はなくても、自分のことを愛してくれている家族や、慕ってくれている友人や生徒達の気持ちは、とても大切に思っている。

突然、自分が消えてなくなることによって、その人達が傷ついたりするのは耐えられない。母が悲しみ泣きくれる日々を想像するだけで胸が痛む。転移する瞬間に、あの場にいた女子生徒達が、光樹が死んだと思って心に傷を受けてしまったらと思うと、気が気でならない。

それならばいっそのこと、みんな『神森光樹』を忘れてくれた方が、どれほど良いか分からない。

だからそれはどうしても確かめたかった。そして出来ることなら、最悪の状況だけは、なんとか回避したい。それを神様に頼めるものなら頼みたい。

「ミツキ様？　大丈夫ですか？」

ヨニが心配そうに、光樹の顔を覗き込んだので、考え込んでいた光樹は我に返った。

「え？　あっ……はい、大丈夫です」

光樹は慌てて答え、気持ちを落ち着けようとお茶を飲んだ。ミントティーみたいな爽やかなお茶だった。すーっと胸のモヤモヤが消えていくようだ。

光樹は表情を引き締めて、ヨニを見つめた。

「やってみます。神様に呼びかけてみます」

覚悟を決めた表情で、しっかりと光樹が答えたので、ヨニは少しばかり安堵の色を浮かべた。

「分かりました。それでは仲間達に、このことを知らせて参りますので、しばらくここでお待ちください」

ヨニは一礼をして、部屋を出ていった。

時は少しばかり戻る。

まだ陽が昇り切らぬ早朝の神殿で、一人黙々と床を磨くヨニの姿があった。

「ヨニ、早いね。おはよう」

そこへ伸びをしながら、少しばかり眠そうな顔のティモが現れた。

「おはようございます」

ヨニは手を止めて、ティモに挨拶をした。

「手伝うよ」

ティモは水の入った桶《おけ》に、雑巾を浸して固く絞った。冷たい石の床を拭く。艶やかに黒く光る黒曜石の床は、舐《な》めてもいいくらいに綺麗だ。掃除するところなどないだろうというくらいに、美しく磨かれた床石の上を、無心に拭くヨニを横目に、ティモは複雑な気持ちでゆるりと手を動かした。

神殿とはいっても、人間達の街にあるような普通のそれとは少しばかり様相が違っている。部屋の中には、信徒達が祈りを捧げに集うための机も椅子もない。何ひとつ置かれていないがらんとした円形の室内。出入り口の扉以外に、壁には窓も何もない。正面奥の壁には、天井まで届くほどの大きな石像が立っている。大地の神を模した石像だ。

この神殿はセラフィが、大地の神と対話するための場所で、セラフィ以外が使用することはない。そのため普段は閉ざされており、人の出入りは皆無だ。だから塵《ちり》ひとつ落ちていないし、足跡も手垢《てあか》もつくことはない。

それでも毎日、ヨニは欠かすことなく掃除をする。雑巾を使って丁寧に床を拭く。広間というほどではないが、それなりの広さのある部屋だ。一人で水拭きするには、一時間はかかるし、結構な労力を要する。

ヨニの仕事だと決められているわけでもないのに、この宮殿に従者として遣わされた時から、一日も欠かすことなく続けられていた。主が消えた二十四年の間さえも……。

「ヨニは何も変わらないよね」

「え？」

ティモの言葉に、ヨニは手を止めて顔を上げた。

ティモはゆっくりとした動きで、床を拭いている。

「毎日黙々と、自分のやるべき仕事を繰り返す。セラフィ様がいなくても、変えることはない……すごいよ」

「ティモ……僕はティモ達と違って、今はやれることが何もないから……神殿や宮殿での仕事を続けるくらいしかないんだ。ティモ達の方がすごいよ……毎日、本当に大変だと思う」

　ヨニが微笑みながら、ひどく感心した様子で語るので、ティモは手を止めて何も言えずに眉根を寄せた。

　ヘルマン、ラッセ、ティモの三人は、毎日人間達の治める各領地を回っていた。

　英雄王が命を賭して戦ったおかげで、魔の物を統率していたソーサラーを滅し災厄は去った。しかし犠牲も大きかった。

　八つあった人間達の領地の半分以上の五つの領地が、魔の物の侵略に遭い壊滅した。何万人もの人々が犠牲になり、わずかに生き残った人々は、残りのユク領・カク領・オッデ領に避難した。

　三つの領地には、それまでなかった防御壁が領地を取り囲むように作られた。見上げるほどに高い石積みの防御壁の周りには、サリファーゴという茨《いばら》のようなトゲのある植物が植えられている。サリファーゴは魔物が嫌う植物だ。

　魔の物が侵略した地は、瘴気《しょうき》に侵され大地が汚れる。浄化しない限りは、二度と普通の植物は育たないし、人間も動物も暮らすことは出来ない。

　廃墟となった五つの領地には、魔の物が棲みついてしまった。統率者のいない魔の物は、徒党を組んで人間の領地を襲うことはないが、魔の物の住み処に入り込んだ人間は襲われる。

　特に用心すべきはゴブリンで、繁殖力も高く、集団で生活を営む。群れが大きくなり、また上級種が生まれてしまったら、同じ災厄を繰り返しかねない。

　そのため、ヘルマン達は、毎日廃墟となった各領地に赴き、魔の物達を駆逐し続けていた。

「僕達は……憂さ晴らしをしているだけだよ」

ティモは自嘲気味に笑った。

「憂さ晴らし？」

ヨニが小首を傾げる。

「主を救えなかった自分の無力さを恥じている。後悔してもしきれない……もっと自分が戦えていればと、その行き場のない思いを沈めるために、日々戦っているだけだ。戦うことしか出来ない僕達よりも、ヨニの方がずっとすごいよ。ヨニのおかげで主のいないこのヴィフレアは、清浄を保ち続けている。湖や森の精霊達が、この地を見捨てることがないのは、君の浄化のおかげだ」

ティモの言葉に、今度はヨニが自嘲気味に笑って溜息をついた。

「ヴィフレアは、元々セラフィ様のおかげで、清浄な大地と空気に満たされていたから、こんな僕の力でも保持することが出来るだけだよ。僕にもっと力があれば、汚染された領地を浄化することが出来るのに……本当に力不足で情けないよ」


ヨニは一度、ティモ達と共に、廃墟へ赴いて浄化の魔法を試したことがあった。だがヨニの力では、一度に広範囲を浄化することは出来ない。少しずつ出来る精一杯を浄化していたが、一日経てば半分ほどがまた汚染されていて、いたちごっこになっていた。

それを日々繰り返すうちに、ヨニの方が限界を迎えて倒れてしまったのだ。

それ以来、ヨニは廃墟へ連れていってもらえなくなった。

「……だけどセラフィ様は戻っていらした。もう大丈夫だよ。もしも今日、大地の神を呼ぶことが出来れば、もしかしたらセラフィ様の記憶も戻るかもしれないし……そしたらすべてが元通りになるよ。新しい……英雄王を迎えることも出来る」

ティモはグッと拳を握り締めながら、一言一言噛みしめるように呟く。最後の言葉は、少しばかり小さな声になっていた。ティモにも色々と思うところはある。

今までは英雄王を失っても、また新しい王を迎えることが出来ると、当然のように思っていた。王を守り切るのが従者の務めではあるが、避けられない不測の事態も生じる。最初の王を失った時は絶望し、自身では力不足だと役目を退くつもりでいたが、大地の神から引き留められた。

困難は承知のこと。だからこそ英雄王は何度でも転生出来るようになっている。英雄王も従者達も経験を積んで、セラフィの力になって欲しい。そう神から言われた。

だから二人目の王を失った時は、次こそはと皆で励まし合った。今回だってそうだ。ヴィルヘルムを失って、セラフィまでも失って、全員が絶望した。しかしセラフィは異世界で無事でいることが分かり、皆は安堵して立ち直ることが出来た。

『セラフィ様さえ戻ってくれれば、また新しい英雄王を迎えて、今度こそやり直せる』

皆でそう励まし合って、今までがんばってきた。

しかしティモは、未だにやりきれない思いでいる。皆の手前、平気なふりをしているが、ヴィルヘルムを失ったショックは計り知れない。もしかしたら最初の時よりも、傷ついているかもしれない。

それはたぶん、今までとは王の死に方が異なっているからだ。

最初の時も、二人目の時も、相手は『王の暗殺』が目的だった。敵は王を殺すためにやってきて、目的を果たした。

だが今回は違う。敵は人間を殺すことが目的だった。ヴィルヘルムは、人間達と従者達、そしてセラフィを守るために戦って死んだのだ。

戦いの後、四人で何度も話し合った。どうすればよかったのか。

ヘルマンは、ヴィルヘルムとセラフィを、戦場へ向かわせるべきではなかった、と言った。ヘルマン達が人間達の軍を率いて戦うべきだったと……。しかしラッセは、相手が魔の物である以上、ヴィルヘルムとセラフィの力は必要だったと言った。

人間が全滅してしまったら、セラフィの役目を果

たせなくなってしまう。人間を守ることは、ヴィルヘルムとセラフィの役目なのだから、仕方がなかったと言った。

　この二つの意見は、どちらも正しく思われて、何度話し合っても、全員が納得する答えは出なかった。

　ティモも最初はヘルマンの意見に同意したが、同じ意見だろうと思ったヨニが、二人が戦場に向かうのを止めることは出来なかっただろう、と言ったので驚いた。

　それからは何が正しいかったのか、ティモにも分からなくなった。

　辛くて、もうこんな役目は辞めたいと思った。きっとまた次の王も、自分の力不足で死なせてしまうような気がしたからだ。

　だけどヘルマンが、人が変わってしまったかのように、とても落ち込んでいるので、ティモは弱音を吐くことが出来なくなっていた。

　王を守る騎士でありながら、今回は同じ戦いの場にもいることが出来なかったのだ。自分が側にいれば……という思いは誰よりも強いはずだ。冷静に考えれば、敵は魔術を使うソーサラーだ。剣技しかないヘルマンでは、戦う術はない。ヘルマン自身も、それは分かっているのだが、その場にいて何も出来なかったのと、その場にいなかったのでは、悔いの重さが違うのだろう。悔やんでも悔やみきれない……それがヘルマンの心情だ。

　ヘルマンは、あれ以来とても静かになってしまった。ティモ達に嫌味のひとつも言わない。王と共に戦って瀕死《ひんし》の重傷を負っていたティモ達に対して、何か負い目でもあるようだ。以前は少し小馬鹿にしていたヨニに対しても、控えめな態度を取るようになった。

　ラッセは瀕死のヨニを見つけて、セラフィまでが消えたことを知り、一番取り乱していた。だがヨニが回復し、セラフィの無事を知ってからは、平静を取り戻したが、以前以上に何事にも慎重になった。

　ヨニを絶対に廃墟に連れていかなくなったし、魔の物を殲滅《せんめつ》に行く時も事前に地形を綿密に探索し、

作戦を立て、必ず三人で行動するように指示を出した。ヘルマンはすっかり大人しくなってしまったので、今ではラッセがリーダーのようだ。

　みんなが少しずつ変わっていた。

　ティモがぼんやりと考え事をしていると、視線を感じて我に返った。ヨニが心配そうな顔で見つめている。

「大丈夫だよ。セラフィ様はきっと……元通りになる」

　ティモはニッと無理に笑って見せた。

「ヨニ、ティモ」

　そこへラッセとヘルマンもやってきた。

　ヨニとティモは立ち上がり、二人を出迎える。

「ここでセラフィ様が祈りを捧げるのは久しぶりだな」

　ラッセは神殿の中をぐるりと見回して、感慨深い様子で呟いた。ヘルマンは何も言わない。

「あの……皆さんにお願いがあるんですけど……」

　ヨニが三人の顔を順番に見つめながら言った。

「なんだい？」

　ラッセが優しく聞き返す。

「今日はすべて私に任せていただけませんか？」

　ヨニは何かを決意しているかのごとく、両手の拳をぎゅっと握り締めて、はっきりとした口調で宣言した。緊張しているのか、表情が少し硬くて、頬がほんのり上気している。

　三人は互いに顔を見合わせた。

「すべてって……なんのことだい？」

　ラッセが穏やかに聞き返した。

「セラフィ様のことです。大地の神に呼びかけるって話……昨日したと思いますけど、それをセラフィ様に伝える役目を、私にお任せいただけませんか？」

　ヨニの言葉に、再び三人は顔を見合わせた。

「それはもちろん、セラフィ様の側仕えはヨニだから、別に構わないと思うけど……というか、これからセラフィ様を起こしにいって身支度を整えるのは、ヨニの役目だし……だから最初にセラフィ様に会うのは、ヨニなんだから……そんなに改まって言わな

くても、ヨニに任せるよ……ね？」

　ティモが明るい口調でそう言って、ラッセとヘルマンに同意を求めた。ラッセとヘルマンはそれに合わせて頷く。だがヨニは、一度横に首を振った。

「伝える役という意味ではなく……すべての判断を私に任せてほしいという意味です。つまり……今日と言わず……セラフィ様ご自身が、神に祈りたいと思ってくださるまでは、こちらから祈りを捧げた方が良いというように、話を誘導したりはしないつもりです。昨日の今日ですから……セラフィ様は、私達に対して良い印象をお持ちでない恐れがあります。警戒して、もう私達の話を聞いてくださらないかもしれません」

　ヨニのその言葉に、三人は動揺を露わにした。

「まさか……そんなことが？」

「ヨニ、それは本当か？」

　ラッセとヘルマンが思わず詰め寄ったので、慌ててティモが間に入って仲裁した。

「二人とも慌てすぎ！　ヨニはそういう恐れもあるかもって言っているだけだよ。言われてみれば、確かにそうかもって思う。私もあんなに取り乱すセラフィ様を見るのは初めてだったから、昨夜はそのことばかり考えてなかなか眠れなかったけれど……あの方はセラフィ様だけど、中身はセラフィ様じゃない。私達が知っているセラフィ様ではないということは、理解して受け入れないといけないよね。ヨニに任せます」

　ティモはラッセとヘルマンを宥めて、ヨニに向かって同意を示して頷いた。

「ラッセ……ラッセには申し訳ないけれど、私が良いというまでは、セラフィ様の部屋に入るのは遠慮してもらえませんか？　一対二では警戒されてしまいます。こちらにその気はなくても、セラフィ様が不利に感じてしまわれるかもしれません。私とセラフィ様、一対一で話をしたいと思います」

　ラッセはひどく寂しそうな顔をした。だがすぐに平静を取り戻して「分かった」と頷いた。

「ありがとうございます。それでは……もう陽も昇

ったことですし、セラフィ様の下へ参ります」

ヨニは桶を手に持って、三人に会釈をしてから先に神殿を後にした。


「ラッセ……どうだ？」

廊下に立つラッセの所にヘルマンがやってきて声をかけた。ラッセは一瞬驚いたが、すぐに平静な表情に戻った。

「君も相変わらず短気だな。どうだも何も、ヨニがセラフィ様の下へ行ってから、まだ一時間も経っていないよ」

ラッセが静かに答えると、ヘルマンは気まずそうに口を噤んで視線を泳がせる。そんなヘルマンを見て、ラッセはわずかに口の端を上げた。

「ヨニは我々の中で一番冷静で、一番よく周囲を見ている。彼に任せよう。どうせ我々には何も出来ないんだ」

「……そうだな」

ヘルマンは素直に頷いて、くるりとラッセに背を向け、元来た道を戻ろうと歩き始めた時、カチャリと扉の開く音がした。

部屋から出てきたヨニが、ラッセだけではなくヘルマンもいたので、少しばかり戸惑いの表情を見せた。静かに扉を閉めて、二人を交互に見る。

「……セラフィ様は大地の神に祈りを捧げる決心をされました」

足を止めて振り返ったヘルマンが、何も言わずに頷いて再び歩き出した。ラッセは「そうか」とだけ言って微笑んだ。

「支度を調えますので、半刻後に神殿へ集合するように皆にお伝えください」

「分かった」

ラッセが頷いて視線をヘルマンに向けた。ヘルマンは大分先まで行ってしまったが、おそらく聞こえているだろう。ティモに伝えてくれるとよいが……とラッセが思って「ふむ」と小さく唸ると、「大丈夫ですよ」とヨニが言った。

ラッセは驚いてヨニを見つめた。ヨニは微笑んで頷き、再び部屋の中に入っていった。

　扉が閉まるのを見届けて、ラッセは苦笑しながら頭を掻いた。

「本当に……ヨニは強くなった」

　そう呟くラッセの顔は、どこか嬉しそうだった。


　神殿の扉の前で、ヘルマンとティモが立っている。二人とも廊下の先をじっと見つめていた。

「ヨニはすごい」

　ティモがポツリと呟いた。独り言なのかヘルマンに向かって言ったのか、どちらとも取れるくらいの小さな呟きだ。ヘルマンは何も答えない。

「私は……ヘルマンのことをとやかく言える立場じゃないんだ。私もヨニのことを侮っていた。いや……違うな……側仕えという役目を侮っていた。私は英雄王の側仕えだけど、ヨニとは違う。自分はただの側仕えじゃない。戦える側仕えだから、ヨニと一緒にされたくないって……心のどこかでずっと思っていた。もっと言えば、なんで私が側仕えなんてしなきゃいけないんだって思っていた」

　饒舌《じょうぜつ》に話し始めたティモを、ヘルマンは特に相槌を打つわけでもなく、静かにしろと注意するでもなく、無言で放置していた。

　ティモはそんなヘルマンの態度にも、構うことなく話を続けた。

「そりゃあ……熊に比べたら雀鷹なんて、大した攻撃力も持っていないけど……大鷲《おおわし》とかならともかく……でも速さには自信があるし、どんな遠くの獲物だって見逃さない……十分に王のために戦える。そう思っていた……だけど私は側仕えだ。神は私に戦うなんて役目を期待して仕えさせたのではないのだなって……ようやく最近になって分かったんだ。ヨニを見て……私はあれほどにヴィルヘルム様のことを理解していただろうか？　陛下に寄り添っていただろうか？　そう考えさせられて……」

　ティモは唇を噛んで俯いた。ヘルマンがチラリと

ティモに視線を送る。落ち込む様子のティモを見て、何か声をかけるべきかと思ったが、ヘルマンにはまったく何を言えばいいかなど分からない。『そんなことはない』も『そうだな』も違うような気がした。

　ヘルマンは困ったように眉根を寄せて、天を仰いだ。ラッセならこんな時に何と言うのだっけ？　などとも考える。

　その時足音が聞こえた。前を向き直ると廊下の向こうに、セラフィとそれに従うヨニとラッセの姿が見えた。

　ティモが姿勢を正すのが目の端に見えたので、ヘルマンも気を取り直して姿勢を正す。

　近くまで歩いてきたセラフィは、ヘルマンとティモを交互に見て、何か言いたげな顔をしたが、困った様子で隣に付き添うヨニに視線を向けた。ヨニは微笑んで、セラフィを促すように頷いている。

「あの……昨日はご迷惑をおかけしました。もう大丈夫です」

　セラフィがぎこちない様子で、ヘルマンとティモにそう話しかけた。二人は驚きつつも、表情には出さないようにして、深々と頭を下げる。

「セラフィ様がお元気になられて幸いです。昨日はセラフィ様のお気持ちを察することが出来ず、大変申し訳ありませんでした」

　ティモが謝罪の言葉を述べて深く頭を下げると、ヘルマンも一緒に頭を下げた。

「あ、いえ、そんな……どうか頭を上げてください。あの……ご期待に添えなくてすみません。でも今日は、神様と話が出来るようにがんばります。そしたらお互いに、解決の道が開けるかもしれませんから……」

　光樹はわずかに緊張した面持ちで、少し早口にそう告げるとペコリと頭を下げた。

「セラフィ様、参りましょう」

　ヨニが促して、神殿に向かって再び歩き始めた。

　ティモとヘルマンは道を空けて、セラフィ達が神殿に入っていくのを見送った。

「やっぱりヨニの言った通りだったね。セラフィ様は私達のことを少し警戒しているみたいだ。緊張してた」

　ティモは小声でそっとヘルマンに言って、気を取り直したように後に続いて神殿の中へ入っていった。ヘルマンは何も答えず、少しばかり厳しい表情で、同じように後に続いた。

　光樹は神殿の中を、物珍しそうに見まわしていた。夢で見ていた時は、少しぼんやりとした映像だったので、雰囲気は知っているが実物を目にするのは初めてだ。

『こんな風になっていたのか……』

　壁や柱、神の石像、それらをまじまじと見つめた。石像はとても大きくて圧巻だった。壁や柱にも、所々に装飾のような彫り物がしてあり、それが独特の模様だったりするので、美術を志した者としては、大変興味深かった。

「セラフィ様、こちらで先ほど練習した祈りを捧げてください」

ヨニが部屋の中央を指して、光樹を促した。

　ここに来る前に、祈りの仕方をヨニから教わった。祝詞のような祈りの言葉を詠唱しなければならない。難しいと思ったが、体は覚えているようで、何度か練習したら自然と諳《そら》んじることが出来た。

　光樹が床に膝をつくと、ヨニはそっとその場を離れていった。ティモ達が立っている場所の近くまで下がる。

　三人は神殿の出入り口近くに立ち、固唾を飲んで見守っていた。

　光樹は彼らの視線を意識して、少しばかり緊張していた。人前で歌を歌ったり、スピーチをしたりするのは苦手だった。高校の合唱コンクール以来かもしれない。もっともあの時は、クラスメートが一緒だったし、光樹はソロパートを歌うわけでもないただの群衆だったから、今よりは注目されていなかったと思う。

　気持ちを落ち着けるために大きく深呼吸をした。

『これで神様が現れなかったら、僕が偽者ってこと

になるのかな？　いや、この『僕』ではない姿になってまで、偽者呼ばわりされる覚えはないんだけど……』

光樹はコホンとひとつ咳払いをして、もう一度息を吸い込む。そして祈りの詠唱を始めた。

「……!!」

ヨニを除く三人は、一瞬声を上げそうになった。かろうじて耐え、それぞれがヒュッと喉を鳴らす音だけが聞こえた。

それは紛れもなくセラフィその人だったからだ。今までの誰ともつかない別人のようだったセラフィからは、想像もつかないほどに彼らがよく知るセラフィだ。

鳥の囀りのような美しい声で、歌うように詠唱するその姿は神々しかった。真っ白な拝礼用の衣装を着た彼は、透き通るほどに美しい。

皆が息を呑んで見つめていた。

やがて詠唱が終わり、静寂が訪れる。窓のない神殿の中は、壁と石像の前にたくさん並べられた蠟燭《ろうそく》の灯《あか》りだけが光源だ。少し薄暗くはあるが、それが逆に神秘さを演出している。

そしてその薄暗い神殿に、天井から一筋の光が差した。まるで窓でも開いたかのようだ。

光樹は驚いて顔を上げた。すると、光の中に人の姿が浮かび上がる。ぼんやりとした姿が、次第に輪郭もはっきりと形作られて、壮年の男性だと分かるくらいまでになった。

「セラフィ……我が愛しい子よ。よくぞ戻って参った」

頭の中に直接語りかけられるような声が響く。低く柔らかなその声には、どこか懐かしい気持ちにさせられる。

「だ……大地の神様でいらっしゃいますか？」

光樹は思い切って尋ねた。自分の声が聞こえるかは分からないと思いながらも、勇気を振り絞った。

大地の神は、目を細めて何も言わずにじっと光樹を見つめる。

『あれ？　伝わらなかった？　あ、聞き方が変だっ

た？　失礼に値した？』

　大地の神が何も答えないので、光樹はひどく焦ってしまった。神様を怒らせてしまったら、それこそ天罰が下るのではないかと思ったのだ。

「あ、あの……申し訳ありません。その……僕はセラフィの時の記憶がなくて……あの……それで神様に……確かめたいことがあって……それで呼び出してしまいました。お許しください」

　光樹は動揺したように、口籠もりながら必死に弁明をして何度も頭を下げた。

「よい、よい……すべて分かっておる」

　大地の神が優しい声でそう言った。光樹が顔を上げると、穏やかな表情の神様が、光樹をじっと見つめている。

「そなたの声を久しぶりに聞いたので、思わず嬉しく思っていただけなのだよ。怒っているわけではない。安心しなさい」

『あれ？　神様って意外とフレンドリーな感じ？　大丈夫……なのかな？』

光樹は少しばかり安堵して、緊張が解《ほぐ》れた。

「そなたの聞きたいことも分かっておる」

「え!?」

　光樹は驚いて、思わず変な声を出してしまい、慌てて両手で口を押さえた。すると大地の神が、楽しそうに笑い出したので、光樹だけではなく遠巻きに見守っていたヨニ達も驚いた。

「そなたの向こうの世界がどうなっているか気になるのだろう？」

　神は優しく言った。光樹は何度か瞬きをして、ゆっくりと頷き「はい」と小さく返事をする。急に心臓の鼓動が速くなる。聞きたいけれど、聞きたくない。そんな複雑な思いに、光樹の心は揺れ動いた。

　頬を上気させつつも、表情を硬くした光樹を見て、大地の神は慈愛に満ちた眼差しを向けた。

「セラフィよ……そなたが向こうの世界での仮の姿・神森光樹は、そなたがこちらの世界に戻ったと同時に消滅した。神森光樹という人間は、最初から存在していない世界に戻ったのだ」

「えっ……」

思わず驚きの声を漏らしたのはヨニだった。他の三人も驚いている。

肝心の光樹は驚きすぎているのか、微動だにせず、声も出さずに、大きく目を見開いて大地の神を見つめている。

「魔の物達との大きな戦いで、そなたは瀕死の怪我を負ったという話は聞いたな？」

神の問いかけに、光樹はわずかばかり首を縦に振った。

「体には大きな傷を受け、魔力も枯渇し、かなり危険な状態だった。ヴィルヘルムの必死の願いを聞き、私は私に出来る最大限の手助けをした。それは一旦、別の世界に逃がすことだ。ここに……ヴィフレアに転移させる方法もあったのだが、瀕死のそなた一人を、ここへ逃がしたところで助かる見込みは薄かった。だから別の世界の神に、助力を求めたのだ。それでそなたのいた世界の神が引き受けてくれた」

神は一度目を閉じて、何か考え込むような仕草をした。

「あちらの世界は、こちらの世界とはまったく異なっておった。人間が世界を支配し、妖精・精霊・魔の物は姿を消していた。もちろんいなくなったわけではなく、姿を消して別の次元に暮らし、人間達と住み分けているのだ。だからセラフィの魂だけを、あちらの世界に逃がして、人間として転生させたのだ。そうすれば魔の物の脅威もなく、静かに暮らすことが出来る。そなたが十分に精気を養い、魔力を取り戻し、自らの力で戻ってくることが出来る日まで……それまでの仮の住み処、仮の体だったのだよ」

神が話し終えると、しばしの間沈黙が流れた。光樹は相変わらず身動きひとつせず、瞬きさえもしていないかのように、大きく見開いた目は神のみを映している。

大地の神もそれを見守るように、じっとセラフィを見つめたまま沈黙していた。

「仮の姿……消滅したとおっしゃいましたか？　神森光樹はもうどこにも存在しないと……」

　ようやく光樹が口を開いた。それはとても淡々として静かな口調で、感情を抱いていないかのようだった。驚いているのか、悲しんでいるのか、その表情からも話し方からも、窺うことは出来ない。

「そうだ。あちらの世界には、神森光樹がいたと証明できるものは何も残っていない。物だけではなく、記憶も……だ。神森光樹に関わったすべての人間の記憶からも消え去った。神森光樹はあちらの世界には存在しなかった。ということになっている」

「記憶も……それは家族もですか？　母の記憶も？」

「そうだ」

　ダメ押しのような神の答えに、ヨニが真っ青な顔で、両手で口を押さえながら微かに呻き声を漏らした。従者達全員が声を出さないまでも、動揺して騒然とした。彼らが飲み込んだ声が、もしも口から出ていたら、それこそ騒ぎになっただろう。

「母は僕のことを何も覚えていないのですね。僕を身籠もった時に、ご神木が光ったことも、子供の頃の僕が時折おかしなことを言っていたことも、母が……いつか僕がいなくなってしまうのではないかと恐れていたことも……何もかもなかったことに……僕が生まれたことすらなかったことになっているのですね？」

「そうだ」

　光樹はとても静かにいくつもの疑問を並べ立てた。少しでも心に残るわだかまりを解決しようとするかのように、淡々と……整然と……事実確認を整理するかのようで、聞いているヨニの方が動揺して涙を浮かべながら震えていた。

　神は短く断定の返事をするため、とても非情に感じるが、その表情や声はとても穏やかだ。変わらず慈愛の眼差しを、セラフィに向けている。

「しかしセラフィよ……『どこにも存在しない』というのは間違いだ。少なくともここに神森光樹はいるではないか。そなたがセラフィとしての記憶が戻ったとしても、そなたの中にある神森光樹としての経験や思い出が、消えてしまうわけではない」

　大地の神が優しく労《いたわ》るように、光樹に向かって補

足の言葉を告げた。すると光樹は目を閉じた。沈黙が訪れてやがて静寂の中に、光樹の大きな溜息をつく音が響き渡った。

「良かった」

　光樹は小さく呟いた。その表情には安堵の色が浮かんでいる。

「神様、ありがとうございます。僕の悩みはすべて解消されました。おかげでこれからセラフィとして生きていく決心もつきそうです」

　光樹がとてもすっきりとした表情で、神に向かって言った。その顔は微笑んでいるようにさえ見える。

　大地の神は、少しばかり驚いたように目を瞬かせたが、すぐに表情を綻ばせた。

「そうか……そなたがそう言うのならば、私はもう何も言うまい。そなたは神森光樹であり、私の愛しい子セラフィでもある。魂はひとつだが、心はふたつあるのだろう。以前よりもずっと強くなった。後のことはそなたに任せよう。人間のことも、英雄王のことも……なに、大丈夫だよ。そなたには信頼に足る従者達がいる。だがもちろん分からないことがあれば、いつでも私に尋ねるとよい」

　神が一度四人に視線を向けたので、釣られるように光樹も視線を向けた。

　ヘルマンとラッセは、姿勢を正して顔を引き締める。ティモは軽く会釈をして、ヨニは今にも泣きそうな顔で深く頭を下げた。

「ありがとうございます」

　光樹は神に向き直り、改めて深く頭を下げた。

　ふわりと優しい風が、光樹の体を撫でるように吹いて、大地の神の姿は光と共に消えてなくなった。

　光樹は一気に緊張が解けて、その場に両手をついて大きく息を吐いた。

「セラフィ様」

　四人が慌てて駆け寄る。

　光樹は顔を上げて四人を見た。一人一人の顔を順番に見つめる。四人共、それぞれではあるが、皆が光樹を心から心配していることが分かった。

　昨日までは四人の顔がちゃんと見えていなかった

ように思う。

「皆さん……ご心配をおかけして申し訳ありません。昨日はすみませんでした。おかげで神様と話が出来て……気持ちの整理がつきました」

「ミツ……セラフィ様、あの……まさかこんなことになるとは思わず……あの……」

　ヨニは大きな両目に涙をいっぱいに溜めながら、上手く言葉が出ない様子で口籠もっている。それでも彼が何を言いたいのか、光樹には十分に伝わった。

「ヨニ、僕が……向こうの世界ですべてを失ったことに、絶望していると思っているかもしれないけれど、全然そんなことはないから、どうか泣かないでください」

　光樹が落ち着いた様子で、ヨニを宥めるので、ヨニばかりか他の三人もひどく動揺した。

「セラフィ様、本当に大丈夫ですか？　無理はなさらないでください。私達は何のお役にも立てませんが、辛いならばどうぞ辛いと言ってください。悲しみや怒りを私達にぶつけてくださっても構いません」

ティモがヨニの代わりに、ヨニが言いたかったであろうことを述べた。隣でヨニが涙を拭いながら頷いている。

　光樹は二人の顔を見て、自然と顔が綻んでいた。別に似ているわけでもないのに、高校の生徒達の顔が浮かんだからだ。

　いつも頼りなくぼんやりとしている光樹を、生徒達が心配したり発破をかけたりしてくれていた。その姿と重なったのだ。

「大丈夫です」

　光樹は、はっきりと答えて立ち上がった。ラッセが手を貸そうとしたが、それはやんわりと断るように、一人で立ち上がる。

「あの……ここではなんだか落ち着かないので、とりあえず部屋へ戻りませんか？　それで皆さんと改めて話がしたいのですけど……お時間はよろしいでしょうか？」

「もちろんです」

　四人が声を合わせて答えた。あまりにも息がぴっ

たりなので、光樹は思わず微笑む。

「じゃあ……行きましょう」

光樹がそう言って歩き出したので、四人は困惑した様子で後に続いた。


光樹は部屋に戻って、部屋の中にはクッションが置かれた長椅子がひとつとテーブルがひとつあるだけだと気がついた。たぶんその長椅子はセラフィのためのもので、誰かと座ってお茶をするようなテーブルセットではない。

光樹は困ったように辺りを見回した。

「セラフィ様、何かお探しですか？」

ヨニが隣に来て尋ねた。

「あ、皆さんが座る椅子がないと思って……」

「私達は立っていますので、どうぞお気遣いなさらないでください」

「いえ、それでは僕が落ち着いて話が出来ないので、皆さんも座ってください。短い話なら構いませんけど、少し長くなると思いますから……あの、本当にお願いします。主従の関係でそれは出来ないとか、色々とあるのだと思いますが、今だけでもいいのでどうかお願いします」

光樹が一生懸命に頼んだので、四人は顔を見合わせつつ仕方がないというように、どこからか椅子を運んできて、テーブルを挟んで長椅子の向かい側に、四つの椅子を並べた。長椅子とは少し距離を離して置いてあるのは、それが彼らの精一杯の譲歩なのだろうと思って、光樹としては『遠いからもう少し近くに』と言いたいのを我慢した。

光樹が長椅子に座り、ヨニが光樹の前にひとつだけお茶の入ったカップを置いて、四人はそれぞれ椅子に腰掛けた。

改まって何を話すのだっけ？　と、光樹は一瞬考えたが、彼らの視線を感じて、先ほどの神との対話の件で、彼らがひどく光樹……いや、セラフィのことを心配していたのだったと思い出した。それの説明をするついでに、光樹自身が知っておかなければ

ならないことを、改めて聞いておこうと思ったのだ。

「早速ですけど……先ほども言いましたが、神様から聞いた話について……僕……神森光樹という人間の存在は消えてなくなったという話ですけど、僕は大丈夫です。全然ショックを受けなかったかと言えば、もちろんショックです。だけど僕が考えていた最悪の事態に比べたら、ずっとマシな結果だったので、大丈夫ですと言いました。これは強がりとかではなく本心です。ですからさっきも取り乱したりはしませんでした」

　光樹は先生だった時のことを思い出して、生徒達に教鞭を執るように、落ち着いた口調で丁寧に話すことを心掛けた。

　彼らは従者だ。自分は神子であり、ここの主だ。セラフィの記憶がない以上、自分の人生の上で主従関係など経験がない。自分の従者に対してどういう態度を取るのが正解かも分からない。しかし素の自分のままだと、彼らに対して下手に出てしまい、それは彼らにとってはとても困ることで、彼らも混乱してしまうことは理解できている。

　だから問題なく彼らと話をするためには、疑似主従関係の態度を作る必要があって、光樹にとって最もそれに近いのは『教師と生徒』の関係だった。

　教師は生徒にとって『師匠』だし、目上の存在でもある。だから教師は、生徒に対して威張った態度……いや、もとい尊厳ある態度を示さなければならない。光樹は教師としては、全然威厳も尊厳もなかったのだが、まあそれでも教える立場として、それなりに生徒達に対する態度はきちんとしていたつもりだ。

　だからそれを思い出して、出来る限りの尊厳ある態度で会話をすることにしたのだ。

「僕が考えていた最悪の事態というのは、向こうの世界で僕が死んだことになっている。というものです。僕の肉体だけが残され、死体とみなされてしまうことが、一番恐れていたことでした。僕は向こうの世界で教師の仕事をしていて、転生をした時は、学校……この世界に学校があるか分かりませんが、

学び舎《や》のことです。そこで仕事をしている最中でした。ですから、もしも僕が……僕の死体が転がっていたら、僕の生徒達はとてもショックを受けるし悲しみます。僕の家族も悲しみます。子供が突然死ぬなんて、親にとってはこれ以上の不幸はないでしょう。僕はとても両親から愛されていました。ですから、そんな形で親不孝はしたくなかった。悔やんでも悔やみきれません」

　光樹はそこまで話して、少しばかり声が震えてしまったので、一度口を閉ざした。悲しみに暮れる両親の姿を想像してしまい、感情が少し昂《たかぶ》っていたのだ。

　気持ちを落ち着けるように、お茶を一口飲んだ。深呼吸をして話を続ける。

「その最悪の事態ではなかった。僕の存在が元からなかったことになったのです。誰も傷つかない。だから本当に安心したんです。ああ……もちろん、向こうの世界に帰りたくないわけではありません。本心を言えば帰りたいです。皆様からすれば、ここが本当の僕のいるべき世界なのかもしれないけれど、セラフィの記憶がない今は、向こうに帰りたいという気持ちの方が当たり前になっています」

　ゆっくりと丁寧な口調で光樹が話をすると、四人はとても真剣な顔で何度も頷きながら聞いている。途中で口を挟む者はいない。一言も聞き漏らさないというように、本当に真剣な顔だ。彼らが真実生徒ならば、とても優秀だと言えるだろう。

「きっと皆さんは、どうして僕がこんなに冷静に受け入れているのか、不思議だと思います。昨日はあんなに錯乱していたのに……あれも結局は今言った通りの理由で……向こうの世界の僕がどうなったのか、それだけが本当に心配だったんです。それと今の状況を受け入れているのは、昨日も少し話しましたが、僕が物心ついた頃から、夢でこの世界の風景とかを見ていたからです。自分でも不思議で……時々どちらが現実か分からなくなったりしましたから、今ここにいる自分が現実なんだと言われると、なんだそうかって思えるくらいには、違和感を持っては

いないのです」

光樹は説明をしながら、四人の顔をゆっくりと一人一人見つめる。

ヘルマンは短く刈られた黒髪が堅そうに見えるけれど、意外と触ったら柔らかいのかもしれない。自分と同じであまり自身の容姿には無頓着そうだ。右側面の髪が変な方向に跳ねている。寝癖がついてもそのままみたいだ。

顔は強面だけれど、それは眼力が強いからと、若干眉間のしわが癖になっているからだろう。顔の作りは整っていて美形の部類だ。眉が太くて形が良い。鼻筋も通っていて高い。口は大きくて唇の厚さは程よい。えらが張っていて顎もしっかりしている。

熊の化身だと言われれば、確かにそうかもと思うけれど、美形熊なのだな。

光樹はそんなことを考えて、ヘルマンを見つめる目を細めたので、ヘルマンはぎょっとして目を見開いてから、困惑気味に眉間のしわを深くする。

ラッセは柔らかそうな赤毛を、綺麗に整髪している。身だしなみに気を遣っていそうだ。英国俳優を思わせる正統派美形で、燕尾服《えんびふく》とか着せたら似合うだろう。

睫毛がすごく長い。切れ長の目だけれど瞳の部分が大きい。ふと奈良《なら》公園の鹿を思い出した。大きくて綺麗な目。赤毛だと有名な小鹿ちゃんを思い出してしまって、ラッセを見つめながら笑みを浮かべてしまった。ラッセも戸惑いの表情をする。

「神様からはっきりと事実を聞かされたので、逆に諦めもつきました。少しでも何か希望を持たされていたら、まだぐじぐじと帰りたいという思いで、落ち込んで癇癪《かんしゃく》を起こしていたかもしれません。向こうの世界に、もう僕の居場所はありません。むしろ帰っても、母に知らない人と拒絶されてしまう方が傷つくと思うから……神様が言ったように、僕自身の存在の中に神森光樹が生きています。僕の中には家族との思い出がたくさんある。それで十分だと思うことにします」

ティモは小柄で可愛いけれど、きっと「可愛い」

と言ったら怒るタイプだろう。吊《つ》り目がちの大きな目は、意外と眼光鋭い。鷹だっけ？　雀鷹？　動物には詳しくないけれど、きっと小さい鷹の種類なのだろう。小さくても猛禽《もうきん》類だから、可愛いだけじゃなさそうだ。

　髪の色が不思議だ。灰青色……染めているわけではないその色は、とても艶があって綺麗だ。ちょっと触ってみたくなる。

　光樹がそんなことを考えて目を細めたので、ティモは小首を傾げた。

　ヨニは可愛い。まん丸の大きな目、小さな口、髪も柔らかそうでくりんくりんしている。美少年だ。いや、一応成人男子だし、年齢はたぶん二百とかそういう単位みたいだから、「少年」はおかしいかもしれないけれど、可愛い美少年。

　表情が豊かで、すぐ泣くし、笑うし、柔らかそうな頬もすぐに赤くなる。

　今のところは一番好感度が高い。

　光樹がヨニを見つめながら微笑んだので、ヨニは少し赤くなった。

　話をしながら、じっくりと四人を観察して、色々と考えていたので、ついつい顔に出てしまって、四人が戸惑っている。話している内容と表情が合っていないせいだろう。おかしな人と思われそうなので、光樹は思いっきりニッコリと笑って、話を逸らしてごまかすことにした。

「ここまで偉そうに悟りきったようなことを言いましたが、実を言うとまだ実感がないだけです。今夜には寂しくなって、帰りたいなどと思うかもしれません。皆さんにはご迷惑をおかけしますが、僕がセラフィの記憶を取り戻すまでは、どうか許してやってください」

　光樹はそう言ってペコリと頭を下げた。

　四人はそこで我に返り、慌てて頭を下げ返した。

「あ！　それで皆さんにお願いがあります」

　四人の口からセラフィの謝罪を撤回する言葉が出る前に、光樹が大きな声を上げた。四人は言いかけた言葉を飲み込んで、姿勢を正してセラフィからの

『お願い』を聞く心構えをする。

「しばらくの間は、僕のことをセラフィとは思わずに接してください。もちろん！　もちろんこれから少しずつ、セラフィとしての務めを覚えていくつもりです。記憶も戻るようにがんばります。ですが僕が今のところは、セラフィではないことは紛れもない事実です。皆さんが期待するようなことは、何も出来ないと思います。セラフィとあまりにも違っていて、皆さんが失望することもあるでしょう。だから……今の僕はセラフィとは違うのだと、諦めて欲しいのです。そういう心づもりで、僕に接してくださると助かります。僕も……過分な期待は重荷になるので……」

　ラッセとヘルマンは、顔を見合わせて言葉もなくどう反応すればいいのか分からずに、互いに目で聞き合っている風だ。ティモは視線を落としつつも、とても真剣な表情で、じっと何かを考えている。ヨニだけが、微笑みながら光樹に向かって頷いていた。

「すみません、皆さんが混乱するのも分かります。上手く伝わってないのかもしれませんが……例えば、さっきのような時……僕が皆さんに頭を下げると、皆さんは慌てて僕が頭を下げるのを止めようとしますよね？　そういうのを……出来るだけやめて欲しいのです」

　光樹が補足をしたが、さらにラッセとヘルマンは困惑した表情のままだ。

「えっと……つまり……皆さんの立場からすれば、主人である僕が皆さんに対して頭を下げるなんて、とんでもないことだと慌てられるのだと思います。僕の態度も主らしくないのでしょう。そういう……僕が主らしくない行動を取った時は、冷静に……普通の態度で注意をしてくださるだけでいいんです。僕がセラフィではないのだから、違う行動をするのは仕方がないと諦めて欲しいのです……そういうことなのですけど……分かります？」

　光樹は四人の……特にラッセとヘルマンの様子を窺いながら、恐る恐る尋ねた。

「はい、分かります。先ほどのような時は、頭は下

げずに私達に向かって『頼みます』と言うだけで良いのですよ？　とお教えすればよろしいのですよね？」

　ヨニが微笑みながら答えた。光樹は嬉しそうに頷いて、他の三人へ視線を送った。

「皆さんが過剰に、僕のことを崇めるのは、とても重荷になってしまうんです。別に僕に失礼な態度を取れというわけではありません。従者として、主人を敬うのは当然ですし……やんわりと僕の間違いを正してくだされば、僕もだんだんと主らしくなると思いますし……セラフィとしての記憶も戻るかもしれません。よろしいでしょうか？」

　もう一度光樹が三人へ視線を送ると、最初にティモが頷いた。

「分かりました。ただ……正直に言うと、私はすぐに態度に出てしまいますから、動揺しないとお約束は出来ません。でもセラフィ様の側仕えであるヨニが、ちゃんと理解しているみたいなので、すべてはヨニに任せたいと思います。でも丸投げするつもりはありません。セラフィ様の身の回りのこと以外は、すべて私が支えますのでご安心ください」

　ティモの力強い返事に、光樹は嬉しくなって微笑む。するとラッセが慌てて口を開いた。

「わ、私ももちろんセラフィ様のお気持ちに沿いたいと思います。ただ私は護衛騎士ですから……ヨニとは役目が違いますので、今まで通りセラフィ様の警護をするつもりです。今朝は部屋の外で警護していましたが、本来は部屋の中で警護いたします。部屋の扉の前に立たせていただく許可をいただければと思います」

　ラッセは言葉を選ぶように、考えながら説明をした。たぶん自分のこの言い方は、セラフィ様に対して圧をかけていないだろうか？　重荷になっていないだろうか？　と探り探りで話しているのだろう。

　ラッセもそうだが、ヨニ以外の三人はまだセラフィとの距離感を測りかねているようだ。ヘルマンはただ一言「承知しました」と言っただけで、他には何も語らなかった。

『ヘルマンって無口なのかな？　熊ってあんまりおしゃべりじゃないのかな？　なんとなく子供向けアニメで見た陽気な熊さんのイメージが強いんだけど……』

　光樹がヘルマンを見つめながら、そんなことを考えていたので、ヘルマンは何か失礼があったのかと、少しばかり焦って視線を泳がせている。

「僕からの話は以上です。それで……これからのことなのですが……僕は何をしたらいいのでしょうか？　あ……王様を探さないといけないのでしたっけ？」

　光樹の問いかけに、四人は顔を見合わせた。自然と皆がヨニに何かを求めるような視線を向ける。ヨニは小首を傾げた。

「まだ……だと思います」

　ヨニは自分に向けられている視線の意味を、自分なりに解釈して控えめに答えた。それを受けてラッセが腕組みをして考え込み、ヘルマンとティモの二人が目で会話をして頷き合う。

　以心伝心なのだなと、四人の様子を黙って眺めながら、光樹は何かを言われるまでじっと待った。

「セラフィ様、実は……先の災厄による戦いで、人間は半分以上……いえ、七割近くが犠牲になりました。人間の治めていた領地も五つが廃墟になり、そして主を失ったここヴィフレアも聖地としての力を失いつつあり、荒れ果てております。セラフィ様にお願いしたいことは多々あるのですが、まずはセラフィ様自身が力を取り戻し、この聖地を元通りにするのが先決です」

　ラッセがゆっくりとした口調で、現状の説明をした。光樹は真剣に聞きながら『ここが荒れ果てている？』と疑問に思って部屋の中を見回した。

　部屋の中は夢で見たものとそれほど変わりなく感じる。壁や天井などに壊れているところはない。宮殿の中も、神殿まで行く道しか通らなかったが、特に荒れているという感じはしなかった。神殿も綺麗だったと思う。

「セラフィ様、記憶がないのでお気づきにならない

と思いますが、実はこの宮殿にはセラフィ様と私達四人の従者しかおりません」

ヨニが、光樹の様子を見て察したように、そっと教えてくれた。

「え……そういえば静かですね。夢で見た時は、他にも人がいたように思いますが……」

光樹は思い出しながら首を傾げた。

「はい、以前は衣食住を整えるための召し使いが二十名、陛下の政務を手伝うための文官が五名、宮殿を守る近衛騎士が二百名いました。ですが主のいない宮殿に、人間達を置いておけないので、全員を解雇いたしました」

ティモが説明をしてくれたが、光樹はまだ不思議そうに辺りを見回している。

「ではこの部屋はヨニがずっと掃除していたのですか？　宮殿内のすべてを？　掃除などは大変だから、最低限の召し使いを置いておけば良かったのに……」

光樹に言われて、ヨニはティモと視線を交わして代わりに答えた。

「セラフィ様の部屋と神殿は私が掃除をして、陛下の部屋と執務室をティモがやりました。他も……私の手が空いた時には出来る限り、宮殿内の清掃はしていましたが……過去の経験から、私達は人間のことを信じていません。ですからこの宮殿の中に入れていた人間達は、すべてセラフィ様との契約魔法で縛っていました。セラフィ様や英雄王に害をなさないための契約です。セラフィ様がいなくなってしまったので、宮殿にいる人間達の契約は解除されてしまいました。契約のない人間は、この聖地にはいられないようになっているのです」

「この聖地にはいられない？」

「はい、この聖地ヴィフレアは、深い森とその中心にある湖に守られた島の中に宮殿が建っています。森と湖には精霊達がいて、人間も魔の物も、聖地に無断で入ってくるものを拒み排除します。ですからセラフィ様がこの世界からいなくなって、契約が切れてしまった宮殿内の人間達は、宮殿を一歩出たら聖地の外に出されてしまいます。宮殿内にとどまる

にしても、食料などにも限界があり、私達が養ったとしても、宮殿の中に閉じ込められた状況では、人間達の精神面に異常がきたしてくるでしょう。瀕死のセラフィ様をここへ転移させなかった大地の神の判断は、そういうことだと思います」

「なるほど……分かりました。それで荒れ果てているということなのですね」

　光樹はようやく理解した。

「宮殿の中で我々が手を入れていない場所は、傷《いた》みもひどくなっています。二十四年ですから……それからこの聖地自体も、セラフィ様のお力が及んでいないため、精霊達が減っています。まだすぐにどうにかなるというわけではありませんが……」

　ティモがさらに付け加えるように言った。

「じゃあ……僕が早くセラフィとしての仕事をしないといけないのですね？」

「仕事……」

　ラッセが困惑しながら、どう答えるか迷っていると、ヨニが微笑んで首を振った。

「セラフィ様、この場合は仕事ではなくお役目です。先ほどラッセが、セラフィ様にお願いしたいことと申し上げたのが、つまりはこのことなのです。セラフィ様が力を取り戻してくだされば、聖地も元通りになります。そうすれば宮殿で働く人間達を連れてくることも出来ます」

　ヨニがラッセに代わって、光樹の勘違いを正してくれた。ラッセはヨニの返しを聞きながら、なるほどという顔で頷いている。最初に光樹が皆にお願いした『間違った行動をした時の注意の仕方』のお手本みたいになっていた。

「それは……具体的にどうすればよいのですか？　セラフィの力を取り戻すって……僕のこの体……セラフィの体は、今はもう正常な状態なんですよね？　怪我も治っているし、魔力？　も元に戻っているのでしょう？　だから僕はこちらの世界に帰ってきた」

「はい、この場合の『力を取り戻す』というのは、セラフィ様の大地の神子としての力……つまり大地を癒やして、活力を与え、穢れを浄化するというお

力のことです。セラフィ様は記憶をなくされておいでなので、今はその力がまったく発揮されていない状態です。無意識に力を使えるはずですが、それが出来ない今は意識して力を使っていただくしかありません」

「意識して力を使う……？」

光樹は言葉を繰り返しながらも『魔法なんて使い方分からないんですけど』と思っていた。

「はい、先ほど大地の神を呼び出したように、毎日神殿で祈りを捧げてください。祈りの詠唱はお教えいたします。毎日やるうちに、きっとセラフィ様の体が思い出して、詠唱なしでも力を使えるようになると思います」

「そう……ですかね？　そうだといいけど……」

光樹が不安そうに、強張った笑みで答えたので、瞬時にラッセ達が焦りの色を浮かべた。セラフィ様が重荷に感じてしまっている。と思ったのだろう。

「大丈夫です。先ほどもわずかな時間で覚えた祈りの詠唱を、見事に唱えることが出来たではありませんか。とても自然に見えました。セラフィ様の記憶が戻られたのではないかと、私達は勘違いしてしまったくらいです」

ヨニがすかさず、光樹を宥めて励ました。ニコニコと可愛い笑顔でそんな風に言われると、光樹も少しはその気になってきた。

「分かりました。がんばるので教えてください」

「はい、出来る限りお力になります」

ヨニは力強く答えて、他の三人も大きく頷いた。

光樹との話が終わった四人は、一旦部屋を出て打ち合わせをした。

「とりあえずしばらくの間は、オレとティモの二人で魔の物の駆除に当たろう。ラッセは残ってセラフィ様の護衛に当たってくれ。セラフィ様のお力が戻るまでは、ここも安全とは言えない」

ヘルマンの言葉にラッセが頷く。

「森は眷属に見張らせているから大丈夫とは思うが、

セラフィ様のことは任せてくれ、命を懸けて守る」

「ティモ？　どうかしたの？」

　ヘルマンとラッセが話している間も、ずっと俯いたままのティモに、ヨニが心配そうに尋ねた。

「え？　あ、いや……別に……」

　ティモは我に返って顔を上げると、三人の顔を見ながら苦笑する。

「なんか……セラフィ様が別人みたいで……」

　思わず本音が漏れたというように、ポツリとティモが呟いたので、ヨニが眉間にしわを寄せて、むきになって抗議した。

「どんなに変わってもセラフィ様はセラフィ様です。それにこんな状況の中でも、私達のことを気遣って健気に振る舞っていらっしゃる……お優しいところはセラフィ様そのものです！」

「ヨニ、ごめん、違うよ、誤解だからそんなに怒らなって！」

　本気で怒っているヨニに、ティモは必死で弁明をした。

「別に悪い意味で言ったんじゃないよ！　私は好ましいと思っているんだ。ほら……あの災厄が起きる前、セラフィ様が少し感情的になられたことがあって、あの時はとても驚いたけれど、私達はそれを喜んだじゃないか。だからさ……今のセラフィ様は、なんか普通だろう？　普通っていうのもおかしいかな？　人間みたいっていうか、まあ向こうの世界で人間として生きてきたからだと思うけど……とにかく私はいいって思ったんだ。嬉しくなった」

　ティモがニッと口の端を上げて笑ったので、ヨニはみるみる明るい表情に変わった。

「私も良いと思います。接し方がまだよく分かりませんが……」

「……ほら、行くぞ」

　ヘルマンはそのことについては特に何も言い及ばず、ティモの背中を押して歩き始めた。ティモは一瞬よろけて、じろりとヘルマンを睨みつけながら後についていく。

「二人ともセラフィ様をよろしく」

ティモが手を振って去っていった。その二人の後ろ姿はどこか楽し気だ。つい二日前までの魔の物征伐に向かう後ろ姿とは、明らかに違っていた。『守りたい』ものが出来ると、こうも違うものかとヨニは微笑みながら見送った。

「ラッセ、セラフィ様のお食事の用意をしてくるので、セラフィ様の護衛をお願いします」

「分かった」

ヨニは足取りも軽く厨房《ちゅうぼう》へ向かう。ラッセは扉をノックして、部屋の中に入っていった。

それからの数日は、光樹にとってとても慌ただしいものだった。

朝起きて身支度を済ませたら、まずは神殿で祈りを捧げる。昼食の後、午後はずっと勉強の時間だ。祈りの呪文を覚えることと、これまでの歴史を細かく覚えること、それから人間の治める領地についてなどを学んだ。

慌ただしいとはいっても、朝の支度はわりとゆったりしたものだった。朝食は一時間くらいかけてゆっくり食べるし、身支度も一時間はかかる。それから神殿での祈りが一時間、そうこうしている間に昼食の時間になり、こちらもたっぷり一時間かけて食事をして、それから祈りの練習が一時間、休憩を二時間取って、その後は歴史の勉強をして夕食だ。

夕食の後は、少しばかりヨニとたわいもない雑談をして、その後就寝……実にゆとりがある。ヨニはかなり甘やかし上手だなと、光樹は思った。

それでも慌ただしいと感じるのは、光樹にとって勉強なんて学生の時以来だし、呪文の言葉はとても難しくて覚えるのに時間がかかる。慣れないことばかりのためか、時間なんてあっという間に過ぎてしまう。

午後の休憩時間を二時間も取ってくれているのは、お昼寝タイムだからだ。お昼寝なんて幼稚園以来だなんて思っていたけれど、やはり疲れているのかいつもぐっすり眠ってしまっていた。

　それなのに夜もしっかり寝ているのだから、自分でも驚くばかりだ。

「もう今日で十日になるんだ」

　光樹はパチリと目が覚めて、溜息と共に呟いた。

　この世界に来て十日。あっという間だった。でもそれは光樹にとってはありがたいことで、くよくよと向こうの世界のことを考えずにいられる。

　そして何よりも驚くべきは、こちらの世界に来て一度も夢を見ていないということだ。本当に見ていないのか、見ているけれど起きたと同時に忘れているのか、それは分からない。

『セラフィって神子だから夢を見ないのかな？』

　光樹は横になったままぼんやりと考える。もしも夢を見るなら、向こうの世界の夢が見たいな……なんてことも思った。

『そろそろ起きないと、ヨニが来るよね』

　光樹はゆっくり体を起こして、一度大きく伸びをした。すると扉をノックされる。

「はい、どうぞ」

　光樹が返事をすると、扉が開いて着替えを持ったヨニが現れた。

「ミツキ様、おはようございます」

「おはようございます。ヨニ」

　ヨニが笑顔で入ってきたので、光樹も笑顔で挨拶をした。

『僕が目覚めると完璧なタイミングで、ヨニが来るんだよね。起きたのが分かる魔法でもあるのかな？』

　そんなことを考えながら、あれ？　と光樹は視線を動かした。ヨニが「ミツキ様」と呼ぶのは二人きりの時だけだ。いつもはラッセも一緒だから呼ぶことはない。

「ラッセは？」

「はい、ラッセは今森の様子を見にいっています」

　光樹はベッドから降りて、ヨニにされるがままに着替えを手伝ってもらいながら、ラッセの姿がないことに気づいて尋ねた。ヨニは相変わらず笑顔だ。何か良いことでもあったのだろうか？

「森で何かあったの？」

「セラフィ様の毎日の祈りのおかげで、聖域の力が戻ってきたのです。ラッセは森の精霊たちの様子と結界の確認に行きました」

　それはとても嬉しい話題だ。と光樹は瞳を輝かせた。

「僕の祈りに効果があったってこと？」

「はい、ラッセが戻ってきて、その報告次第ではセラフィ様も外に出ることが出来るでしょう」

「え!?　外に？」

「まあ……外と言っても島の中だけ、宮殿の周りを散歩する程度ですが……それでも気分転換にはなると思います」

「なるなる！　外に出てみたかったんだ。嬉しいよ」

　光樹の弾む声に、ヨニはクスクスと笑う。

　着替えが終わり、髪を綺麗に整えてもらって、朝食を取る。テーブルの上には、綺麗な色合いの果物が、切りそろえて盛り付けられた皿がいくつも並んでいる。

　とても一人では食べられない量なのだが、セラフィが食べた残りをヨニ達に下賜するのがルールらしい。最初の日は知らなくて、残すのは悪いと思ってがんばって食べ、それでも半分ほど残してしまったので謝ったら、逆にヨニに驚かれてしまった。

　本物（？）のセラフィはいつも少ししか食べないので、光樹のことを食いしん坊認定したらしいのだけれど、食べすぎてお腹が痛いと言ったので驚かれたのだ。

　下賜ルールを知ってからは、腹八分でやめている。それでも以前よりはかなり食べているらしいので、セラフィはどんだけ小食なのだろうと光樹は心配した。

『でも草食だよね……』

　光樹は赤い果肉を口に頬張りながら思った。ランカという、桃のような触感と味のする果物で、とても甘くて美味しいから、現在のところ光樹の一番のお気に入りだ。

　次に好きなのはミルルというブドウに似た果物。ピンク色でグミみたいに弾力がある。皮ごと食べる

ことが出来て、味はブドウそのものだ。

　朝食はいつも十種類くらいの果物が、山盛り出てくる。昼食は野菜のスープや、クレープのような薄い生地に、芋系の蒸した野菜を包んだものや、リゾットみたいなものなど、こちらも野菜ばかり。夕食も似たような感じだ。

　この十日間で、肉や魚は一口も食べていない。

　元々あまり食に拘りのない光樹だが、さすがに十日もこれでは肉が食べたくなる。

『唐揚げが食べたいな』

　ふとそんなことを思ったら、無性に食べたくなってきた。

「ヨニ、そのう……食事の支度をヨニが一人でやっていると思うから、あまり贅沢《ぜいたく》は言えないのだけど……肉や魚は食べないの？」

　光樹の問いかけに、ヨニが驚いてお茶を淹れていた手を止めた。

「ミツキ様の食のお好みが変わられたのでしたら、料理も変えますが……セラフィ様は血の穢れを嫌われていたのか、魚も肉もお召し上がりになりませんでした。私とラッセはセラフィ様と同じで特に問題はありません。ちなみにティモとヘルマンは、別に魚を獲《と》って食べています」

『リスと鹿は草食だもんね。鷹は肉食、熊は雑食かぁ……うん、まあ分かる。大地の神子は草食なのかな？　髪や目が緑だものね。光合成って言われても信じるかも……』

　光樹は一人で思いながら頷いている。

「魚でしたら、ヘルマン達が獲ったものがありますので、お昼にお出しいたしましょうか？」

「うん、そうしてもらえると嬉しい。焼くだけでもいいから」

「かしこまりました」

　ヨニが快く引き受けてくれたので、この程度の我《わ》が儘《まま》は問題ないらしい。とんでもない！　と驚かれなくて良かったと、光樹は胸をなでおろした。

　食事の後は神殿でのお祈りをする。この日の光樹はいつもにもまして熱心に祈った。効果が出ている

と言われて、嬉しくなったのだ。何事も自分の行いの成果を認められれば、やる気も増すものだ。

　自分ではまったく実感がないのだが、祈りの詠唱によってセラフィの聖なる力が、聖地を癒やして浄化するらしい。また聖地を囲むように結界が張られているのだが、それも効力が増すのだそうだ。

　結界が正しく力を発揮していれば、魔の物や悪意を持つ人間は弾かれて、森の中にさえ入ることが出来ない。また悪意のない人間であっても、セラフィや英雄王に招かれていない、もしくは契約のない人間は、森には入れるが精霊達によって惑わされ、気がつけば森の外……という感じで宮殿には辿り着けないそうだ。

　聖地ヴィフレアは、セラフィと英雄王にとっては、安全な絶対領域ということになる。もっともここまで完全防壁が作られたのは、二度も王を失ってからのことらしい。

『人が良いというか、あ、この場合は精霊が良いというのか？　まあ、大地の神子は人間が大好きな大地の神から、人間を繁栄させるという役目を持って遣わされたわけだから、元々人間に対して無抵抗なんだろうけど、でも人間は悪い人もたくさんいるしね。犯罪をするほどではなくても、欲が深い人とか、虚栄心が強い人とか、自分勝手な人とか、悪意なく他人を傷つける人とか、色々いるんだけど……セラフィとかはそういうのは全然分からなそうだし、ヨニ達も動物の精霊だからなぁ……』

　今日の祈りが無事に終わって、部屋に戻りながらそんなことを考えていると、ラッセが現れた。

「おかえりなさい。森の様子はいかがでしたか？」

　光樹が笑顔で尋ねると、ラッセは少しばかり恥ずかしそうな困ったような複雑な表情で、一度目を伏せて一礼した。

　ラッセは恥ずかしがり屋なのか、笑顔で話しかけるといつもこんな顔をする。ヨニとティモは笑顔で返してくれて、ヘルマンは無表情だが目を逸らす。

　それぞれの性格が出ていて面白いけれど、今度ヨニにラッセとヘルマンのことを尋ねてみようか？

ラッセのいない時なんて、あまりないから難しいけれど……と思いながら、ラッセの言葉を待った。

「はい、結界は元通りの強さになっていました。森の精霊達も皆嬉しそうで、離れていった精霊も戻ってくるでしょう。湖の精霊達もご機嫌でした」

光樹はラッセの報告を聞いて、じゃあ！　という期待の眼差しをヨニに向けた。ヨニはニコニコと笑って頷く。

「昼食の後、少し外を散歩いたしましょう」

光樹は心の中で「やった！」とガッツポーズをした。湖の精霊とか見られるだろうか？　ファンタジーだ。嬉しい。

昼食にはいつもの料理とは別に、リクエストした魚の塩焼きが出てきた。しかし……。

「これは……」

光樹は眉間にしわを寄せて、あからさまに顔を歪めた。まず匂いがダメだった。臭いとかそういう次元ではない。生臭いというか血の匂いさえ感じて、気持ちが悪くなった。

ちゃんと皮までパリパリに焼けているし、腹が開いているからたぶん腸の処理もされているのだろう。獲ってきたばかりの新鮮な川魚だと聞いた。見たことのない魚だけれど、形は鮎《あゆ》に似ている。色が黄色くて尾びれが長いという違いくらいだし、たぶんこの嫌な臭いは、セラフィが感じているだけで、ヨニは特に変わりがないから、元々の匂いはそれほどないのだろう。

『体が受け付けないのか……』

光樹はがっかりしながら、手に持っていたフォークを置いた。

「ごめんなさい……食べられそうにありません」

光樹が顔を歪めたまま頭を下げると、ヨニが心配そうな顔で魚の皿を片付けた。

「やはりダメでしたか……私は魚を扱えないので、ティモに調理してもらったのですが、セラフィ様は血がダメだろうと言って、内臓を綺麗に取って水でよく洗っていたのですが……」

「そうですよね。分かります。目で見た認識として

はとても美味しそうに思うんです。僕の心情的にも……ただ体がどうにも受け付けないみたいで……セラフィがダメなんでしょう」

光樹は他人事のように説明をしながらも、残念だという思いと、気持ちの悪さでなんとも複雑な表情をした。

「無理を言ったのにごめんなさい」

「いいえ、ヘルマンがとても美味しそうだといっていましたから、下賜すれば喜んで食べるでしょう」

「そうですか……それなら良かった」

それを聞いて光樹は安堵した。

「同じような料理ばかりで飽きたのですよね。すみません。人間の料理人ならば、もっと色々なものを作れるのでしょうけど……」

「そんなことないですよ。毎日こんなに作ってもらってありがたいです。僕なんて何も料理できませんし……それよりもヨニは料理も掃除も洗濯もして、僕に色々なことを教えてと忙しすぎませんか？　ちゃんと休んでますか？　倒れるんじゃないかと心配です」

気を取り直した光樹が、スープを飲みながらふと思ったことを口に出した。ヨニが休んでいるところなど見たことがない。いつも光樹の側にいるので、たぶん掃除と洗濯は、早朝か夜にやっているのだと思う。

「はい、大丈夫です。掃除は他の三人も手伝ってくれますし、洗濯はティモが手伝ってくれますから……休んでいます。ご心配なさらないでください」

ヨニはそう言うけれど、そうかな？　と光樹は疑わしいという顔で、じっとヨニを見つめていた。

「セラフィ様のお力も大分戻ってきたようだし、少しばかり人間を連れてきてはどうだろう？」

それまで黙って扉の前に立っていたラッセが、そっと助言するように言った。

ラッセはいつも置物のようにじっと立っているので、たまに忘れそうになる。何もしていなくても、じっと立っているのは辛いだろうといつも思う。もう少し楽にしてくれていてもよいのだけれど、と光

樹が一度言ったことはあるが、やんわりと否定されてしまった。

　デッサンのモデルさんだって、じっとしているのはかなりの負担だから、ちょくちょく休憩を取ってもらっていたのだけれど、と光樹は学生時代を思い出した。

「そうですね……セラフィ様、いかがでしょうか？」

「え？　人間？　召し使いをまた雇うということですか？」

「セラフィ様、雇うのではなく契約魔法をかけるのです。契約魔法のかけ方は、後程お教えいたします」

「契約魔法をかけるのは分かるけど……安全のためだよね。雇うのではないのならば、給金は払わないの？」

「給金はありません。セラフィ様や英雄王に仕えることは名誉あることですから、奉仕をしてもらいます。ですが宮殿での衣食住は保証されますし、召し出された者の家族は、その領地で手厚く扱われていると聞きます」

　光樹の疑問をひとつひとつヨニが丁寧に答える。そのやりとりを、ラッセは黙って聞いていた。

「ところで……契約魔法って……僕や王様に危害を加えないための契約なんだよね？　もしも背いたらどうなるの？　死んでしまうの？」

　光樹はずっと気になっていたことを尋ねた。チラッとラッセへも視線を向ける。ラッセは穏やかな顔で首を横に振った。ヨニも光樹を安心させるように微笑んでいる。

「死ぬことはありません。セラフィ様がかける魔法ですから、人間を殺すことなどいたしません。ただ契約に反すれば、体の自由が利かなくなり、石になったように固まってその場に倒れるだけです。悪意を持っただけでもそうなります」

「ええ！　悪意を持っただけでも!?」

　光樹は思わず大きな声を上げてしまった。

『ええ！　だってそれじゃあ皆すぐにアウトじゃないかな？　普通に仕事をしていたって、むかつく上司や先輩はいるし、悪意を持つだけでだめなんでし

ょ？　それってどの程度!?』

光樹の大きな声に、ヨニもラッセも驚いた。

「セラフィ様、そんなに驚かせてしまいましたか？」

「セラフィ様に悪意を抱く者などそうそうはいませんし、悪意を持ったらもちろんだめですよ」

二人掛かりで宥められて、光樹は少し驚きすぎたかな？　と反省した。

「ごめんなさい。驚きすぎました……でも……悪意ってどれくらいなんでしょう？　ほら、普通に生活していれば、ちょっとしたことで頭に来ることなどあるじゃないですか……例えば……もしも僕が我が儘を言って、相手を苛立たせてしまったら、それだけでその人は契約に反することになるんですか？　僕が悪いのに？」

扉の横に立っていたラッセが、光樹の近くまでやってきた。ヨニと顔を見合わせている。

「もちろん程度にはよりますが、少しくらい苛立ったり、怒ったりしたくらいでは大丈夫なはずです」

「悪意というのは、明らかな敵対心です。例ばセラフィ様の言動で、もしも相手が誤解して腹を立てたり、苛立ったりしたとしても、それだけでは契約に反したことにはなりません。ですがその腹立ちの思いが募り、報復してやろうとか、何か企てを考えた時にはそれが悪意となります」

ヨニは気持ちを落ち着けるように優しい言い方で説明をし、ラッセは真面目に淡々と説明をしてくれた。二人の話を聞きながら、光樹はようやく理解した。

「すみません。分かりました。ありがとうございます」

光樹は二人に礼を述べて、少し冷めてしまった料理に手をつけた。ほどほどで食べるのをやめて、ヨニに下げてもらう。

「それでは散歩に行きましょうか？　えっと……ラッセに付き添ってもらえれば大丈夫です。ヨニは忙しいと思うので、その間に他の仕事を済ませてください」

光樹はにこやかに二人に向かってそう告げた。

「ですがセラフィ様……」

ヨニがちらりとラッセを見て、光樹を案じるように何か言いかけた。ヨニのその反応は、光樹の想像の範囲内だ。

光樹は手招きをして、ヨニを近くまで呼んでそっと耳打ちをした。

「ラッセとも少しは親交を深めたいと思うのです。彼も僕の専属従者でしょう？」

光樹の言葉に、ヨニは一瞬目を丸くしたが、すぐに微笑んで「承知しました」と答えた。ラッセは不思議そうな顔で、二人の様子を見守っている。

「ラッセ、護衛をお願い出来ますか？」

「もちろんです」

ラッセが頷いて手を差し伸べたので、光樹はその手を取り立ち上がった。

「それでは行ってきます」

光樹はヨニに手を振って歩き出した。外に出るのは初めてだ。ひどく胸が高鳴る。

ラッセが一歩先に出て、扉を開けてくれた。光樹が部屋の外に出て、一旦足を止める。出口がどちらかなんてわからない。

ラッセに促されて歩き出した。神殿とは反対の方角だ。

「先ほどはヨニに何をおっしゃっていたのですか？」

歩きながらラッセに尋ねられた。意外と細かいことも気にするみたいだ。

『繊細だね』

「大丈夫だと言っただけです。ヨニは心配性なので……やっぱり最初に、僕が錯乱したことを未だに気にしているみたいです。それはラッセ達も同じだと思いますけど……」

光樹がラッセを振り返って見ると、ラッセは困ったように微笑んだ。

「ヨニはとても繊細で心優しいのです。誰よりもセラフィ様の身を案じています」

「ラッセとヨニは仲良しですか？」

「仲良し……!?」

ラッセは目を丸くした。その顔を見て光樹はクス

クスと笑う。

「あ！　外だ！」

　玄関が見えた。扉が大きく開いているので、すでに外の景色が見えている。光樹の歩く速度が速くなる。

「セラフィ様、急がなくても大丈夫ですよ」

　ラッセが慌てて追いかけた。

　一歩外に出ると、明るい陽射しが眩しくて、光樹は思わず目を閉じる。それからゆっくりと目を開けた。玄関の前は広い石畳の広場のようになっていた。その先に小さな船着き場がある。遠くに目をやると、湖の対岸にも船着き場があり、そこに一艘《そう》の小舟が泊めてあった。

「あれは？」

「あれは湖を渡るための船です。今はヘルマン達が外に出ているので、向こう岸にあります」

「あんな小さな舟が一艘しかないのですか？」

「もう一艘ございます。六人乗りですが、宮殿との間を行き来するのは、陛下とセラフィ様、そして我々四人しかいませんから、あの程度の小舟で問題ありません。昔は橋が架かっていましたが……橋も大きな船も、外から余計な者達を招き入れるだけです。必要ありません。泳いで渡ろうとする者がいれば、湖にいる精霊達が水中へ誘うことでしょう」

「え!?」

　光樹は一瞬怖い想像をしてしまった。

『湖の精霊って人魚みたいなのを想像していたけど違うの？　河童《かっぱ》か半魚人を想像しちゃった』

「庭の方へ参りましょう。セラフィ様が植えられた花が咲き乱れております」

　すっとラッセが話題を変えるように誘導した。エスコートされて、ゆっくりと宮殿の周りを歩く。

『ラッセも少しはフォローが上手になってきたのかな？』

　光樹は笑いを堪《こら》えて、ラッセと共に歩きながら、周囲の景色を眺めた。夢で見た光景によく似ている。

　宮殿の建つ小島は、思っていたよりも広かった。宮殿自体も大きな建物だと思うが、それでもまだ土

地は十分に残っている。玄関前の石畳の広場から、ぐるりと宮殿の裏庭まで、石畳の道が続いていた。道の両側には低木が植えられていて、綺麗に剪定《せんてい》されている。

「荒れていると聞いていましたが、綺麗に手入れをしているじゃないですか」

光樹が道の両側を眺めながら言った。

「いえ、つい最近までは、この辺りの植物は枯れていました。裏庭の庭園も花が枯れて、うら寂しい状態だったのですが、セラフィ様の祈りの効果で、こうして再び緑が蘇ったのです。一気に伸びたものですから、ティモとヘルマンが、この辺りは綺麗に整えていました」

「そうだったんですか」

「裏庭の庭園までは、手が及んでいませんが、花が咲き乱れているので綺麗ですよ」

ラッセが前方を指さした。道の先、建物の陰にはなっているが、目的地の裏庭が少し見えている。ここから見るだけでも、すでに色とりどりの花が咲いているのが分かる。

「わあ！」

光樹は思わず駆け出していた。

「あ、セラフィ様」

ラッセが慌てて追いかける。

裏庭に辿り着くと、そこは一面のお花畑だった。

庭園というよりはお花畑だ。元は綺麗に整備されていたのかもしれないが、今は花壇も道も境目が分からないくらいに草も花も、ボウボウに生えている。色々な種類の花が、一斉に咲き誇っているのだ。眩《まばゆ》いばかりにカラフルなお花畑と、その向こうに見える深い森のコントラストがとても美しい。

「ラッセ！　紙とペンを持ってきてくれませんか？」

「紙とペン……ですか？」

ラッセが訝《いぶか》し気に眉根を寄せた。

「はい、この美しい風景を描きたくなったのです。お願いします。持ってきてください」

セラフィに頼まれて、断る術などラッセにはない。

しかしここにセラフィを一人で残すなど出来ない。

だからと言って、セラフィに自ら一緒に取りに戻れとも言えない。ラッセは究極の選択に大いに迷った。

　光樹に悪気はなかった。今は目の前の美しい光景に目も思考も奪われていて、ラッセが苦悩の表情で悩んでいることに気づけていなかった。

　ラッセは短く呪文のような言葉を吐いた。すると何もない空間から飛び出すように、一頭の大きな鹿が光樹の目の前に現れた。

「わ！　し、鹿!?」

「ご心配なく、私の眷属です。万が一、危険が迫るようなことがあれば、この鹿がセラフィ様を連れて逃げます。セラフィ様、私が戻るまで絶対にここを動かないでください。絶対です。一歩も動かないでください。お約束いただかなければ、私は紙とペンを取りにいくことは出来ません」

「分かりました！　約束します」

　ラッセがとても真剣な表情で言ったので、光樹も真剣な表情で答えた。それでもまだ気になるというように、ラッセは何度も振り返りながら、急いで駆けていった。

　光樹はラッセを見送った後、目の前の鹿をまじまじと見つめた。

「大きいね。奈良公園の鹿よりも大きい気がする。こんな間近で鹿を見るのは、高校の修学旅行以来だ。触ってもいいかな？」

　光樹は鹿の背中を撫でようと、恐る恐る手を伸ばした。鹿はじっと大人しくしている。鹿の背中はビロードのような手触りだった。鹿は目を閉じて気持ち良さそうだ。光樹は嬉しくなって何度も撫でた。

　ふと視線を感じた。敵意のような鋭いものではない。誰かに見られている。そう思って感じる視線の方を見た。

　湖の対岸に一頭の狼がいた。暗い森に銀色の毛並みが浮き上がって見える。

「あれは……」

　光樹は思わず息を呑んだ。夢に出てきたあの狼だ。銀色の毛並み、額から背中にかけて一房、鬣のように黒い毛が生えている。銀色の瞳は真っ直ぐに光樹

を見つめている。とても静かで穏やかな眼差しだ。

光樹は視線を逸らすことが出来なかった。身動きさえも出来ない。まるで時が止まってしまったかのように感じる。心臓が早鐘のように鼓動を打ち、頬が熱くなる。

これは夢で見たのと同じ狼を見たことで、ひどく動揺してしまっているのか、それとも喜びに舞い上がっているのか、自分でもよく分からない。

もしも後者だとしたら、これはまるで初恋の相手を見た時みたいな、甘い胸の痛みにも感じる。

側に行きたい……そう思った時、駆けてくる足音がした。

「セラフィ様、お待たせしました」

息を弾ませたラッセの声に我に返った。振り返ると紙の束とペンを手に持ったラッセがいた。

「何もありませんでしたか？」

ラッセがそう言って辺りを見回したので、釣られるように光樹は狼のいた方へ視線を向ける。

「あ……」

そこにはもう狼の姿はなかった。思わずその周囲を目で追ったが、どこにも見当たらなかった。

「何かありましたか？」

「いえ……森に……狼がいて……」

「狼ですか？」

ラッセは眉をひそめて、光樹の視線の先を探した。

「この森に狼はいないはずですが……」

「そうなんですか？」

「はい、狼がいるとしたら、荒野か山ですね」

ラッセはそう言いながら、光樹に紙とペンを渡した。

「そうですか……見間違いかな……」

光樹は溜息をついて、しばらく森を見つめていた。

隣ではラッセが鹿に、何も変わりはなかったかと尋ねている。鹿は狼を見ていないようだ。

それから光樹は気を取り直して、せっかく持ってきてくれた紙とペンで、風景を描くことにした。

鹿がその場に伏せをして、椅子の代わりになってくれた。隣にインク壺《つぼ》を持って立つラッセが、不思

議そうに光樹が描く絵を見つめている。

　その日は三枚の絵を描いて、部屋へ戻った。


　その夜、狼の夢を見た。

　以前見たような不穏な感じの夢ではない。美しい花畑に座る光樹の側に、穏やかな顔の狼が座っている。

　背中を撫でるとふさふさの毛並みが気持ちいい。思わずぎゅっと抱きしめて、毛並みに顔を埋めた。つるりとした少し硬めの長毛の下に、短い毛足の柔らかな毛がみっしりと生えている。お日様の匂いがすると思った。

『セラフィ』

　名前を呼ばれて顔を上げると、そこに抱いていたのは狼ではなく人の体だった。服の下の体は、決して柔らかな抱き心地の良いものではない。むしろがっしりとしていて、固い筋肉で覆われている。

　でもそのままもう一度顔を伏せて、頬擦りをした。お日様の匂いがする。

『セラフィ』

　もう一度名前を呼ばれた。低く優しい声。心地よくて、幸せで、ずっとこうしていたいと思う。

　大きな手に頭を撫でられた。大好きな手。働き者の力強い手。

『セラフィ』

　何度も呼ぶ声が、とても優しくて、愛おしくてせつなくなる。胸がきゅっと痛む。この甘く優しい痛みは、きっと恋の痛みだ。でもこれが恋だということを、セラフィは知らない。生まれて初めて感じる……知らない感情なのだ。


　すうっと目覚めた。ようやく見慣れ始めた部屋の景色だ。

「夢に出てきた人は、たぶん王様だよね……また顔が見えなかったけど、声ははっきりと聞こえた。いい声だったな」

光樹は溜息をひとついた。体を起こして伸びをする。

「久しぶりに夢を見たけど……幸せな夢で良かった」

安堵の息と共に呟いた。

こちらの世界に来る前は、不安で怖い夢を見続けた。こちらに来てからは、まったく夢を見なくなった。

それらが何かを暗示しているのか、光樹には分からない。しかし少なくとも、こちらの世界に来る前の不安で怖い夢は、早く元の世界に戻らなければならないという意味を持っていたのだろう。

光樹にはまだこの世界の現状が分からない。話には聞いているが、この目で見たわけではない。荒れ始めていたという聖地も、光樹の日々の祈りによって、元の姿に戻りつつある。少なくとも、昨日初めて外に出てみた風景は、とても神秘的で美しかった。

ラッセ達が、綺麗になったからセラフィに見せても大丈夫と、判断してからの外出許可だから当然なのだけれど……。

狼を見たのは見間違いではない。また会えるだろうか？　また来てくれるだろうか？

「セラフィ様、おはようございます」

ヨニがいつものように着替えを手に入ってきた。後ろからラッセも続いて入ってきた。

昨日、光樹が散歩に出かけている間に、休んでくれたのかな？　と思っていたら、セラフィの部屋の掃除をしていたらしい。まあ、休まないのは想定内だけれど……。

いつもは光樹が昼寝をしている時などに、ちょこちょこと隙を見て掃除をしていたようだが、やはり部屋に主がいる時は、おおっぴらに出来ないので、とても助かったようだ。その分他の時間に余裕が出来たのなら良いのだけれど、と光樹は納得することにした。

それよりもヨニは、光樹が描いた絵にいたく感動して、大絶賛してくれたばかりではなく、部屋に飾りたいと言い出したので、デッサンだし自分の部屋に飾るのはなぁと思って、欲しいならあげるよと言

ってプレゼントしたら、泣くほど喜ばれた。

　その上それを遠巻きに見ていたラッセが、物凄く羨《うらや》ましそうな視線を向けてきたので、ラッセにも一枚あげた。

「昨日いただいた絵を、早速私の部屋に飾ったら、ティモにすぐ見つかって、物凄く悔しがっていました。ティモにも下賜していただけないでしょうか？」

　光樹に服を着せながら、ヨニが言いにくそうにおずおずと尋ねてきた。

「いいよ。もう一枚あるし……だけど……ヘルマンも欲しいって言うかな？　いや、興味がないかもしれないけれど、四人いる従者の三人にだけあげるっていうのは、なんだか気が引けて……」

「とても欲しがっていました」

　返事はヨニからではなく、扉の所に立つラッセから来た。あまりに即答だったので、光樹は思わず噴き出した。

「そっか……じゃあ、今日も散歩に出ていいかな？　また絵を描くよ」

「はい、セラフィ様の気晴らしになるようでしたら、ぜひ」

　ヨニが笑顔で言ってくれたので、光樹はとてもご機嫌だ。おだてられれば気分が上がる。描いた絵を褒められるのは嬉しい。いくつも賞をもらっているからと言って、褒められなれているわけではない。

　学校の生徒達や、ヨニ達のように専門的な視点ではなく、心から『綺麗』『素敵』と言われるのは、何よりも嬉しい。

　絵を描くことは、光樹にとって息を吸うのと大差ないほど、当たり前のことなので描けと言われればいくらでも描ける。

「セラフィ様、本日はヘルマン達が何人か人間を連れてくると言っていましたので、契約魔法のやり方を、ヨニから習っておいてください」

　ラッセが報告事項として、教えてくれた。

「人間を……召し使いを入れるのですね。良かった。これでヨニの負担が減りますね」

　身支度を済ませた後は、朝食を取って、日課の祈

りの詠唱を行い、その後昼食を取って、散歩に出かけた。

　裏庭に到着して、森の方をしばらく見つめていたが、狼はいなかった。

　今日はラッセが椅子を持ってきてくれたので、鹿さんに頼まずに済んだ。長い時間お尻に敷いていたのは、とても申し訳なく思っていたのだ。ただ正直なところ、木の椅子よりも座り心地は良い。

　風景を三枚描いて部屋に戻った。

　その後は契約魔法のやり方を、ヨニに習うのだが、呪文をヨニが教えている最中に、自然と口から出ていた。

「セラフィ様、記憶が戻られたのですか？」

　ヨニが期待に満ちた眼差しを向ける。

「いや……ごめんなさい。そういうわけではないんですけど、なんか口から自然と出ていました。セラフィにとっては、息をするくらいに普通のことなんでしょうね。僕にとって絵を描くのと同じくらいに……」

　光樹の返事を聞いて、ヨニは目を丸くしている。

「あのような素晴らしい絵を描くことが、息をするのと同じなのですか？」

「僕からすれば魔法を使うことの方が、何倍もすごいことだと思うんだけど……」

　互いの価値観の違いに、思わず顔を見合わせてクスリと笑い合った。

「私の場合は癒やしの術と浄化の術が出来る程度です。セラフィ様と並べて語ることなど出来ませんが……魔法を使うことがすごいと思われるのでしたら、それこそセラフィ様はすごいです。なんでもお出来になりますよ」

「なんでも？　癒やしの術や浄化が専門ではないの？」

　光樹が首を傾げたので、ヨニは微笑みながら首を振った。

「セラフィ様は全属性をお持ちです。ただお使いにならないだけです」

「全属性……？　この前教えてもらった火とか水と

かというのだよね？」

「はい」

光樹はヨニから教わった魔法についての知識を思い出す。この世界の魔力には、闇・光・水・火・風・土の六つの属性がある。自身の持つ魔力が、どの属性なのかによって使える魔法が変わる。ヨニは光、ティモは風、ラッセは闇、ヘルマンは土の属性を持っているそうだ。ただラッセとヘルマンは、それほど魔力量が多くないらしくて、魔法を使うのは得意ではないらしい。彼らは魔法を使うというよりも、それを身体強化に使っているようだ。

「じゃあ、セラフィは最強だね」

光樹は他人事のように言った。ヨニはそれを聞いて苦笑する。

「そうなのですが……神子であるセラフィ様は、基本的には穢れを嫌いますから、攻撃魔法は使いません。相手を傷つけたり、殺したりすることを嫌がられるのです。ですから癒やし系の魔法ばかりを使っていらっしゃいました。ちなみにセラフィ様の魔力レベルは高いので、本来は無詠唱で魔法を使うことが出来ます」

『本来は……かあ……』

光樹は詠唱を唱えてなんとか癒やしの魔法を使っている。つまりまったく全力を出せていないということだ。光樹が苦笑して頭を掻いたので、ヨニはニッコリと笑う。

「あれ？　だけどそれってつまり……セラフィが使っていなかっただけなら、僕が使おうと思えば使えるんだよね？」

「それはそうですけど……セラフィ様、もうお体はセラフィ様だということをお忘れにならないでくださいね」

ヨニが少しばかり厳しい表情を作って、光樹に注意を促した。それはつまりこの前の『焼き魚事件』のことを言っているのだろう。

「大丈夫。攻撃魔法は使いません。僕だって人を傷つけるのは嫌です。僕のいた世界は……特に僕が住んでいた日本という国は、とても平和で治安が良く

て、一般的にはあまり人が殺し合うようなことはありませんでした。もちろん全然ないわけではないけど……少なくとも僕の周りではまったくありませんでした。だから野蛮な行為は嫌いなんです」

光樹がヨニを宥めながら説明したので、ヨニはなんとか納得してくれた。

その後、夕方になってヘルマン達が帰ってきた。ラッセが言っていた通り、人間の女性を四人連れている。

光樹はヨニ達に連れられて、宮殿の広間に来ていた。光樹は初めて入る部屋だが、王へ拝謁する者達との接見に使ったり、宴《うたげ》を開くのに使ったりする部屋らしい。しかし外から宮殿に来る者が滅多になくなってからは、ほとんど使われなくなったようだ。

正面奥に玉座が置かれている。セラフィはそこに座って、女性達と対面をした。

「セラフィ様、こちらが今日から宮殿で働く者達です。料理や掃除、洗濯をします。この者達に問題がなければ、契約魔法をかけてください」

ティモが恭しく形式ばった言いようで、セラフィの前に片膝をついて進言した。隣には同じように片膝をつくヘルマンがいて、二人の後ろには四人の若い女性が、額を床につけるほど平伏している。

『この者達に問題がなければばって……顔も見えないよ。入ってくるときも、すでに深く頭を下げていたし……』

ヨニからは、本当に形式ばかりの面通しがあるが、ヘルマン達がすでに身元の確認などは、慎重に行っているのでよほど何か気に障ることでもない限りは、承知したと答えるように言われている。

しかし光樹は、召し使いとして来る者達は、もう少し年齢が上だと思っていた。例えば家族を養うために、止む無く出稼ぎに来るような中年の男女とか、子育ても終わった壮年の女性とか……。しかし目の前の四人はどう見ても十代だ。もしかしたら二十歳くらいにはなっているのかもしれないが、とにかく若い。結婚前の年頃の女性だ。

宮殿に召し抱えられて、契約魔法をかけられたら、

もう一生をここで仕えなければならないだろうに、大丈夫なのだろうか？　と、そんな心配が湧き上がる。

「ひとつ尋ねてもいいですか？」

　いきなり光樹がそんなことを言い出したので、四人の従者は一斉にぎょっとしたが、皆、顔には出さずに我慢している。セラフィの言葉を否定することは出来ないので、ティモとヘルマンは「いかようにも」と答えた。

　セラフィの両側に控えているヨニとラッセが、どんな顔をしているのか想像がつくと思いながら、光樹は疑問に思ったことを素直に口に出した。

「この方々は、すべてを承知してここに来たのですか？　つまり契約魔法で縛るということです。見たところ、皆様とてもお若いようですが、家族や恋人は承知していますか？」

　光樹の質問に、ヨニ達四人の従者は当然驚いた。女性達の方は、セラフィの事情を知らないため、その質問がおかしいとは気づいていない。それもまた儀式の一環と捉えていた。

「セラフィ様、この者達は自ら志願して参りました。我々が宮殿で働きたい者を、呼びかけて集まった中から選んできた者達です。セラフィ様が心配されるようなことは何もございません」

　動揺を押し隠して、ティモが改めて説明をした。チラチラと視線をヨニに向けている。きっと事前に説明していなかったのかと、ヨニに文句を言いたいのだろう。

　光樹は、ティモの心情まで分かっていた。おそらく自分が聞いていることは、彼らの常識の中ではずいぶんおかしなことなのだろうと思う。

　光樹のいた世界とは違うのだ。人権とか、雇用法とか、そういうものはない世界だ。強者が弱者を支配する。彼女達が奴隷だとしても、おかしくない世界の話だ。

　ティモが説明をしても、光樹が何も答えないので、ティモはさらに困惑している。隣にいるヘルマンは、微動だにしていないが、眉間のしわが濃くなったよ

うに見える。

「女達、セラフィ様は、お前達のことを案じておいでなのです。本当にここで自分に仕える気でいるのかと。もしかしたら二度と家族に会えなくなるかもしれないのに、大丈夫なのかと」

　ヨニが助け舟を出した。ティモ達は、さらに驚いたようだが光樹は満足そうにしている。

『さすがヨニ、分かってる』

　すると女性達もさすがに驚いて顔を上げた。自分達に発言を求められるとは思ってもいなかったので、本当に答えてもいいものだろうかと、挙動不審になっている。

　一人が意を決したように口を開いた。

「恐れながら申し上げます。私達はセラフィ様にお仕えすることを、なによりもの誉れと思っています。家族もとても喜んでいます。自ら志願してきて、たくさんの者達の中から選ばれたのです。誰にも譲る気はありません。どうか私をお側に置いてください」

　必死の様子でそう訴えた。その者は勝ち気な性格のようで、意志の強い眼差しをしている。ここで帰されてなるものかと、誰よりも先んじて訴えたのだ。彼女の言葉に触発された他の女性達も、慌てて口々に同じようなことを進言した。

　しかしそんな中、一番驚きの表情をしているのは光樹自身だった。なぜなら彼女達が何を言っているのか、言葉が全然分からないのだ。

　動揺のあまり、隣に立つヨニを縋るような顔で見つめた。ヨニは特に表情も変えず、僅かに微笑んで光樹にだけ分かるように小さく頷いた。

「セラフィ様は、そなた達の忠義をとてもお喜びになっています。契約を行います。心静かに待ちなさい」

　ヨニが光樹に代わって、彼女達に返事をした。女性達はそれを聞いて、感激したように頬を染めながら再び深く平伏した。

『ミツキ様、後程ご説明しますので、今は事前に話した通り契約魔法を行ってください』

　ヨニが光樹にそっと耳打ちをして、手を取って立

ち上がらせた。光樹は動揺しながらも、ヨニの言う通りにした。

ヨニにエスコートされるようにして、女性達の下まで行くと、平伏している女性の項《うなじ》に右手を当てて、練習した通りに呪文を唱えた。すると右手が触れているところが、ぼうっと淡く光って、手を放してみると項に光の文様が浮かび上がっている。それはすぐに消えてしまった。

女性の方は特に反応がないので、たぶん痛みなどはないのだろう。

光樹は少し安堵して、次々と契約魔法をかけていった。四人に術を施して、再び元いた席に戻る。

ヨニがティモに合図を送った。ティモは頷いて立ち上がり、ヘルマンも続いた。

「契約はつつがなく交わされた。今日から皆にはセラフィ様に仕えてもらう。心してセラフィ様に尽くすように」

ティモが女性達にそう言うと、女性達は一斉に感謝の言葉を述べて、そのままティモに連れられて部屋を出ていった。

「セラフィ様、私達も戻りましょう」

ヨニに促されて、光樹は自分の部屋へ戻ることにした。聞きたいことはあるが、今は大人しくすることにして、黙ってヨニに従った。

部屋に戻って、光樹は椅子に座り一息ついた。ヨニがお茶の支度を始めるのを、黙って眺めた。ラッセは定位置にいる。

目の前のテーブルに、お茶の入ったカップが置かれた。湯気が立ち上り爽やかなカモミールティーに似た花の香りがする。

光樹はコーヒー派だが、この世界に来てお茶にも慣れた。特に拘りがあったわけではない。夜遅くまで絵を描くのに、眠気覚ましが必要だっただけだ。今の生活はとても規則正しいので、コーヒーの強いカフェインはいらないのだろう。体は特に渇望していない。

ゆっくりお茶を数口飲んだが、ヨニが話を始める気配はない。ヨニと視線が合うと、微笑みを返され

た。

「もう少ししたらティモ達が来ると思いますから、それまで待ちましょう。同じ話を幾度もする必要はありません」

落ち着いたヨニの言葉に「なるほど」と頷いた。

「ヨニ、今日描いた絵を持ってきてください。ヘルマンにどれをあげるか選びます」

光樹が頼むと、ヨニはすぐに絵を持ってきてくれた。今日描いた三枚のデッサンを見比べて、どれがヘルマンによいだろうか？ と考える。

なんとなくだが……最初に絵をヘルマンに渡して、ご機嫌を取った方が話をしやすいように思った。いや、話の後で渡してごまかす方がよいだろうか？

光樹はそんなことを考えながら、三枚の絵を見比べる。同じ景色を描いたのだ。特に大きな違いがあるわけではない。違いはフォーカスの差くらいだ。絵の大半を森の木々に当てたもの、湖を中心に描いたもの、花々を中心に描いたもの。

『花じゃないな』

そう考えて、ふと頭に狼のことが浮かんだ。今日は来なかった。もしかしたらラッセがいたからかも……一人になれば現れてくれるだろうか？ しかしラッセを光樹の側から離れさせるのは至難の業だ。絵を描く道具はラッセが持ってくれるから、わざと何かを忘れるなんて出来ない。

光樹が考え込んでいるうちに、扉が叩かれてティモ達が現れた。

「ティモ、ヘルマン、二人を待っていたので、まだセラフィ様とは何も話をしていません。色々と聞きたいことはあると思いますが、これから話をしてもいいですか？」

二人が部屋に入るなり、ヨニがそう話を切り出したので、二人は黙ったまま頷いた。光樹はヨニを見て、ティモ達も見る。

「あの……まずは謝ります。ごめんなさい。あの場で予定になかった質問をしてしまって、皆を驚かせてしまいました。ティモとヘルマンを疑っていたわけではありませんし、ヨニからちゃんと説明をされ

ていなかったわけでもありません。だから先に謝罪します」

光樹は真摯な態度で謝罪の言葉を述べたが、かろうじて頭を下げることを我慢した。この数日で、セラフィとしての立場や態度について色々と学んだ。光樹が光樹であることを、ヨニが認めて立ててくれたのだ。光樹もセラフィらしく振る舞うことを、譲歩しなければならないなと思った。

謝罪はしても頭は下げない。従者に対してへりくだらない。できるだけ威厳を持つことを心がける。威張るのとは違う。

高校で教鞭を執ることになった時、大学の恩師に報告に行った。恩師は光樹に「生徒から舐められるのではなく、慕われる教師になりなさい」と言われた。光樹の性格を分かった上での助言だった。生徒と仲良くなるなとは言わなかった。

普段の光樹は、先生には見えないラフさがあり、ぼんやりののんびり穏やかで、生徒達も話しやすかっただろう。冗談も言うし、恋バナもする。ため口でも、あだ名で呼ばれても怒らない。

だが絵画に関しては別だった。どんなに普段冗談を言い合う生徒にも容赦はない。ダメな絵はダメだと厳しく切り捨てる。何度でもダメ出しをする。だけど一人一人丁寧に、技術を教える。自分の絵を描いて手本を見せる。生徒達の個性を尊重し、欠点も美点も包み隠さず伝える。

正しく指導が出来ていたかどうかは、自分では分からない。だけど舐められてはいなかったと思う。

そんな頃のことを思い出して、今は郷に入れば郷に従えと、主としての何たるかを学んでいるところだ。

「四人の女性を見て、思っていたのと違うから驚いてしまって……あんなに若い子が来るとは思っていなかったのです。だから思わず心配になっただけで……」

光樹は困ったように眉根を寄せた。ティモとヘルマンは、最初は少し不満があるという表情だったが、少しは緩和されているようだ。眉間のしわも薄くな

った。

「若い者を選んだのは、その方が覚えも早く、従順だからです。それに少しでも長く働いてもらうためには若い方がいい。人間の寿命は短いです。セラフィ様が素直に疑問を持たれることは、良いことだと思います。誤解されたままでいるよりは良い。ですが問われる場所は、もう少しお考えください。こちらの部屋でならば、いくらでも私達に問われて構いませんから」

　ティモがはっきりとした口調で、光樹を諌《いさ》めた。眼力のある吊り目のせいで、ちょっと厳しく見えてしまう。でも光樹は、言われることはすべてごもっともだと、深く反省した。

「私がセラフィ様の発言を止めることなく続けさせたのは、お互いに良い機会だと思ったからです」

　光樹ではなくヨニが弁明をしたので、今のティモの苦言は自分へではなくヨニに対してのものだったのかと、光樹は驚いて二人を交互に見つめた。

『ああ、そうか……主の失態は家臣の失態ってことか……深いなぁ』

「お互いに良い機会？」

　ティモが眉根を寄せる。

「セラフィ様はあちらの世界の言葉を話されます。私達の間では人間の言語は不要なので、特に問題もなく今まで過ごしてきましたが、これから人間を召し使いとして召し抱えるならば、セラフィ様はご自身とは違う言語なのだと気づく必要があります。セラフィ様が直接話をする必要はないので、このままでも構いませんが、もしもセラフィ様がこの世界の言語も学びたいとお考えならば、その選択をする良い機会かと思いました」

　ヨニの話を聞いて、光樹は目を大きく見開いた。

「それ！　それだ！」

　思わず大きな声を出してしまって、ヨニの表情でしまったと気づき、光樹は頬を染めて両手で口を塞いだ。コホンと咳払いをして気を取り直す。

「彼女達が何を話しているのかまったく分かりませんでした。だけど僕とヨニ達は会話が普通に通じる

し、ヨニ達の言葉は彼女達に通じますよね？　僕の言葉は彼女達には通じていなかった？　ってこと？　あっ！　だから僕が言ったことを、ヨニが繰り返したんですね？　あれは神子が直接人間と話をするのを、形式上避けるためにあえてヨニが繰り返したのかと思いましたが……通訳をしてくれていたのですね？」

　光樹が考え考え話をするのを、ヨニ達はじっと聞いてくれていた。ヨニは最後に頷き返す。

「そうですね。まずご説明をすると、私達とセラフィ様は精霊の言葉……特殊な魔力の波長を使った言葉で会話をしているので、言語自体は関係ないというか干渉されないのです。異世界の言葉であろうと、どの国の言葉であろうと」

「精霊の言葉？　僕はそんなの使ったことないですけど」

　光樹はそんなことを言われても、まったくピンと来なくて首を傾げた。

「セラフィ様も私達も無意識に使っている言葉です。どちらかと言えば心の声を読み取るのに近いかもしれませんが、実際は心を読むわけではなく、やはり口から発しているものなので言葉だと思います。私達は人間達に対して、人間の言語で話していますから、彼らもそれを理解していますし、セラフィ様は精霊の言葉を聞いているので、私達が話す人間の言葉も理解できるのです。でも人間の言葉は分からないし、人間達もセラフィ様の異世界の言葉は分かりません」

『てっきりヨニ達には日本語が通じるんだって思ってた。だから最初はびっくりしていたんだけど……日本語は通じていなかったのか』

　初めて知る事実に、光樹は唖然としてしまった。

「だけど……僕がわけの分からない言葉を話してしまって、彼女達は驚いたのではないですか？」

「いいえ、彼女達が生まれた時にはセラフィ様はこの世界にいませんでした。先の災厄から人間を守るために、その身を犠牲にした神子として伝説になっていましたから、それもあって復活したセラフィ様

に仕えたいという人間はとにかく多いのです。きっと四人を選ぶのも大変だったはず……その辺りの話に興味があるようでしたら、後日改めてティモ達から聞いてください。そういうわけですから、初めて対面する伝説の神子は、神々しすぎて直視できないようでしたから、言葉が通じないなど大した問題ではないでしょう。むしろ彼女達にはより神秘的に映ったのではないでしょうか？　セラフィ様への信仰心を煽《あお》る意味でも成功したと思います」

　さらに続けたヨニの話に、光樹は啞然とするばかりだ。

「ヨニって……意外と策士だね」

　啞然としたまま光樹が呟くと、なぜかティモ達が頷いた。

「私からの話は以上ですが……ティモはまだ何かありますか？」

「先ほどの女性達ですが、今日のところは自分達が寝泊まりする部屋を整えさせています。ずっと放置していたので、かなり汚れて傷んでいますから……仕事は明日の朝からで、食事と掃除と洗濯をさせます。慣れてきて時間に余裕があるならば、宮殿内の他の部屋も少しずつ綺麗にさせるつもりです。ご意見はありますか？」

『うちの従者達は本当に有能だな』

　光樹は感心しながら首を振り「僕は特にありません」と答えた。

「あ、ヘルマンに絵をもらって欲しいのだけど……今日描いたんですよ」

　光樹がさっき選んだ絵を一枚掲げて見せた。すると今まで見たこともないくらいに、嬉しそうに顔を輝かせたヘルマンが、慌てて光樹の下までやってきた。

「ありがとうございます。一生の宝にします」

「いや、そこまでは……欲しかったらまた描くからね」

『わあ、ぶんぶんと振っている尻尾が見えそう……でも熊の尻尾って短いんだっけ？』

　光樹は大きな熊がふるふると短い尻尾を振る姿を

想像して、思わず噴き出しそうになった。

　少しずつ、少しずつではあるが、聖地ヴィフレアが元の姿に戻りつつある。それはヨニ達の喜びでもあり、日々の生き甲斐でもあった。

　絶望と後悔だけで過ごした二十四年間の日々を思えば、こんなに幸せな日々はないと、笑うセラフィを見つめながら、四人は心から思っていた。


　光樹がセラフィとして、聖地ヴィフレアへ戻って来てからひと月が経った。

　セラフィの体にもずいぶん慣れてきて、毎朝の祈りは無詠唱でできるようになっていた。力が戻ったのならば、記憶も戻るのではと、ヨニ達の期待を一身に受けているが、光樹自身は記憶が戻っているという自覚はない。他にもいくつかの魔法が使えるようになっていて、それはセラフィが使ったことのない魔法だったため、記憶が戻ることとは別の話だ。

　全属性の魔法を使えると聞いた光樹が、それなら色々と出来ることがあるのではないかと、興味本位で魔法を使ったのだ。それも呪文を知らないまま『こんなことが出来たらいいな』と頭で想像したら出来てしまった。

　水属性ならば、水を出すことが出来るんじゃないの？　それを火属性で温めたらお湯が出来るんじゃないの？　といった感じだ。

　おかげで最初は予告もなく出来てしまったため、部屋の床が水浸しになり、ヨニを困らせてしまった。

「ヨニがお茶を淹れる時に便利だなって思ったんだけど……」

　光樹がそう言って苦笑したので、ヨニは呆れながらも「ありがとうございます」と言ってくれた。

　他に変わったことといえば、毎日夢を見るようになっていた。それも必ず狼が出てくるのだが、途中から王様の夢に変わってしまう。

　それで光樹が分かったことは、セラフィが王様に恋をしていたということだ。神子のセラフィにはその感情の意味が分からず、ただずっと片想いという

だけだったようだ。

　確かに光樹が、神森光樹として夢を見ていた頃から、なんとなく王様に対して特別に好意を持っていたという気はしていた。

　光樹が恋人を作れなかったのも、すべてはそのせいだと断言できる。幼稚園の時も、小学生の時も、中学、高校、大学でだって、いつもなんとなくいいなって思う女の子はいたし、光樹自身もそれなりにモテたし、告白されたことだってある。

　バレンタインにもそれなりにチョコをもらっていた。

　しかし誰かと交際したことはない。恋人を作ったことはない。なぜかというと、物心ついた頃から植え付けられた『王様への強い想い』のせいで、あれ以上の気持ちにならないと、恋とは呼べないのではないか？　という特殊な『癖』が体に染みついていたからだ。ある意味『性癖』に近いかもしれない。

　光樹は夢の中の自分は『女性』だと思っていた。髪が長いし、体も華奢《きゃしゃ》だし、王様が好きだからだ。物心ついた頃から、そう勝手に解釈していたから、最初から『同性愛』という認識はなかった。

　だから光樹自身に置き換えた場合に、夢の中の自分が王様を好きだと思う気持ちと同じくらいに、女の子を好きだと思えないのならば、それは恋じゃない……という結論に達していた。

『おかげで二十四歳にもなって童貞だけどね。誰にも言ったことないけど……』

　セラフィを恨むつもりはないけれど、このままだと一生童貞が決定しそうだ。

『だってセラフィの記憶が戻ったところで、王様は死んでしまっているのだから、次に探す王様は、中身は同じでも違う人間なんでしょ？　セラフィが恋するヴィルヘルムではない』

　光樹は溜息をついた。机の上には本と紙がある。紙には練習中の文字が、繰り返し書いてあった。

　この世界の人間と言葉が通じないと知った事件から、光樹は言葉を覚えることにした。元々英語とフランス語は話せたので、外国語習得にそれほどの苦

痛はない。

　この世界の言葉は、割と発音がしやすくて、物の名前も英語でのそれと似たものがいくつもあり、割と覚えやすかった。

　今では簡単な日常会話ならば出来る。文字の方も二十八文字のアルファベットのような文字を覚えれば、表記の仕方はローマ字式だ。だからしゃべることさえできれば、文章を書くのもたやすい。

　光樹の覚えの早さに、ヨニはとても驚いていて『さすがセラフィ様です』と言っていたが、これは別に神子の能力ではなく、神森光樹の識字能力と学問レベルのおかげだと思う。そうだと願いたい。そうでなければ、神森光樹だった時に、セラフィの能力のおかげで語学が得意だったってことになってしまう。

　光樹は頭の中が混乱してきて、ブルブルと頭を振った。

『そうじゃなくて……セラフィの恋心に感化されそうで、困るって話なんだよね』

　光樹は頭を整理して、再び考え始めた。

　再転生してセラフィが男性なのだと知った。ある意味それで良かったのだが、それで良くないことも出来た。

『女だったら色々と困ったと思うけど……でもこれで王様が好きってことは同性愛ってことだよね。いや、待てよ、神子の場合はそういうセクシャリティも意味がないのかな？　ジェンダーレス？』

　光樹は無意識に眉根を寄せていた。

　神子がたとえジェンダーレスだとしても、光樹は男として育ったのだ。これでセラフィの気持ちに感化されて、王様のことを好きになってしまったら、自分は同性愛者になってしまうということだ。偏見はないけれど、今まで考えたこともなかったので、自分は本当に王様をそういう意味で好きになるだろうか？　と考えていた。

『僕はそれよりも、あの狼にもう一度会いたいんだけど……』

　なぜこんなに気になるのか分からないが、毎日夢

に出てくるくらいだから、かなり気になる存在なのは間違いない。

『狼に惹かれているのかな？　え？　それって、同性である王様を好きだってことよりも、まずくないかな？　でも別に狼を好きだからって、そういう意味じゃないはずだし……』

「セラフィ様！」

　すぐ側でヨニが悲鳴に近い声を上げて、名前を呼んだので光樹はビクリと驚いて顔を上げた。

「あれ？　ヨニ……どうしたの？」

　ヨニは驚きの表情で、光樹が文字を練習していた紙を指さしている。指先が微かに震えていた。ヨニは確か少し前に、ベッドのシーツを取り換えて、洗濯場に持っていったはずだった。ラッセは残っていたけれど、相変わらずの定位置にいる。いつの間に帰ってきたのだろう。と光樹はぼんやり思いながら、ヨニが何に驚いているのかも分からない。

「それは……ヴィルヘルム様ですね!?」

「え？」

　言われて、ヨニが指さす先を見ると、紙の空いている場所に、光樹は無意識に絵を描いていた。男性の顔だ。それは夢で見た王様の顔だった。正確には想像図だ。なぜ想像図かというと、夢の中でもまだはっきりと顔を見ていない。ただセラフィの恋する視点のせいで、目や鼻や口、髪形など、パーツパーツははっきりと見えるようになっていた。だから以前から見ていたぼんやりとした顔の雰囲気に合わせて、福笑いのように顔のパーツを当てはめて、想像で描いたものだ。無意識にだけど。

「王様に似てる？」

「似てます！　とても……セラフィ様、もしかして記憶が戻られたのですか？」

「いや……ごめんなさい。そういうわけじゃないけれど、この世界に来てから、毎日夢に見るものですから……」

　ヨニが騒ぐので、ラッセが急いでやってきて、落書きを覗き見ている。

「ヴィルヘルム様！」

ラッセまで驚いているから、やはり相当似ているのだろう。あまり似顔絵は描かないのだけれど、似ているならば良かったと思う。

「ヨニ、ラッセ」

「はい」

「……僕はこのままでいいのかな？」

「え？」

　突然の光樹の言葉に、何のことか分からないという顔で、同時にヨニとラッセが首を傾げた。

「早く記憶を取り戻した方がいいよね」

　呟くように光樹が言ったので、ヨニは顔色を変えた。

「いえ、大丈夫です。慌ててどうなることでもありませんし、セラフィ様は今でも十分力を使われておいでですし、こうして言葉や文字を覚えて、日々を忙しくしていらっしゃいます。焦る必要はありません」

「でもみんなが待ち望んでいるでしょう？」

「そんなことはありません！　セラフィ様がいてくださるだけで十分です」

　ラッセも慌てて否定した。だがそれは光樹を気遣っての言葉だと分かっている。

　ひと月が経ったのだ。光樹が何か『匂わせる』たびに、ヨニ達は記憶が戻ったのかと一喜一憂する。ごまかしても仕方がない。正直な気持ちとしては、一刻も早く記憶が戻ってほしいだろう。セラフィがやるべきことはたくさんある。

　最優先は聖地の力を取り戻すことだった。それが今や安定したからには、次もと望まれているだろう。廃墟と化した人間の領地の浄化と再生。そして英雄王を擁立すること。このふたつは、皆が一刻も早くと待ち望んでいることだ。

　でもセラフィとしての記憶が戻っていない状態ではどちらも難しい。そうヨニ達は考えて、未だに強要されることはない。

「廃墟の浄化をやってみようかと思うんだけど……」

「セラフィ様……廃墟は危険です」

「危険は承知だけど……ヘルマンやラッセが守って

くれるでしょう？　それに毎日ヘルマンとティモがゴブリン退治をしているから、そんなにたくさんいるわけでもないだろうし……少しずつでも浄化できればと思うんです」

　先の戦いで、八の領地の内五の領地が廃墟と化した。十三万人の領民のうち十一万人が犠牲になり、生き残った約二万人の人々は、残った三の領地で難民生活を送っている。

　難民といっても、もう二十年以上が経ったので、故郷を知らないまま今の領地で生まれた若者も多く、それぞれがすでに新しい地に根を張っている。

　それでもみんな故郷に帰りたいと思っていた。

　魔の物に侵略された土地は、毒と腐臭に侵される。汚れた地面には作物は育たず、魔属性の植物が生えるだけだ。魔属性の植物は、それ自体がすでに魔物化していて、毒の花粉を振りまく花や、動物を捕らえて食べる植物もいる。

　たとえゴブリンなどの魔の物を退治しても、土地を浄化しない限り、人間は住むことが出来ない。

だが廃墟をそのまま放置すれば、繁殖力の強いゴブリンは、あっという間に増えてしまいそれでコロニーが出来れば、その中からまた上位種が生まれてしまうだろう。それを回避するために、ずっと継続してヘルマン達が退治しているのだ。

「それならば……ヴィ領から手をつけるのがよろしいかと思います」

　ラッセが提案をした。

「ヴィ領ですか？」

「はい、ヴィ領は一度侵略されましたが、セラフィ様が浄化をして結界を張りました。セラフィ様が転生されたことによって、結界は消失して再び魔の物が入り込みましたが、隣のオッデ領の者達に魔除けの柵を作らせて、なんとか領地の半分は侵略を防いでいます。ですから浄化するのは半分で済みますし、少しずつしか浄化できないとしても、現在ある魔除けの柵を使って、浄化した場所から順に囲っていけば、時間を置いても再び侵略されることはないでしょう。オッデ領の兵士に見張りもさせます」

ラッセの提案に、光樹が賛同したので、他の者達も仕方なく了承した。

翌日にヘルマンとティモが先行してゴブリン狩りを行い、ある程度の安全を確保してから、セラフィが行くという段取りが組まれた。

光樹はラッセとヨニに守られて、初めて聖地ヴィフレアの外へ出た。ヨニの馬に同乗している。ラッセが先導する形で、まずはヴィ領の隣オッデ領へ立ち寄った。そこでヘルマン達と合流して、現状報告を聞くためだ。

だがオッデ領を目の前にして、光樹達はとても驚いた。たくさんの人々に出迎えられたからだ。かつては領地の境界線には何もなかったらしいが、先の災厄以降魔の物を恐れて、領地の周りには高い塀が築かれている。

オッデ領の正門からあふれ出た人々は列をなして、ヴィ領との境まで到達していた。

「セラフィ様！　セラフィ様！」

セラフィ一行が到着したという一報が届くなり、まだ姿も見えないうちから人々は興奮して、歓喜の声を上げていたのだ。

「これは一体……」

光樹は驚いて目を丸くしている。ヨニは困ったというように眉根を寄せた。

「よくないですね」

「え？」

ヨニの呟きに、光樹は不思議に思って聞き返そうとしたが、急にヨニが馬の腹を蹴って走らせたので、振り落とされまいとヨニの体にしがみついた。ラッセも厳しい表情で、同じように馬を駆けさせている。

「セラフィ様」

前方からヘルマン達が馬で走ってきた。ヨニとラッセは一旦馬の脚を止めて、二人を迎える。

「ヘルマン、これはどういうことだ」

「すまん、群衆の勢いに負けてしまった。我々では収拾がつかないのだ。領主に命じて鎮圧のための兵を出させたのだが、兵士達まで浮き足立って、群衆と同化している。セラフィ様の復活を喜ぶ者達だ。落ち着けと言って落ち着くものでもない」

「だがこれはまずい！　これではセラフィ様の浄化は中止せざるを得ない」

ヘルマンとティモが、困惑した様子で状況説明をしたが、ラッセとヨニは険しい表情で、中止を示唆

している。

「あの……みんなが歓迎してくれるのはありがたいと思うけど、何がまずいのですか？」

　光樹は四人が険しい表情なのが、よく分からなくて説明を求めた。

「このような人間達の熱気は、魔の物達を煽り立てるのです。周囲に潜んでいる魔の物が集まってくる恐れがあります。危険ですから今日の予定は中止して、セラフィ様は一旦ヴィフレアにお戻りいただきます」

　ヨニが説明をしてくれて、光樹はようやく事態を理解した。だが光樹は辺りを見回して、表情を曇らせる。

「でも……話には聞いていましたが、こんなに酷いとは思っていませんでした。オッデ領の人々があのように、僕を……セラフィを歓迎するのも分かります。ずっと長い間、いつまた魔の物が襲ってくるのかという恐怖に震えているのでしょう？　あの高い塀が物語っています。ここから見えるヴィ領の領地は、これでも一応セラフィが浄化しているのですよね？」

　光樹はそう言って、目の前に広がる荒れ野を見つめる。『一応』という言い方をしたのは、魔の物の痕跡はないものの、雑草が生い茂る荒れた農地と、壊れたままの民家が点々と見えて、荒廃した領地が広がっていたからだ。

「魔除けの柵でなんとか魔の物を食い止めているとはいえ、柵の向こうは魔の物がはびこる汚れた大地です。魔除けの柵も絶対安全とは言えませんから、浄化されたこの地に戻るヴィ領の者は誰もいません。荒れたままなのです」

　ティモがそう言って、無念そうに肩を落とした。

「僕が浄化するしかないんでしょう？　一刻も早く人間達の領地を取り戻すしかない……今日中止したところで、日を改めても人々の歓迎が止むことはないと思います。僕が皆に静かにしてくれるように頼みます」

「セラフィ様……」

光樹の思わぬ発言に、ヨニ達の間に動揺が走った。

「ヨニ、皆のところへ向かってください」

「セラフィ様……ですが……」

「僕の役目でしょ？」

光樹は笑顔でそう言ったが、正直な気持ちを言えば、未だに自分の神子としての役割などよく分かってはいない。記憶が戻っていない以上は、自分は日本人の神森光樹でしかない。

しかしこのひと月に学んだ色々なことで、セラフィは何を求められ、どういうことをしてきたのかは分かった。

魔法も少しは使えるようになったし、この体にも大分慣れてきた。

セラフィが守り栄えさせるべき人間達は、未だに危機的状況の中にいるというのに、記憶が戻らないのを理由に、宮殿でのうのうと平和に過ごすわけにもいかない。

たぶんそういう後ろめたさを感じてしまうのは、憲法に『勤労の義務』がある日本人として育ったせいではないかと思う。神社の子として育ったのも、少しは影響があるのかな？　とも思った。

神社には様々な悩みを抱えた人々が、神に縋ってお参りをしにくる。お百度を踏みにくる。そういうのをずっと見て育った。光樹は神職に就かなかったけれど、お参りにくる人々が幸せになるようにと、父は毎日神に祈禱していて、その姿をずっと見てきた。

だから今の光樹に、神と同じような力があるというのならば、人々のために役目を果たさないという選択はなかった。

『神社の息子を舐めるなよ』

光樹はグッと下腹に力を込めた。

ヨニは馬を再び歩かせた。オッデ領の人々の近くまで行くが、暴徒を警戒して少し距離を取った。ラッセ、ヘルマン、ティモが、セラフィの前を固めている。

人々の歓喜の声がさらに音量を増した。その場に膝をつき、泣きながら祈る者もいる。

ラッセ達が大声で、皆に静まるように叫んでいるが、群衆の声にかき消されてしまった。

「ヨニ、僕を馬から下ろして」

「セラフィ様、危険です」

「これだけ離れているんだから大丈夫ですよ」

ヨニは不安な表情だが、光樹の命令に逆らえず、先に馬を下りて光樹に手を貸した。光樹が馬から下りると、ラッセ達も同じようにして、何かあればいつでも動けるように、神経を尖らせている。相手が人間だろうと、斬る気満々ではないのだろうかと、怪しむくらいの気迫だ。

「君達がそんなに興奮してしまったら、元も子もないでしょう？　落ち着いて……ね」

光樹は笑顔でラッセ達を宥めた。気分は生徒を宥める先生だ。

光樹はそのまま数歩前に進み出た。そしてすっと右手を高く上げる。群衆の前列にいる人々が、何かあるのかと口を噤んだ。

その反応を見て、光樹はわざと声を出さずに、話をしているふりで、口をパクパクと動かした。さも大きな声を出している風を装って、大きく口を動かして見せる。

群衆との距離は五十メートル近く離れていると思うので、前列の人達はなんとか顔が確認できる程度の距離だ。騙されてくれるだろうと、光樹は考えた。

それを見た人々は、セラフィ様の声が聞こえないと後ろにいる者に、静かにするように怒鳴り始めた。やがて伝言ゲームのように、後ろへ後ろへとそれが伝わり、人々が自主的に、騒ぎを静めていった。

かなり後ろの方では、すでに何が起きているのか分からずに、なんだなんだとざわめきが起きる。だがそれも「静かにしろ」と諫められているようだ。

群衆が静まり始めたので、光樹は口パクをやめた。

「兵士の方々、こちらに来てください」

光樹が大きな声でそう言うと、前列にいた兵士達が顔を見合わせて、呼ばれたけれど行ってもいいのか迷っている。

「ラッセ、ヘルマン、兵士の皆さんを連れてきてく

ださい」

光樹の指示に、二人はすぐに動いた。群衆の所へ駆けていき、少し乱暴だなと心配するくらいの強引さで、兵士達を光樹の下に連れて戻った。

まあ興奮状態にある人々には、少しぐらい威圧的にしないと、舐められて何をされるか分からないのだろうけれど、穏健派の光樹には少し戸惑う光景だ。

兵士達は光樹の前に並ばされて、膝をついて頭を垂れている。

「皆さんにお願いがあります。群衆の中から百人ばかりをここへ連れてきてください。男女は問いません。そうですね……若くて元気のよさそうな人たちがいいです。すぐにお願いできますか？」

光樹は優しい笑みをたたえながら、兵士達にそう命じた。神子セラフィの雰囲気を壊さないように、意識してゆっくりと話す。そうするのは、覚えたばかりの言葉を、たどたどしく感じさせないための秘策でもある。

兵士達は驚くぐらいの速さで行動に移した。直接セラフィから命じられたのだ。やる気満々である。

「セラフィ様、どうなさるおつもりですか？」

「こんなにたくさんの人々を、僕が一度に説得するのは無理ですから、皆の力を借ります。誰でもいいんですけど、若い人の方が動きも早いし、大きな声も出せるでしょう？」

光樹の説明を聞いても、ヨニ達にはまだよく分かっていないようだ。

こんなに大勢の人達を前にマイクもなしで演説するなんて無理だ。拡声する魔法なんてものもあるのかな？　なんて考えもしたけれど、今すぐに使えるわけではないから、それを調べるのは後回しにして、現状を打破する方法を考えるしかなかった。

光樹が考えたのは単純な話で、宣伝要員を使うという方法だ。光樹の言葉を広めてもらう。先生が通達事項を学級委員に伝えて、各クラスに報告してもらう方法だ。

簡単な話ならば、伝え間違うこともないだろうし、信者に神子の言葉を伝えるならば、効果は出るだろ

う。

実際に兵士達の動きを見れば、セラフィ効果はかなりの効き目があるようだ。ヨニ達には実際に見てもらって、納得させるしかないだろう。

光樹がそんなことを考えている間に、兵士達はぞろぞろと若者達を集めて戻ってきた。仕事が速い。

若者達は、間近で見る伝説の神子を前に、皆が頬を染め瞳を潤ませ、祈るように手を合わせながらその場に膝をついた。

「皆さんを呼んだのは、私のために働いてほしいからです」

光樹はまたもやセラフィを演じて、優しい笑顔でゆっくりとした口調で話し始めた。

「私は長く皆さんの前から姿を隠していました。辛い思いをさせてしまったと思います。でもこれからは、元の平和な暮らしを送れるように、力を注ぎたいと思っています」

セラフィの語る姿は、若者達には神々しいらしく、直視できずに俯いて耳まで赤くしながら震えて聞いていた。

光樹は内心では、少し恥ずかしいと思いつつも、彼らがセラフィに心酔するほど成功率が上がるので、今はがんばるしかなかった。

「これからオッデ領に結界を張り、大地の祝福を贈りたいと思います。でもこうして皆さんが領地の外に出ていては、何もすることが出来ません。ですから皆さんは、そこにいる人々に家へ戻るように伝えてください。全員が家に戻らなければ、私の祝福は贈られないと、皆に伝えてください。皆さんは私の手足となって、私の言葉を届けてくれると信じています。お願いしてもよろしいですか？」

光樹の言葉に、全員が大きな声で「喜んで働きます」と口々に答えた。瞳をキラキラと輝かせている。

「それでは貴方達は門の辺りへ向かってください。門が人々で埋め尽くされていては、戻りたくても戻れないでしょう。門の周辺にいる人々をすみやかに家へ帰してください。そして私のために、静かに家で祈っていていてくださいと伝えてください。皆さんの

働きを期待しています」

　最後にニッコリと笑顔を向けると、若者達はうおーっと歓声を上げて、物凄い勢いで駆け出した。やる気満々だ。きっとがんばってくれるだろうと、光樹はニコニコと笑ってそれを見送る。

「セラフィ様……すごいですね」

　ヨニとティモが感嘆の息を漏らした。

　光樹はその後兵士達に頼んで、同じように若者百人を二回集めてもらい、まったく同じ話をして、群衆の整理に尽力してもらった。

　おかげで一時間も経たないうちに、混乱もなく群衆はすべて領地の中へ戻っていった。

　最後に兵士達に門を閉じて誰も出さないように告げ、騒ぎは解決した。

「さあ、オッデ領に結界を張りましょう……皆さんどうしたのです？」

　四人が言葉もなく立ち尽くしているので、光樹は不思議そうに首を傾げた。

「いえ……セラフィ様が、このように群衆をまとめる術をお持ちだとは思わず……驚いているのです」

　ラッセが皆を代弁して言った。光樹は困ったように笑みを浮かべる。これでも教師をしていましたから、大勢の生徒の扱いには慣れているのですよ……とは言えなくて、とりあえず笑ってごまかすしかないと思った。

「あちらの世界で覚えたことだと……言っておきます」

　光樹はごまかしきれたかどうか分からないが、とりあえずその話はここまでにして……と切り上げて、ヨニに「結界を張る手伝いをしてください」と頼んだ。

　光樹はヨニ達と共に、オッデ領の塀の側まで歩いてきた。

「この塀は領地を囲んでいますから、塀に結界を付与する形が一番やりやすいと思います。無詠唱よりも、詠唱するほうが大きな魔法を使う場合は安定しますし、魔力も強まりますから、呪文を唱えてください。塀全体に魔力を流すことを思い描きながら、

詠唱してください」

ヨニの説明を聞きながら、光樹は塀に両手をついた。ヨニがその手の上にそっと手を重ねる。

「私が魔力の流れを補助いたします」

ヨニに促され、光樹は大きく息を吸って、結界の呪文を詠唱し始めた。

神殿での祈りを思い出しながら、力を抜いていつものように詠唱する。ヨニの手から暖かい何かが注がれているのを感じ、その『何か』の流れに押し出されるように、塀に向かって光樹の体から魔力が流れていくのを察知した。

『塀全体に……結界を張るイメージ……塀に電気が走る感じかなぁ？』

光樹は頭の中で、石壁の上をバリバリと電気が駆け抜けていく様子を想像する。やがて、ふっと魔力の流れが止まり、塀を一周したのだと分かった。

光樹が目を開けて詠唱をやめると、ヨニが光樹を見つめ返してニッコリと笑う。

「結界が成功しました」

ヨニの言葉に、光樹はホッと胸をなでおろした。後方でラッセ達が安堵の息を漏らしているのを感じる。

「ついでに大地を癒やそう」

光樹はこの良い感じの流れに乗ろうと、再び詠唱を始めた。神殿でいつも祈っている癒やしの呪文だ。大地に力が満ちるという癒やしの呪文。きっと領地内の畑や木々が元気になるだろう。病気や怪我の人達も癒やされるといいな……そう願って詠唱した。

「セラフィ様、本番はこれからですから、それくらいでお止めください」

ちょっと調子が出てきたなと思い始めていたら、ヨニからぽんと肩を叩かれて、あえなく中止を促された。

光樹は「そうだった」と我に返って、苦笑しながら頭を掻く。

「セラフィ様、我々が先に確認に参りますのでしばらくここでお待ちください。先ほどの騒ぎで魔の物が湧いているかもしれません」

「分かりました。よろしくお願いします」

ヘルマンとティモが一礼して、ヴィ領の荒れ地へ向かった。光樹はそれを見送って、一息つきながら、じっと自分の手を見つめた。

「とても素晴らしい術でしたよ」

ヨニがそっと耳打ちをする。光樹の心情を察してくれたようだ。

本当に結界が張れるだろうかと緊張していた。歓迎する人々の騒ぎを収めるのに、色々とがんばったおかげで、緊張はいつの間にか取れていたけれど、いざやってみるとあまりにもあっさりと終わったので、自分では実感がない。

ただ自分の手から流れ出る魔力の不思議な感覚だけが残っていて、ひどく胸が高揚している。それをヨニは察してくれたようだ。

「セラフィ様」

声をかけられて振り返ると、ラッセが何かを指すように視線を向けながら促した。光樹はその視線の先を見た。オッデ領の門が開いて、馬に乗った人物と護衛の兵士が二人、こちらに向かってくる。

「あれはオッデ領の領主パウエルです」

ラッセがそっと教えてくれた。

パウエルは近くまで来ると馬を下りて、光樹の前に膝をつき深々と頭を下げた。暗い色の金髪を後ろで一つに結んでいる。中年の男性だ。顎髭を生やしているが、短く綺麗に整えている。品の良いおじさんという印象だ。

「セラフィ様、このたびは我が領地をお救いいただきありがとうございます。そして我が領民達が騒ぎを起こしてしまったことを深くお詫びすると共に、それを鎮圧することが出来なかった私の力不足も心からお詫びいたします」

「領主パウエル、どうか顔をお上げください」

光樹が声をかけたので、パウエルは少しばかり顔を上げた。

「貴方方を守るのは私の役目です。長くこの地を留守にしてすみませんでした。皆さんが安心して暮らせるように、汚れた大地を浄化し、人間の領地を取

り戻します」

　パウエルは、光樹のその言葉にひどく感動したようだ。

「セラフィ様の広く優しい御心に感謝いたします」

「ヴィ領を浄化することができましたら、復興に手を貸してください」

「もちろんです。我が領にもヴィ領の民が多く避難してきております。故郷に戻ることが出来れば、どれほど喜ぶか……微力ながら復興に尽力したいと思います」

　パウエルは力強く答えた。

『セラフィじゃないって疑われていないみたいだ。いや、セラフィだけどさ……パウエルさんは何歳なんだろう？　四十歳くらいに見えるけど、この世界の人間の寿命が分からないから、見た目だけでは判断できないよね。平均寿命が五十歳くらいの世界なら、きっと僕と同じ歳でも老けていそうだし……いや、四十歳と想定したら、先の戦いの時はまだ十六歳か……生でセラフィを見たことがないのかもね』

　パウエルをじっと見つめながらそんなことを考えていると、それをどう受け取ったのかパウエルは急に破顔した。

「セラフィ様の祝福には、私も領民達もとても驚いています。畑の作物が一斉に育って、町の木々は花を咲かせています。皆がセラフィ様に感謝し、何か力になりたいと騒いでおります。いつでもお声がけください」

　少し興奮気味にパウエルがそう言ったので、光樹は苦笑した。

『やっぱりそんなことになっちゃったか、でも喜んでいるなら良いよね』

「はい、よろしくお願いします」

　光樹はあまり色々と話して失敗しないように、必要最低限の返事にとどめた。そこへヘルマン達が戻ってきた。

「セラフィ様、準備は整いました。参りましょう」

「はい」

　光樹は一度パウエルに会釈をして、ヨニと共に馬

に乗り、ヘルマン達に先導されてヴィ領の荒れ地に向かった。

　しばらく馬を走らせていると、前方に木で作られた柵が見えてきた。木材を縦横に組み上げただけの簡易なものだ。ただ柵には何か草の束のようなものが結びつけてある。

　五人は馬の足を止めて下り立った。

「これが魔除けの柵ですか？」

「はい、草の束は魔の物が嫌うコバミという薬草です。毒消し薬の材料になる薬草で、魔の物はこれの匂いを嫌がって近づきません。柵に使われている木もシロセンジュという木で、穢れを払う効力を持っています。聖地の森に生えていて、この木で作った家具には虫がつきません。燻《いぶ》せば腐臭も浄化され、炭を濁った水に入れれば澄んだ水に変わります。こちらも魔の物が寄り付かない効果があります。ただ先の災厄のように、魔の氾濫状態になると、これも効かなくなってしまいますから、完全な魔除けにはならず、人々も不安に思って、こちら側の正常な場所に戻ってこないのです」

　光樹は説明を聞きながら、柵の内側と外側を見比べた。

　セラフィが先の戦いの中で浄化したという柵の内側は、荒れてはいるが緑の雑草が生い茂っている。それに比べて外側は、草は生えておらず、地面は所々で紫や青などの変な色になっている。風で流れてくる匂いも、卵が腐ったような嫌なものだ。

　知識のない光樹が見ても、汚染された土地だと分かる。

「ヴィ領の広さが分からないんだけど、どこまで浄化すればいいですか？」

　光樹がヨニ達に尋ねた。ヨニは少し返答に迷い、ヘルマンとティモも顔を見合わせている。

「セラフィ様、どこまでということはお考えにならなくて結構です。この柵から向こうはすべて魔の物に汚染されています。今のセラフィ様に出来る範囲で、浄化をなさってください。一度で済むことではありませんし、ヴィ領だけという話でもありません

から」

「そうか」

　ラッセが真面目な顔で答えたので、光樹は『それもそうか』とあっさり納得した。

「それでは参りましょう。セラフィ様、柵の向こうは魔の物の領域です。セラフィ様の強い魔力に惹かれて、奴らがやってくるでしょう。我らがお守りしますが、どうぞ気を抜くことのないように……怖いと思われましたら、我々のことは置いてお逃げください。恐怖心も魔の物の好物です。引き寄せてしまいますから」

　ティモが表情を硬くして説明をした。怖がらせているつもりはないと思うが、そんなことを言われたら、余計に意識してしまうじゃないか……と光樹は思ったが口には出さずに頷いた。

『やっぱりティモは猛禽類だから、同じ側仕えでもヨニと比べると武闘派の脳筋だよね。弱い立場の者の心情が分かってない。恐怖心が魔の物の好物って……言い方！』

光樹は緊張した面持ちで、先導するヘルマンとティモに続いて歩きながら、少しばかり不満を心の中で呟いた。その肩をそっと触れられたので見ると、ヨニが微笑んでいる。

『ああ、ヨニの気遣い……癒やされるよ』

光樹は『うちの子は可愛い』と少しだけ贔屓《ひいき》に思いながら、気を引き締めて廃墟の地へ入っていった。

　周囲を警戒しながらしばらく歩いた。ヘルマンが立ち止まったので、何かあるのかと光樹はびくりとしながら、周囲を見回す。

「セラフィ様、とりあえず一度、この辺りで試してみましょう」

「え？　ここで……ですか？」

　光樹はそう言いながら今来た道を振り返った。そうは言ってもそれほど歩いたわけではない。遥か向こうにまだかろうじて、魔除けの柵が見える。百メートル……いや、もうちょっと距離はあるだろうか？　そんなことを思って、光樹は少しばかり戸惑っている。

光樹が後ろを気にしているので、ヘルマンが同意するように「はい」と答えた。

「まだそれほど離れていません。ですがここならば、何かあった時にセラフィ様が逃げられる距離ですから……」

『え!?　僕は足が遅いよ!?　高校生の時百メートル走は十五秒だったけど大丈夫？　この体だともっと遅いんじゃない？』

光樹が内心焦っていると、ヨニが背中をそっと撫でてくれた。

「セラフィ様、大丈夫ですよ。ヘルマン、必要以上にセラフィ様を不安にさせる言動は慎んでください。何かがないようにするのが私達の務めではないのですか？」

ヨニが少しきつい口調で、ヘルマンに食って掛かった。

「そうだよ。ヘルマン、君は言葉選びが絶妙に悪いんだから、もう少し気をつけないと……セラフィ様、申し訳ありません。ご心配なさらずとも、ある程度は排除しているので大丈夫です。安心して浄化を行ってください」

ティモからも叱られて、ヘルマンは口を真一文字に結んで、ぷいとそっぽを向いた。

「セラフィ様、まずは試しに無理のない程度の力で浄化をなさってみてください」

ヨニがセラフィの背中を撫でながら、優しく促してくれた。光樹は緊張した面持ちで頷き、その場に両膝をついた。大きく息を吸って、両手を地面につける。

変な色の地面は、少し怖くて避けた。まだ無難な赤茶けた地面を選び、両手に集中しながら浄化の呪文を詠唱する。

『無理のない程度ってどれくらいだろう……分からないからとりあえず……小学校の運動場くらいの広さかな？』

光樹は詠唱をしながら頭に小学校の運動場を思い浮かべた。その広さの芝生の公園なら尚いいなと思い浮かべる。一面の緑色の草原が頭に浮かんだとこ

ろで、ふわっと辺りが暖かくなったような気がした。

　詠唱が終わり恐る恐る目を開けて周囲を見ると、イメージと同じ草原が広がっている。広さもちょうど運動場くらいだ。振り返ると柵のところまで緑が届いていた。

「セラフィ様、素晴らしいです！」

　ヨニとティモが同時に喜びの声を上げた。

「セラフィ様、せっかく浄化したのですから結界を張りましょう」

　ラッセが急かすように言ったが、光樹はどうしようかと迷っている。

「でも……今のは腕試しだから、出来ればもう少し浄化をしたいのだけど……」

「ラッセ、浄化の都度、結界を張り直していたらセラフィ様の負担になります。セラフィ様がもう少し浄化を続けたいと思っていらっしゃるのならば、せめてもう少ししてからが良いのではないですか？」

　ヨニが光樹を擁護した。ラッセは不服そうにしながらも、その提案を承認した。

「では向こうの奥の方まで行ってみましょう」

　ティモが先へと促したので、一行は移動を始めた。

「ラッセ、心配してくれてありがとうございます。でもラッセやみんなが守ってくれているので、大丈夫ですよ」

　光樹は歩きながら、ラッセを気遣って声をかけた。

「セラフィ様、お気遣いありがとうございます。私は少しばかり神経質すぎるようです」

　ラッセが自嘲気味に笑う。

「それくらい慎重な人が一人はいないと困るから、ラッセの意見も貴重だと思っていますよ。ヨニも慎重だけどタイプが違うから、二人が僕の従者でちょうどいいのかもしれません」

　光樹が微笑んで言うと、ラッセは少し頬を染めて恥ずかしそうに「すみません」と小さく言った。ヨニも笑っている。

　ヨニとラッセはセラフィ専属の従者だから、わずかなわだかまりも残したくない。どんな形にせよ、二人がセラフィのためを思っての言動だということ

は間違いないし、それは信じるつもりだ。二人の意見が、光樹と食い違うことがあったとしても、それをちゃんと理解していることは伝えて、関係を築いていきたいと思った。

だから申し訳ないけれど、どうしてもティモとヘルマンへの対応は、少しばかり後手になるし、ケアも手厚くは出来ない。二人は英雄王の専属従者だから、今はセラフィに尽くしてくれているけれど、英雄王が擁立すれば、向こうを優先されるのは分かっているからだ。

それでもセラフィに対して、忠誠心がないわけではないから、出来る限り平等には接したいと思っている。だけどヘルマンだけは少し距離感が分からない。

彼は強面で武骨だけれど、悪気がないのは分かっている。言葉足らずで誤解を生みやすいけれど、光樹はちゃんとそこの辺りも分かっているつもりだ。それでも彼との距離感が摑めなくて、上手く付き合えない。

光樹の周りには、彼のようなタイプがいなかったので、付き合い方が分からないのだ。怖い顔をしているけれど何も考えていないだけなのか、不機嫌なのか、その線引きが不明だ。

さっきの言動にしても、心配してくれているのだろうけれど、言い方が怖くて少しビビってしまう。これは光樹の性格もあるのだから許して欲しい。幽霊とかは怖くないけれど、狂暴な人とか語気の強い人とか、そういう暴力的な脅威は怖い。もちろん喧嘩が弱いからだ。

『ヘルマンもフォローしてあげた方が良かったよね……ごめんね』

今更遅いので、心の中で謝った。

浄化済みの草原を歩いて、さらに奥の荒れ地へ向かう。そこにはいくつかの建物の残骸があった。壁の一部や柱の一部が残っているだけで、すでに家の形は残っていない。しかし崩れた瓦礫《がれき》が重なり合って、そういう場所には空間が出来ていて、魔の物が棲みつきやすいのだそうだ。

ラッセとヨニが、光樹に少し待つように合図を送り、無言でじっと様子を窺った。先に行っているヘルマンとティモが、瓦礫の山や柱などの物陰を、ひとつひとつ確認している。

「くそっ！　どりゃあ！」

　ヘルマンが怒鳴り声を上げて、大斧を振るった。何かを切り裂く音と奇怪な声が上がる。ゴブリンがいたのだ。ヘルマンは一振りで二匹のゴブリンを一刀両断にしていた。

　光樹は初めて魔の物を切り裂く音と声を聞いて、ぞくりと体を震わせた。

「セラフィ様、大丈夫です。ヘルマン達が倒してくれています」

「う、うん」

　光樹は頷いたが、別にゴブリンを恐れているのではなく、初めての殺戮《さつりく》現場に遭遇して、たとえ相手が魔の物であったとしても、命を奪うということに怖くなっていたのだ。

『分かっていたはずだ。ヘルマン達は魔の物を退治しに、毎日出かけていたじゃないか。それに倒さなければこちらがやられるんだ。早く慣れないと……僕だって男なんだから……』

　光樹は自身を叱咤《しった》した。

「早く浄化して結界を張りましょう」

　自身を鼓舞するために、光樹はそう強い口調で言った。

「ティモ！　そっちだ！」

　ヘルマン達の戦いが激しくなっている。まだ光樹達のいる場所からは距離があるが、気になってちらちらと視線を送りつつ、足早に荒れ地を進んだ。

　建物の残骸などの障害物がない場所を探して、そこで浄化の詠唱を始めることにした。ラッセが剣を抜いて身構えている。ヨニも辺りを警戒していた。

　光樹は両膝をつき、両手も地面について詠唱の準備をした。息を吸って気持ちを落ち着ける。

『大丈夫、さっきと同じようにやれば出来る』

　光樹は呪文を唱え始めた。精神を集中させて、先ほどと同じようにイメージを固める。

『さっきよりも広くしたい。小学校の運動場より広く……えっと……そうだ。野球場！　ドームの野球場くらい広い芝生の……』

光樹がイメージを固め始めた時だった。すぐ近くで不気味な奇声が上がった。

「とりゃあ！」

ラッセが勇ましい声を上げて、剣を大きく振るった。飛び掛かってきたゴブリンを、一撃で斬り伏せる。

光樹が驚いて詠唱を止めたので、ラッセが振り返った。

「セラフィ様、大丈夫です。どうぞ続けてください」

「は、はい」

光樹は再び詠唱を始めた。

ラッセが別のゴブリンと戦っている。ヘルマン達も戦っている。ずいぶん数が多いようだ。ティモが言っていたように、セラフィの強い魔力が魔の物達を引き付けているのだろう。ならばなおさら、早く浄化して結界を張る必要があると思った。そうすればこのゴブリン達を一掃できる。

『ラッセ達を信じるんだ』

光樹は不安を振り払うように、一度頭を振って深呼吸をすると、さらに浄化の詠唱を続けた。広く、広く、浄化の魔法が効くようにイメージを膨らませる。このまま祈りの最期の節を唱え切れば……という時だった。

ボゴッと地面が破裂するような音が響いた。ヨニとラッセがそれに反応するよりも早く、光樹の足下から突然大きな植物の蔓《つる》のようなものが飛び出して、光樹の両脚に絡みついた。

「わあ！」

光樹は驚いて悲鳴を上げる。

「セラフィ様！」

ヨニが驚きつつも腰の短剣を抜いて、セラフィの足に絡まる蔦を斬ろうと摑みかかった。ガッガッと短剣を突き立てるが、蔦は固くなかなか斬ることが出来ない。それでもヨニは必死の形相で、短剣で斬りつけ続けた。

ボゴッとまた別の音がして、地面から物凄い勢いで蔦が伸び、ヨニの体に絡みつき強く締め上げる。

「ぐっ……ああっ……」

「ヨニ！」

光樹が悲鳴を上げる。

「セラフィ様！」

ラッセは飛び掛かってくるゴブリンを剣で払いながら、なんとかセラフィの下へ行こうとしていた。その時だった。ラッセの目の前を、何かが駆け抜けていった。

ガッという鈍い音が響き、セラフィに絡まる蔦に、一頭の狼が噛みついていた。鋭い牙で蔓を噛み、激しく首を振って引きちぎる。

「お、狼さん！」

光樹は目を丸くして叫んでいた。夢に出てきた狼だ。いや、今は夢ではない現実だ。どうしてここに？　という疑問は、今は浮かぶ余裕もなく、ただ驚いて目の前の狼を凝視していた。

狼は唸り声を上げながら、激しく蔦に何度も噛みつき力の限り引きちぎる。光樹の足は解放された。

「狼さん、ありがとう」

光樹は痛む足を擦りながら、目の前の大きな銀色の狼に礼を言った。

「セラフィ様！　危ない！」

ラッセが駆けつけてきて、狼に向かって剣を振り下ろそうとした。

「待って！　狼さんは悪者じゃないから！」

光樹は慌ててラッセと狼の間に入って、狼を庇った。

「ラッセ！　それよりもヨニを！　ヨニを助けてください！」

光樹が叫びながら、ヨニの方を指さした。ヨニは体を蔦に締め上げられて苦悶の表情を浮かべていた。ラッセが剣で蔦を斬りつける。

「早く浄化を」

誰かが光樹にそう囁いた気がした。光樹は思わず狼を見つめた。狼は静かな眼差しで、光樹を見ている。

光樹は急いで地面に両手をつきながら、再び呪文の詠唱を始めた。狼が光樹に寄り添っている。なぜかとても安心できた。

祈りに集中して最後まで詠唱をすることが出来た。辺りに光が満ちて、みるみる地面が緑に変わっていく。

光樹は気を緩めることなく、そのまま結界の詠唱を唱えた。

『緑の草原を光の輪で囲むイメージ』

光樹はそう心の中で呟きながら、地面を電気が走るような感覚を想像する。ブワリと一瞬空気が震える。次の瞬間、ヘルマン達が戦っていたゴブリンが光に飲まれるように消えてなくなった。結界が完成したのだ。

「セラフィ様」

全員が慌てて光樹の下に集まる。ヨニは地面に伏《ふ》して、苦し気に咳《せ》き込んでいた。

「ヨニ」

光樹はヨニの下に駆け寄り、そっと抱き起こした。

「ヨニ、怪我は？」

「セラフィ様……大丈夫です。息が出来なかったので……少し苦しいだけです。すぐに元に戻ります」

ヨニが苦し気に息をしながら、無理に笑顔を作って光樹を安心させようとした。

「ヨニ……」

「セラフィ様！　この魔物は!?」

ヘルマンが狼を見て、厳しい表情で大斧を構えた。

「ヘルマン、皆さん、この狼は魔物ではないです。僕を助けてくれたんです。攻撃しないでください」

光樹はヨニを胸に抱いたまま、慌てて狼を庇うように弁明した。皆が怪訝な顔で狼を見つめる。

「しかし……どう見ても普通の狼ではありません。こんなに大きな体で……それに魔力を持っている」

ティモが険しい表情で狼を睨みながら言った。ラッセは剣を鞘に収めたが、厳しい表情は変わらない。

それに対して狼はとても静かだった。澄んだ銀色の瞳が、ゆっくりとラッセ、ヘルマン、ティモを順に見つめる。その穏やかな視線に、三人は興をそが

れたように殺気が取れて、なんとも言えない複雑な表情に変わった。

「妙な狼だ」

ヘルマンはポツリと呟き、大斧を背中に背負う。ティモは困っているような、不思議がっているような、微妙な表情で狼を見つめながら無言でいる。ラッセは表情こそ変わらないが、目が泳いでいる。

狼は彼らの動向など、特に気にする様子もなく、そっとセラフィに寄り添うように座った。

光樹は無詠唱で、胸に抱くヨニに癒やしの術をかける。ヨニの息遣いが穏やかになり、頬に赤みがさした。

「セラフィ様、ありがとうございます。もう大丈夫です。お守り出来ずに申し訳ありませんでした」

ヨニは体を起こして、光樹に深く頭を下げた。

「そんなことないよ。必死に戦ってくれていたし、それはヘルマンやラッセやティモもそうだよ。蔦の化け物は、突然地面から生えてきたのだから、誰も避けようがなかった。皆、僕を守ってくれてありがとう」

光樹は皆の顔を見回して、笑顔で礼を言った。ラッセ達の表情がようやく緩む。

「セラフィ様、今日のところはこれで帰りましょう。最初からあまり無理するものではありません」

ラッセの言葉に、皆が同意して、光樹も頷いた。

「狼さんも一緒に行こう」

光樹が立ち上がり、狼に向かってそう言ったので、皆がギョッとしてあからさまに狼狽えた。

「セラフィ様、それはダメです」

「どちらにしても聖地に入れないだろう」

「しかしセラフィ様が共に入れれば、森の精霊も道を空ける。入れないことはない」

「だけどこんな怪しいものを宮殿に入れるなど……」

それぞれが口々に、思っていることを言い合っている。それを光樹は眺めながら、チラリと狼を見た。狼は我関せずというように、静かに座っているが、言葉は分かっているような気がした。

「この狼は以前、森の中で見たから、一人でも森に

入ることが出来ていたのだと思いますよ」

光樹は何気なく言ったのだが、皆がまた動揺した。

「セラフィ様、いつ狼を見たのです」

「セラフィ様はこの狼をご存じなのですか？」

「森のどこにいたのですか？」

「何かその時にされていませんよね？」

全員が、わっと光樹に迫るように質問をするので、光樹はどれから先に答えたらいいのか迷って、おろおろとしてしまった。

「え、えっと……僕が向こうの世界にいた頃から、時々夢に出てきた狼で……ただの夢だと思っていたのですけど、こちらに来て……宮殿の裏庭に初めて行った時に、この狼が森の中に佇んでいたんです。でもそれ以来姿を見せなくて、ずっと会いたいと思っていて……」

光樹は質問に答えながら、変なことは言っていないよね？　と自信なさげに愛想笑いを浮かべた。

「裏庭で？　いつです？　私は見ていません」

「初めて行った時に、ラッセに紙とペンを取りに戻ってもらったでしょう？　あの時です。ラッセはいなかったから見ていないのです」

「ですが私の眷属を護衛に置いていたはずです。何も異変はなかったと言っていました」

ラッセは初耳だというように、不満を顔に出しながら問い詰める。光樹は困ったなと思って、俯いてちらりと隣に座る狼を見た。狼は本当に大きくて、座っていても頭の高さが、立っている光樹の肩ぐらいある。俯いて横を見ると、狼と目が合った。

銀色の澄んだ目が、光樹を見つめ返す。その眼差しは「放っておけ」と言っているようだった。

光樹はひとつ溜息をついた。

「とにかく、ここで議論しても始まりません。日が暮れる前に宮殿に着きたいので、もう帰りましょう」

光樹がやけくそになってそう言うと、皆は一瞬口を閉ざした。狼が立ち上がり、光樹の服の袖を咥《くわ》えて、くいっと軽く引っ張った。

「え？　もしかして……乗れと言っている？」

光樹が驚いて狼にそんなことを言うので、再び従

者達が慌てふためいた。

「セラフィ様！　なんてことを言い出すのですか！」

「セラフィ様、来た時と同様に私と一緒に馬に乗ってください」

　ヨニ達の騒ぎを無視するように、狼はぐいっと光樹の下腹の辺りに頭を押し付けて、ひょいっと自分の背に光樹を乗せてしまった。

「うわっ」

　光樹は驚きつつも、狼の背中にしがみつく。すると有無を言わさず狼が走り出した。

「セラフィ様！」

　全員が慌てて馬に飛び乗り、狼の後を追いかけた。

　狼の足は速く、馬の脚でもついていくのがようやくだった。

「ラッセ！　お前は疾風を使え！」

「いや、私が疾風を使って先回りしたところで、セラフィ様を背中に乗せられていては、下手に手を出すことが出来ない」

「とにかく見失わないようにしないと！」

「セラフィ様！」

　四人は揉《も》めながら、必死に後を追いかけた。


　四人は肩で息をしながら、目の前の光景に愕然としていた。

　セラフィの部屋で、椅子に座るセラフィの足下に、当然のような顔で狼が寝そべっていたからだ。

　途中で振り切られそうになりながら、なんとか目視で確認できる距離を、必死で保って後を追いかけた。セラフィを乗せた狼は聖地の森も難なく入り、四人がようやく追いついたと思った時には、舟で湖を渡ってしまっていた。それでこの状況だ。愕然とするしかない。

「皆さん、お疲れ様でした」

　光樹がニッコリと微笑んで四人を労《ねぎら》う。その言葉に他意はないのだが、四人は不服そうに眉根を寄せた。その顔を見て、さすがの光樹も空気がよくないなと感じる。

「えっと……一応言い訳をすると、今の『お疲れ様』はヴィ領での役目に対するものですよ？　その……先に帰り着いてしまったことは謝ります」

　光樹は四人の顔色を窺いながら謝罪した。

「セラフィ様……無事だったから良いというものではありません。我々と一緒にいていただかなくては困ります」

　ラッセが不満そうな表情をして、言いにくそうに注意した。

「うん、分かっています。それは本当に悪かったと思っています」

　光樹はすまなそうに、顔をしかめて謝った。

「それで……これからその狼はこちらの部屋に置いておくおつもりですか？」

「うん、そうですね。出来ればそうしたいですけど……ダメですか？」

　光樹は控えめに尋ねた。皆が不満を抱いているのは分かる。突然現れた得体の知れない狼を、大切なセラフィの部屋になど置いておきたくないだろう。光樹自身も、なぜこんなにこの狼が気になるのか分からない。だがずっと会いたかった。何度も夢に見るほど会いたかったのだ。狼自身も光樹に懐いている……というか側を離れないし、一緒にいさせてもらいたいと思う。

「でしたら……一度、狼を綺麗に洗わせてください。野生の狼ですから、虫がついていては困ります」

　ヨニは色々と諦めたようで、狼を置いておく前提でのお願いをされた。

『ノミ？』

　光樹はギョッとした顔で、足元の狼を見た。狼もそれを察したのか顔を上げて光樹を見つめる。その表情からはなんとも測れない。

『背中に抱き着いて乗ってきたけど……大丈夫だよね？』

「じゃ、じゃあ……お願いします。狼さん、体を洗ってさっぱりしてきてもらえますか？」

　光樹が狼に話しかけると、狼はゆっくり立ち上がった。

「それなら私が洗いましょう。ヨニはセラフィ様のお着替えを先にしてください」

　ティモがヨニに言ったのでヨニは頷き、光樹はティモとヘルマンを心配そうに見つめた。

「手荒なことはしないでくださいね」

「セラフィ様……確かに我々はまだこの狼に対して良い気持ちは持っていませんが、セラフィ様が側に置くと言ったものに対して無体なことはいたしません。我々を信じてください」

　ヘルマンが不愛想に言ったので、怒っているように見えてしまって、光樹は「ごめんなさい」と小さく答えた。

　ヘルマンは光樹の表情を見て、ばつが悪そうに眉根を寄せたが、何も言わずにくるりと背を向ける。ティモはそんなヘルマンを注意しようとしたが、溜息をついて諦めたように首を竦めた。

「それでは連れていきます。こっちにおいで」

　ティモは狼に手招きをした。狼は一度光樹を見て、大人しくティモの側へ歩いていった。ティモは狼が言うことを聞くので安堵して、そのまま手招きをして部屋の外へと連れていった。ヘルマンも後に続く。

　二人が狼と共に出ていくのを、光樹は不安そうな顔で見送る。

「セラフィ様、そんなに狼が心配ですか？」

　ヨニが着替えを用意しながら、光樹に尋ねた。

「いえ……両方です」

「両方？」

　光樹の返事に、ヨニは首を傾げた。

「僕はまだ上手くヘルマンとの距離を縮められていません。そんな僕の態度は、ヘルマンやティモに不満を持たせてしまっていると思います。あの狼にしても、ヘルマン達からすれば、僕の命令だから仕方なく世話をしていると思いますが、自分達よりも狼の方が僕の信頼を得ていると、そんな風に受け取られているのではないかと……心配しています。だから結果的に、狼に対して手荒になってしまうかもという心配もあります」

「そんなことは……」

ヨニは光樹の心配を打ち消そうと思ったが、上手い言葉が思いつかずに、困ったようにラッセを見た。ラッセは眉根を寄せて首を振る。

「僕は無意識だけど、貴方達二人を贔屓してしまっていると思います。僕の専属の従者だし、いつも一緒にいるから気心も知れているし……でもね、僕はセラフィの記憶がないから、正直に言うと僕の専属だから贔屓っていうのはちょっと違うと思う。結果的には専属というのも理由なのかもしれないけど、結局ヘルマン達はいつも魔の物討伐に出かけているから、普段からほとんど会ったり話したりする機会がなくて、記憶のない僕にとっては、ほとんど知らない人なんです」

　光樹が残念そうに言うので、ヨニとラッセは納得したように頷いた。

「確かに……ヘルマン達は不満に思っていると思います」

「ラッセ！」

　ラッセが同意したので、ヨニはひどく慌てて窘めようとした。しかしそれを光樹が止めた。

「いいよ、ヨニ」

「でも……」

　ラッセは意を決したように言葉を続けた。

「セラフィ様、ですがヘルマン達の不満はセラフィ様に対するものではありません。自分達の主に仕えることが出来ない不満です。今はセラフィ様に仕えるべきではありますが、専属従者ではないため何事にも、私達に気を遣って我慢しています。裏方の仕事に不満があるわけではありませんが、やはり従者たるもの主のために尽くしてこその生き甲斐……共に長く主が不在のこの地を守ってきたので気持ちは分かります」

　ラッセが少し遠い目をして語った。そう言われればそうかもしれないと、光樹は考え込んだ。

「セラフィ様がもしも二人のためにと、褒めたり親しげにしたりしたとしても、二人の不満を解消することにはなりません。ですからむしろあまり気にされない方がよいかと思います」

ラッセは真剣な顔でそう言い切った。光樹はなんだかモヤモヤとしている。

「そうかもしれないけれど……だからといって放っておいてよいものかどうか……」

光樹はどうすればよいのか分からなくなった。表情を曇らせて俯く。ヨニはそんな光樹を心配そうに見つめながら、服を着替えるように促した。

「大人しくついてきているけど、言葉が分かるのかな？」

ティモがちらりと後ろを歩く狼を気にしながら、そっとヘルマンに耳打ちした。

「ただの狼ではなさそうだから、分かるのかもしれないな。少なくともセラフィ様の言葉は通じているように見える」

ヘルマンは憮然とした顔で、前を向いたまま答える。ティモはそんなヘルマンの様子に溜息をついた。

「ヘルマン、さっきのはよくないと思うよ」

「何がだ」

「分かっているくせに……」

ティモは唇を尖らせながら、独り言みたいに呟いて風呂場に入っていった。風呂場といっても日本のように、浴槽にお湯を溜めて浸《つ》かる形のものではない。疲れを癒やすためのものではなく、身支度のために汗や汚れを洗い流す場所だ。だから風呂場というよりも、洗い場という言い方が正しいだろう。

そこには、石を積んで作られた四角い形の水槽があり、そこに溜められた水を浴びて、髪や体を洗うのだ。

聖地ヴィフレアは、常に暖かい安定した気候なので、水で済まされているが、人間達の住む町には公衆浴場があり、そこでは冬は蒸し風呂に変わり、体を温めてから水で汗を流す。

ティモとヘルマンは無言で袖をまくり上げた。

「今からお前の体を洗うけど、暴れないでくれよ」

ティモが狼に向かって言い聞かせるように告げる。狼は大人しく座って、二人の顔を交互に眺めた。

「分かっているのかなぁ……？」

　ティモは手桶に水を汲《く》んで、薬草の実から絞った油で作られた石鹸《せっけん》を溶かし込んで、石鹸水を作っている。ヘルマンはブラシを探しにいって戻ってきた。

　ティモはゆっくりと狼の体に石鹸水をかけた。体全体を濡らした後、両手で毛をわしゃわしゃと揉んで泡を立てる。

「あんまり泡が立たないな……」

「そりゃあ野生の狼だ。綺麗に見えても汚れているだろう」

　ヘルマンはブラシで梳いて、虫などを落とそうとしている。黙々と二人は無言で狼を洗った。

「変わった毛並みだよね……全体は銀色なのに、上の部分だけ黒いなんて、馬の鬣みたいだ。あれ……よく見たら、黒というより黒緋だね。赤みがある。ヴィルヘルム様の髪に似ているな」

　ティモが嬉しそうに言ったので、ヘルマンは眉間にしわを寄せた。

「おい、狼と陛下を一緒にするなんて失礼だろう」

「一緒にはしていないよ、似ているって言っただけじゃないか……ヘルマン、そういうの……少しは気をつけろよな」

「そういうのってなんだよ」

「言葉というか、言い方……私やラッセ達は慣れているけど、他の人が聞いたら、怒っているって勘違いするよ？」

「……したい奴にはさせておけばいい。オレは別に人に好かれたいわけじゃない」

「そうじゃなくてさ」

　ティモは顔をしかめて、大きく溜息をついた。

「今言っただろう？『さっきのはよくない』って」

　ティモは狼の腹をわしわしと洗いながら、少し強い口調で注意する。だがヘルマンは無言でブラシをかけていた。

　再び沈黙が流れた。ヘルマンが返事をしないので、ティモは苛つきながら手を動かしている。狼は時々チラリと二人に視線を送るが、基本は大人しく洗われていた。

「セラフィ様が、ヘルマンを怖がっているって気づいているだろ？」

　ボソリとティモが言った。だがヘルマンは無言だ。ゴシゴシと洗う音だけがする。

　ティモは立ち上がり、泡だらけの手を振って泡を落とした。手桶を取り水を汲んで、そっと狼の体にかける。

「ヘルマンがきつい言い方をするから……セラフィ様が誤解しているんだよ。もう少し言い方をどうにか出来ない？」

　ティモは何度も狼に水をかけて、丁寧に泡を落としながらヘルマンを見つめる。ヘルマンは無言で立ち上がり、手桶を持って水を汲み、ティモと同じように狼に水をかけた。

　二人がかりで水をかけて洗い流し、すっかり綺麗になった狼を、ティモは満足そうに眺めた。大きな布を持ってきて、狼の体をゴシゴシと拭いた。

「よく我慢して大人しくしていたな。偉いぞ」

　ティモが笑顔で狼に話しかける。狼は何も答えなかった。

　布で拭いた狼の体に、ティモは風の魔法をかけて濡れた毛を乾かした。ヘルマンは使ったブラシを洗って片付けている。

「あれはセラフィ様じゃない。だから別に誤解されても構わない」

　ヘルマンが突然そんなことを言った。ティモが驚いて、風を起こしていた手を止める。

「ヘルマン！　今なんて言った!?」

「だから……セラフィ様の記憶がないじゃないか。異世界で人間として暮らしていたナントカっていう者が中身だ。それはつまり別人じゃないか。記憶が戻るまではあの者を、セラフィ様だとは思わない」

「ヘルマン！　なんてことを！　今日のセラフィ様のお力を見ただろう？　記憶がなくてもセラフィ様はセラフィ様だ。お前、セラフィ様をないがしろにするつもりか？」

　ティモが怒りを込めて睨みつけた。その視線をヘルマンは正面から受けて、目を逸らさなかった。

「別にそんなつもりはない。ただ得体の知れない中身までは敬えないだけだ。記憶が戻ってセラフィ様が元通りになるまでは、オレはあまり関わらないようにするよ。どうせオレは怖がられて嫌われているんだからな。第一、本物のセラフィ様はそんな風に、オレを怖がったりしない」

「本物って……ヘルマン、そんなこと本気で思っているのか？」

「本気だ。セラフィ様の記憶がないなら、セラフィ様ではないのと同じだ。オレはセラフィ様が復活される前と同じように、ただ黙々とこの地を守るだけだ。本当のセラフィ様に戻って、英雄王を探し出すまでは……」

「ヘルマン！」

ティモは怒りで叫んでいた。自暴自棄になっているヘルマンを諌めようと、ぐっと拳を握り締める。

だがティモよりも先に、狼が動いていた。

狼はヘルマンに飛び掛かり、その巨体を難なく押し倒していた。ドタッと激しい音を立ててヘルマンは倒れた。仰向《あおむ》けに倒れたヘルマンの上に、狼がのしかかり唸り声を上げながら、鋭い牙をむき出しにして、今にもヘルマンの喉元に噛みつこうとしていた。

ヘルマンは驚きのあまり、自分に何が起こったのか分からなかった。両肩は狼の前足で押さえつけられていて、まったく身動きが取れない。いくら狼が、普通よりも大きいとはいっても、ヘルマンの巨体を押し倒せるとは思わなかった。

不意を突かれて倒されたが、これくらい……と反撃をしようと体に力を入れるが、押さえつけられた体はびくとも動かなかった。

『ヘルマン……お前が守るべきものはなんだ！』

頭の中に直接問いかけるような声が響く。ヘルマンは咄嗟に辺りを見回した。近くでティモが目を丸くして固まっているのが見える。ティモの声ではない。

グルルルッと低い唸り声が間近に聞こえる。視線を向けると、鼻にしわを寄せて牙をむき出しにして

いる狼の顔が、目の前にある。銀色の澄んだ瞳が、ヘルマンを真っ直ぐに見つめていた。

『お前が守るべきものはなんだ。主との約束を忘れたか』

　再び声が頭の中に響いた。その声には覚えがある。そう思ったヘルマンは、自分を見つめる銀色の瞳に、懐かしい面影が重なる。

「ヴィルヘルム様……？」

　ヘルマンは掠れる声で呟いた。

『まさか……そんなはずは……』

「ヘルマン!!」

　動揺しているヘルマンを助けようと、ティモがスリングショットを構えて、狼の眉間に狙いを定める。その殺気にヘルマンが気づいた。

「ティモ！　待て！　手を出すな！」

　ヘルマンが叫んだ。

「で……でも」

　ティモは構えを崩さずに、止められたもののどうしたらいいか迷って、狼とヘルマンを交互に見つめる。

「いいから！　構えを解け！」

　強く言われてティモは仕方なく、武器を持つ手を下ろした。それを確認したヘルマンは、改めて狼の目を見つめる。

「どうかお許しください」

　ヘルマンは真剣な眼差しでそう囁くように言った。

「約束を忘れたわけではありません。どうかお許しを」

　ヘルマンはもう一度言った。すると狼は唸るのをやめて、ヘルマンの上から退《ど》いた。ヘルマンはゆっくりと体を起こしながらも、狼から視線を離さなかった。警戒しているわけではない。信じられないものを見るような眼差しで見つめていた。

「ヘルマン、大丈夫か？」

「ああ、大丈夫だ」

　駆け寄るティモを制しながら、ヘルマンは立ち上がる。

「いきなり……なぜ襲い掛かったんだ？」

ティモは怪訝そうに鼻にしわを寄せて、狼を見て視線をヘルマンへ向ける。

「……オレが馬鹿だから腹を立てたんだろう」

ヘルマンは淡々とした様子で答えて、散らばったブラシや手桶を拾い上げる。ティモは目を瞬かせながら、ヘルマンの言葉を頭で反芻して噴き出した。

「確かに……私も殴ろうとしたからな。狼の気持ちは分かるよ」

ヘルマンはそれを聞いて、ふんっと鼻を鳴らしただけで何も答えなかった。

「だけど狼に向かって何か話しかけていなかったか？　何を言ったんだ？」

ティモは不思議そうに首を捻《ひね》る。ヘルマンはティモを見て、狼へ視線を向けた。狼は何事もなかったように、穏やかな表情で座っていた。

『まさか……』

ヘルマンはもう一度心の中で自問自答する。

『約束とは……あのことか？　だがなぜそれをこの狼が知っている？　本人だとでも言うのか？　いや、まさか……この狼が陛下のはずがない。狼に転生したとでも？　狼が英雄王だとでも？　まさか、まさか……そもそも、会話が出来るのか？　あの声は……』

「おい！　ヘルマン！　聞いているのか？」

ぐいっとティモに腕を引っ張られて、ヘルマンは我に返った。

「なんだ？」

「もう……ぼーっとして、すごく険しい顔をしていたけど、まだ狼に文句を言いたいのか？」

「いや……」

ティモの言葉を聞いてか、狼が二人を見たので、ヘルマンは口籠もった。ティモはそんな狼とヘルマンを交互に見つめる。

「なんか二人とも変じゃない？　あ、狼を入れて二人とか言っちゃったけど……なんかさ、この狼って言葉を理解しているよね。魔力も感じるし……魔物だよね？　私達みたいに精霊化しているのかな？」

ティモは首を傾げながら、狼の側に近づいていき、

少し前かがみになって狼と鼻を突き合わせた。

「おい、もしも精霊化しているのなら会話が出来るんだろ？　何か言ってみろよ」

「ティモ、よせ」

　ヘルマンがティモを止めようとしたが、ティモは無視して狼を煽った。

「私のことも襲うか？　あまり乱暴だとセラフィ様のお側には置いておけないぞ？」

　すると狼は一瞬目を細めて、ぷいっとティモから顔を背けた。その態度にティモは目を丸くする。

「え？　お前、今笑った？　なんか馬鹿にされた気がするけど？」

「ティモ、よせって」

　ヘルマンは半ば呆れたように、ティモの肩を叩いて止めた。

「セラフィ様がお待ちだ。行こう」

　ヘルマンがそう言って、ティモと狼に背を向けて歩き出した。だが数歩歩いて足を止める。

「さっきの……セラフィ様に対する暴言は謝罪します。本気で思っているわけではありません。お許しください」

　ヘルマンは背を向けたまま、冷静な口調でそう言って再び歩き出した。ティモは驚いて、きょとんとした顔でヘルマンの背中を見つめている。

「え？　今のは私に言ったのか？　なんでそんな言葉使いなんだ？」

　ヘルマンに向かって言ったが、ヘルマンは無視するように歩いていく。

「なんだよ！　おい！　ちょっと待てって……狼！　行くぞ！」

　ティモは狼に声をかけて、ヘルマンの後を追いかけた。二人の後を狼はゆっくりと歩いてついていった。

「ヘルマン、君に話がある」

　あの夜、ヴィルヘルムはそう言ってヘルマンを呼び出した。最後の決戦前、オッデ領で過ごした夜だ。

「私は君のことを信頼している。従者としてだけの話ではない。君個人の話だ」

　ヴィルヘルムは突然そんなことを言い出した。ヘルマンは、何を言っているのかよく分からなくて、ただ黙って聞いていた。

「君はとても強い。戦闘ならば私よりも強いかもしれない。だからこの戦いでは、私の護衛よりも、その力に頼りたいと思っている。魔の物の征伐だ。今までとは違う。私を狙う敵ではない。殲滅を目的とするんだ。だから力の限り戦って欲しい」

　ヘルマンは少しばかり考えた。ヴィルヘルムの言わんとすることを、深く推測しようとしていた。

「陛下……それは陛下から離れて戦えということですか？」

　ヘルマンが険しい表情で尋ねる。その反応に、ヴィルヘルムが微かに微笑んだ。

「端的に言えばそうなんだが……別に無理に距離を置けという意味ではない。共に戦いたい。だがその時の状況次第では、より厳しい戦場に君を派遣することになるかもしれない。君の力を頼りにしているというのはそういう意味だ」

　ヴィルヘルムが深刻な表情で言ったが、ヘルマンの方はそれを聞いて少し表情が和らいだ。

「陛下の命令であれば、どんな危険な場所へでも赴きます。陛下が行くよりは、よほどその方がオレの気が休まります」

「そう言うと思ったよ」

　ヴィルヘルムは苦笑して頭を掻いた。

「ヘルマン、ひとつ約束をして欲しい」

「なんでしょうか」

　ヴィルヘルムは穏やかな表情でそう切り出した。話の流れと、ヴィルヘルムの表情から、その時はそんな約束だとは、ヘルマンも思わなかったのだ。

「私がいない時は、セラフィを全力で守り、セラフィに忠誠を誓って欲しい」

　ヘルマンは一瞬言われている意味が分からずに、何度か瞬きをしてヴィルヘルムを見つめた。

「陛下……それはどういう……」

「別に私が死んだらって話ではないよ。以前から思っていたのだけど、君は自分に厳しすぎる。私の護衛騎士としての役割について、少し執着が過ぎる。それは今まで二度も王を守れなかった悔恨から、そう自分を律しているのだと思うけれど……あまり自分を責めるな。もっと自分に優しくなれ、ヘルマン、君はいつだって全力だ。手を抜くことなどない。特に私を守るためならば死力を尽くす。いつだって自分の命を投げ出すつもりだ。私はよく分かっているよ。信頼している。きっと今までの王もそうだったはずだ。自分を信じるんだ。私は君を信じている」

　ヘルマンは言葉を詰まらせた。王の言葉が心に深く染み入る。それは自分でも気づいていなかったが、一番欲しいと望んでいた言葉だったのかもしれない。

「だからね、だからこそ約束して欲しい。私がいない時は、セラフィにも私に尽くすのと同じように、全力で守り忠誠を誓って欲しい。なぜならセラフィは、私が最も愛する、最も大切な人だからだ」

「陛下……」

「私が言いたいことは分かるね？」

「はい、約束します。必ず守ると約束します」

　ヘルマンは、まるで神聖な誓いのように、心からそう言った。ヴィルヘルムは安心したように微笑んで頷く。

「ありがとう」

　澄んだ銀色の瞳が、ヘルマンを見つめていた。その瞳と狼の瞳が重なる。

　ヘルマンは、はっと目を覚ました。部屋の中は真っ暗だ。起き上がり、両手で顔を乱暴に擦りながら溜息をつく。

　なかなか眠りにつけないと思っていたはずなのに、いつの間にか眠ってしまっていたらしい。

　窓から差し込む月明かりが、部屋の中を照らしていた。ベッドの端に座り、脇机に置かれた水差しから、コップに水を注いで一気に飲み干した。

　明かりをつけずに、そのまま服を着替える。ベッドと椅子とテーブル。後は服などのちょっとした物入れに使っている行李《こうり》、その程度しか家具のない簡

素な部屋だ。

　従者達一人一人に与えられている。別に従者の扱いが悪いわけではない。ヘルマンが特に必要としなくて、部屋を簡素にしているだけだ。

　食事は別に用意されている従者用の食堂で済ませるから、食器などの類は必要ない。服はほとんど甲冑を着けているので、下に着るくらいの服しか必要ない。

　本も読まないし、他に趣味もない。最近、初めてこの部屋に絵が飾られた。セラフィからもらった絵だ。ティモが手作りの額に入れてくれた。

　ラッセの部屋はもっとマシだ。箪笥《たんす》があるし、本棚もあって、いくつも本が並んでいる。ティモの部屋には、鉢に植えた植物が飾ってあるし、ヨニの部屋などはもっとすごい。手先が器用だから、箪笥やテーブルに自分で飾りを彫ったり、布を貼ったりして、綺麗に装飾して作り直している。

「寝るだけだからこれで十分だ」とヘルマンは、特に気にしていない。

　窓辺まで歩き、少し身を乗り出して外の景色を見た。森も湖も静かだ。異変はない。空を見上げて、月の位置を確認した。

「少しばかり寝過ごしたか……」

　ヘルマンは呟いて、壁に立てかけている大斧を背中に担ぎ、部屋を出た。

　誰もいない静かな廊下を歩く。廊下の壁には蠟燭が掛けられ、その灯りが点々と続いている。以前の宮殿は、夜中でも人の気配で、どこか賑やかな感じがしていた。

　セラフィが戻ってくるまでの二十四年間は、ヘルマン達しかいなかったので、今よりもずっと静かだった。

　今はこうして廊下に灯が灯《とも》り、夜中に交代で仕事に向かうべき場所もある。空が白んでくれば、召し使いの女達が起き出して、働き始める音が聞こえてくるだろう。少しずつだが、元に戻ってきている。

　その少しの変化でさえ、長く空白の時間を過ごしたヘルマンにとっては、嬉しいものだった。

「ラッセ、悪い、少し遅くなった。交代だ」

　扉の前に立つラッセに声をかけた。

　普段はセラフィの護衛騎士であるラッセは、常に部屋の中に待機している。だが夜はセラフィの就寝を邪魔しないために、部屋の外で護衛するのだ。

　ヘルマンは早めに休み、夜中にこうしてラッセと交代をする。

「よく眠れたのならば良かった」

　ラッセが微笑んで答えた。昨日の狼との騒動は、ティモによってラッセとヨニに報告された。もちろんセラフィには秘密なのだが、ティモ目線で語られた事件の経緯なので、ヘルマンの態度に苛ついた狼に襲われたという話になっている。

　ラッセとヨニは笑いながらも、少しばかり気の毒そうにしていた。

『まあオレの態度に苛ついたというのは、ある意味当たっているのだろうが……』

　ヘルマンは否定しなかった。

「狼は中か？」

　ヘルマンが尋ねたので、ラッセは苦笑しながら頷く。

「ベッドで一緒に寝ている。セラフィ様もずいぶんあの狼がお気に入りだな。とても大人しくてセラフィ様の言うことをよく聞く。頭が良いし……なあ、考えていたんだが、あの狼は大地の神が遣わした精霊じゃないのかな？」

　ラッセが真面目な顔で言うので、ヘルマンは微妙な表情をした。

「いいからもう寝ろ。夜が明けるぞ」

「そうだな」

　ラッセはヘルマンに一礼をして、自分の部屋へ戻っていった。

　ヘルマンは、扉の横の壁に腕組みをして凭《もた》れかかる。

「約束を思い出した」

　小さく呟いた。夢で見たせいか、なんだか昨日のことのようだ。あの翌日、ヘルマンはヴィルヘルムに命じられて、一人で別行動になった。だからあの

夜が、ヴィルヘルムと過ごした最後の思い出になる。

『主との約束を忘れたか』

狼の声が脳裏に蘇る。夢に見てはっきりとした。

あの声はヴィルヘルムの声だ。間違いない。

『だがどうして狼が？　もしや……あの狼は陛下の眷属で、陛下はどこかで生きているのだろうか？』

ヘルマンは考えられる可能性に、思いを巡らせた。そしてうーんと唸る。

その時、扉をカリカリと何かがひっかくような音がした。辺りに目を光らせても、何もいない。耳を澄ませると、セラフィの部屋の扉から聞こえた。

ドアノブに手をかけて、そっと開けながら中を覗き込む。そこには狼がいてヘルマンを見上げていた。驚くヘルマンをよそに、開いているドアの隙間から、するりと外に出てきた。

「なっ……」

ヘルマンが言葉を失っていると、狼は前足で開いているドアを閉めるように促した。言われるままに、そっと扉を閉めて、ヘルマンは呆然と狼を見つめる。

狼はヘルマンの前に座り、静かな眼差しでヘルマンを見返した。

『ヘルマン、約束を思い出したか』

まただ。あの時と同じだ。そうヘルマンは思って、思わず自分の頭を両手で押さえた。直接頭の中に声が響くからだ。

「お、おまえ……いや、貴方は一体……陛下なのですか？」

自分でも信じられないが、ついそう尋ねていた。

『そうだ。私はヴィルヘルムだ』

まさかと思っていたのに、あっさりと肯定されて、ヘルマンはぽかんとした顔で見つめる。

「ど、どう……い、いつ……」

『どうして狼の姿になったのか、いつからなのか、と言いたいのだね？　ヘルマン、少し落ち着きなさい』

その声も話し方も、ヴィルヘルムそのものだ。間違いない。ヘルマンは身震いをした。

『この姿になぜなったのか……私も実はよく分から

ないのだ。ソーサラーとの壮絶な戦いの末、刺し違えるつもりで最後の爆発の術を放ったが、私は死にたくないと瞬時に思った。セラフィのために生きたいと……生きたいと強く願った時に、私の身に何かが起こった。ずっと考えていたのだ。なぜこうなったのか。気がついたら私はすでにこの姿になっていた。だから長い間考えていた』

狼は目を閉じて、静かに深く思案に暮れている。

ヘルマンはじっと固唾を飲んで見守っていた。

『あの刹那《せつな》に、私は自分に転移の術をかけたのではないかと思う。だがあまりにも一瞬のことで、本当は間に合わなかったのかもしれない。詠唱が不完全だったのかもしれない。だが私の必死の願いに……大地の神が手を貸してくれたのか、もしくは別の力か……私は体から魂が離れて、狼の体に入ってしまった。それが今のこの身だ』

狼は目を開けて、再びヘルマンを見つめた。ヘルマンは真剣な表情で眉根を寄せた。

「体は？　助かったのは魂だけですか？」

『体はある』

ヘルマンは大きく目を見開いた。

『体はある』

ヴィルヘルムはもう一度言った。それがとても大切なことのようだ。

『私はこの体になって、助かったのは魂だけだと思っていた。あの刹那で、逃げおおせたのは魂だけだと……だが体がまだ朽ちていないような錯覚を覚えた。きっと魂とわずかながらにも繋がっていたのだろう。私は探し回った。そして見つけたのだ。空になっている私の体を』

「そ、それはどこに……」

『ある場所に隠してある。幸い体は無傷で、五体満足に揃《そろ》っていた。魂との繋がりのおかげか、体は死んではいなかった。だから空の体でも朽ちることはなく、老いることもないようだったので、別の場所に運んで隠した。なぜなら魂を元に戻すことが出来なかったからだ。元に戻す方法は分からないが、セラフィならば元に戻せるかもしれない』

「すぐにここへ運びましょう」

ヘルマンは間髪入れずにそう言った。だがそれを聞いた狼は、まるで笑っているかのように目を細める。

『そう急《せ》くな……今はまだ早い』

「早い？　なぜです。方法は分からずとも、とりあえずここへ運べば安全です。セラフィ様もいらっしゃる。大地の神に尋ねることも出来る。私が抱えて運びます」

ヘルマンは興奮して大きな声を上げそうになったが、狼に一蹴されて慌てて声を潜めた。

『セラフィは記憶が戻っていない。不完全な状態だ。今のセラフィの前に、私の空の体を持ってきたらどうなると思う？』

問われたがヘルマンには答えられなかった。少し考えて首を振る。

「分かりません、どうなるのですか？　なにかまずいことでもあるのですか？」

ヘルマンが尋ね返したが、ヴィルヘルムは沈黙した。ヘルマンは答えを待ちながら、その場に膝をついた。深く頭を下げる。

「陛下、どうか……戻ってきてください。貴方が必要だ」

『ヘルマン、君は今のセラフィをどう思う？　君は偽者だと言った。記憶のないセラフィはセラフィではないと。中身は別人だと。本当にそう思うのか？』

「それはちが……」

ヘルマンは責められて、咄嗟に違うと否定しようとした。だが言葉を飲み込み、ぐっと奥歯を噛みしめた。

違うことはない。あの時口にした言葉は、感情的になって出た言葉だが、思っていないと言えば嘘になる。思っているから出た言葉だ。

「陛下、セラフィ様への忠節は今も変わりません。これは誠です。今のセラフィ様をないがしろにするつもりもありません。異世界で人間として育たれたのだとしても、セラフィ様に変わりはないことは分かっています。ただ私は……頭が悪いので、どう接

すればよいのか分からない。受け入れ方が分からない。私の知るセラフィ様とは違うと、本能で感じてしまうため、自分でも上手く対処できないのです」

『今のセラフィはとても苦しんでいる』

「え？」

『このままでは壊れてしまうのではないかと案じている。だから私はこの姿も顧みず、セラフィの下に来たのだ』

「ど、どういうことですか？」

ヘルマンはひどく焦って、セラフィが眠っているであろう部屋の方を、チラチラと気にするように見た。

『セラフィの記憶はほぼ戻っている。しかし無自覚ながら、セラフィはそれを拒否している。その一方で、早く記憶を戻さなければと焦っている。これがどういうことか分かるか？』

ヘルマンはヴィルヘルムの言葉を反芻しながら考えた。だがあまりにも複雑すぎて、考えがまとまらず断念した。

「分かりません。記憶は戻っているのですか？　それを拒否しているというのは……戻った記憶をなかったことにしている？　いや、でも記憶を戻したいと焦っている？　わけが分かりません」

『訳が分からないだろう？　君も今それを考えただけで混乱している。ならば本人はどうだ？　混乱していないと思うか？　そんな状態で平気でいられると思うか？』

そこまで言われてヘルマンは、ようやく理解して愕然とした。

「壊れるとは……そういうことですか……でもなぜ？　なぜセラフィ様は、記憶が戻りたいと望みながら拒否するのですか？」

『セラフィは、元の記憶が戻れば今の自分を失うと思っている。神森光樹という存在が消えてなくなると思っているのだ。そのことを恐れている』

答えを聞いてもヘルマンにはまだ理解が出来なかった。怪訝そうに首を傾げる。そんなヘルマンを見て、狼は小さく唸った。

『仮初《かりそ》めの異世界人の記憶など、別に消えても構わないと思っているな？』

図星を指されて、ヘルマンは羞恥で少し赤くなった。

『ならば君に尋ねよう。英雄王が生まれ変わるたびに、新しい王を主として迎えるたびに、君の記憶から前王の記憶が消えてしまうとしたら、君は平気なのかい？』

「いや、それは……」

『同じことだ。たとえ異世界で過ごした日々が、わずかな仮初めの時間だったとしても、セラフィにとっては何よりも代えがたい人生だったし、忘れがたい思い出だ。特にその異世界で、神森光樹という存在はなかったことになって消えてしまっているのだ。自分の記憶さえも失ってしまったら、完全に神森光樹が消えてしまう。それはセラフィにとって、二回死ぬことと同じなのだ。人々の記憶から消えた『存在の死』と、自分の記憶から消える『思い出の死』……君はその恐怖が想像できるかい？』

ヘルマンは顔面蒼白《そうはく》になった。

『そんなセラフィの下に、私の体を運んだら、きっと記憶を戻すことを焦って、自壊してしまうだろう』

ヘルマンはようやくすべてを理解した。

「オ、オレは……」

血色を失った顔で狼狽《ろうばい》するヘルマンを、狼は穏やかな眼差しで見つめた。

『セラフィの側にいない君とティモでは、分かりにくいことだろう。ラッセとヨニは、理由は分からないまでも、セラフィの異変を察して心配をしている。特にヨニは毎日心を痛めている』

ヘルマンの脳裏に、ラッセとヨニの姿が浮かんだ。何かとセラフィに対して必要以上に案じて構う様子に、ヘルマンは甘やかしすぎると思っていた。主への態度を『甘やかしすぎる』というのは、言い過ぎかもしれないが、セラフィが少しでも物思いにふけったり、溜息をひとつつくだけで、ヨニが異常なくらいに心配して、声を掛けたり宥めたりする姿は、過去のセラフィに対する接し方と比べても異常なほ

どで、ヘルマンがそう思ってしまうのも無理はなかった。

　だが真実を知れば、すべてに納得がいく。セラフィの精神状態が、それほどに危なげだというのならば、ヨニの態度も致し方ないことなのだ。

　むしろまったく気づかないばかりか、セラフィに対して不満を抱いていた自分を省みて、震えるほどに後悔する。

　ヴィルヘルムが怒って『約束を忘れたか』と責めたのも無理はない。ヘルマンはセラフィを見ようともしていなかった。

『ヘルマン、謝罪は不要だ。言っただろう？　君がこのことに気づくのは難しい。終始側にいるヨニでもようやく察する程度だ。ただ私との約束を忘れて、セラフィを無条件で守るという意志に反した。もちろん魔の物からは守っていたが、私が言っていたのはそれだけではない。何物からも守るというのは、あらゆる脅威から守るということも含まれる。君がセラフィを怖がらせていたら、元も子もないではないか』

　ヴィルヘルムの言葉は責めているが、その口調には仕方がないなと笑って許すような、優しさが含まれていた。

　深く首《こうべ》を垂れるヘルマンを見つめる狼の眼差しは優しい。

『私はセラフィに降りかかるあらゆる脅威から守るために姿をさらした。だから君にも正体を明かした。だが今のところは、セラフィにも他の者にも打ち明けるつもりはない。セラフィに打ち明けない理由はもう分かるね』

「はい……ですがヨニ達には……」

『皆、素直で嘘が下手だからね。セラフィに気づかれないようには振る舞えないだろう。だが君とティモは、セラフィとは少し距離を置いているから……君の努力次第でバレることはない』

　ヴィルヘルムがおかしそうに言うので、ヘルマンは返事に困った。

「ティモにも言わないのですか」

『ティモは……いいのか悪いのか、自分で勝手に私を特別視しているだろう。だからそう思わせておこうと思う』

　ヘルマンは、ティモが狼のことを『大地の神が遣わした精霊じゃないか？』と疑っていたことを思い出した。なるほどと頷く。

「それでこれからどうなさるのですか？」

『セラフィの不安を取り除き、自然に記憶が戻るように導いてやる。それが上手くいけば、私の体に魂を取り戻す』

「承知しました。オレは……たぶん何もしない方がいいのでしょうね」

　ヘルマンが苦笑したので、狼は頷いた。

『頼んだよ』

　狼はすくりと立ち上がった。扉を鼻で突いたので、ヘルマンは静かに扉を開けた。狼はするりと中に入っていき、ヘルマンはそれを見送って扉を閉めた。

　深い息を吐く。一気に緊張が解けたら、笑いが漏れそうになった。

『陛下が生きている』

　こんなに嬉しいことがあるだろうか？　満面の笑みを浮かべたが、はっとそのことに気づいて頰を叩いた。

『あからさまな態度はいかんな。努力しろと言われたのだ。がんばって隠さなければ……』

　ヘルマンは気合いを入れ直した。

　朝目覚めると、ふわふわの毛が隣にある。手を伸ばして撫でると、つるりと滑らかな手触りの固い毛と、ふわふわの弾力がある毛の二重構造が心地良い。

ヘルマン達に洗われて、銀の毛並みが一層綺麗になった。光樹は嬉しそうに隣に寝ている狼の体をぎゅっと抱きしめた。

　ペロリと額を舐められる。

「おはよう、狼さん」

　光樹が笑顔で挨拶すると、狼はワウと小さく返事をした。それを聞いて光樹はふふふと笑う。

　昨夜は寝る前に、どれほど会いたかったかという話を語って聞かせた。その間狼は黙って聞いてくれた。とても賢いなと光樹は思う。

『普通の狼じゃないよね。僕の知っている狼とは違うと思っていたけど、ヨニ達の口ぶりからすると、この世界の狼としてもちょっと違うみたいだし……』

「ねえ、なんで君は僕の夢に出てくるの？　向こうの世界にいる頃から……僕を呼んでいたように思っていたんだけど」

　光樹は狼の顔を覗き込んだ。美しい銀色の目が光樹を見つめ返す。

「なんで君といるとこんなにも安心するんだろう？　ヨニ達とは違う安心感なんだよね。なんだかずっと昔から知っているみたいな気がするんだ。狼の知り合いなんていないんだけどね」

　光樹がそう言って笑うと、狼は目を細めた。

「君に会うまで、会いたくてたまらなかったって話をしたでしょう？　自分でもおかしいと思うくらい会いたさが募るものだから、なんだか君に恋でもしているみたいだって思ったくらいなんだよ」

　狼が尻尾を振ったので、光樹はまた笑った。

「さてと、そろそろ起きないと……ヨニが入ってくるんだ」

　光樹は体を起こして大きく伸びをした。狼はベッドからストンと降りて、同じく伸びをする。

「セラフィ様、おはようございます」

　ヨニが着替えを抱えていつものように入ってきた。

「ヨニ、ラッセ、おはよう」

　光樹もいつものように笑顔で挨拶を返す。狼は二人をチラリと見て、少しばかり尻尾を振った。

　ヨニは狼を見て微笑み、ラッセは微妙な顔をする。

「よくお休みになったようですね」

　ヨニが光樹を着替えさせながら言った。

「うん、物凄くよく眠れた」

「昨日は大変な一日でしたから、お疲れになったのでしょう。今日は一日静かにお過ごしください」

　ヨニの言葉に、光樹は不思議そうな顔をした。

「今日は浄化に行かないのですか？」

「毎日は行きません。セラフィ様は浄化と結界に大きな魔力をお使いになりますから、休憩を挟まないとお倒れになりますよ？」

ヨニと光樹の会話を、狼は隣に座り黙って聞いている。

「今日は、昨日浄化したヴィ領の様子を、ヘルマンとティモが確認に向かいます。問題がなければ、次はコル領の浄化を行いますから、コル領の魔の物を征伐してくるはずです」

ラッセが真面目に状況説明をしてくれた。

「コル領？　えっと……確かヴィ領とはここを挟んだ反対側ですよね？　激戦地だった……僕が転生したきっかけの場所ですよね？」

「そうです」

ラッセは頷いて、しばらく口を閉ざした。色々と思うところがあるらしい。ヨニも黙ってセラフィの着替えを続けている。

「コル領の隣であるカク領は、被害がなくて無事な数少ない領地です。ただ汚染されたコル領と隣接しているため、領民達は日々を不安の中で暮らしています。浄化の優先順位としては、一番の場所です」

「そうか……それは急いだ方がいいですね」

光樹は納得して頷いた。だが狼が、光樹の足に体を摺《す》り寄せて、クウと鼻を鳴らした。

「狼さん、なに？　大丈夫だよ。ただ……僕が元のセラフィみたいになれたら、もっと一度にたくさんの範囲を浄化できるかもなって考えただけだよ」

「セラフィ様！」

何気なく狼に向かって言った光樹の言葉に、ヨニとラッセが驚きの声を上げた。その二人の反応に、光樹は驚いて目を丸くする。

「とんでもありません！　いくらセラフィ様でも、そんなに広い範囲の浄化なんて出来ませんよ！」

「昨日の浄化だけでも十分に素晴らしいものでした。あれ以上など無理なことをお考えにならないでください！」

すごい剣幕で二人に窘められて、光樹は驚きつつも苦笑して「すみません」と答えた。

その後は食事をして、いつものお祈りをして、昼食をとって、午後からはのんびり過ごしましょうと言われた。

光樹は狼を連れて中庭に向かった。もちろんラッセの護衛はつく。

花畑の中に狼を座らせて、それを絵に描き始めた。

「じっとしていてね」

光樹がお願いすると、狼はじっと大人しく座っている。

「セラフィ様は……その狼がよほどお気に召したのですね」

椅子に座る光樹の隣で、インク壺を持って立つラッセが、ぽつりと呟いた。狼は澄ました顔をしている。光樹はちらりとラッセの顔を見た。

「この後、ラッセにもモデルになってもらいますからね」

そう言ってふふと笑ったので、ラッセは赤くなって狼狽えた。

「いえ、私は別に……絵に描いてもらいたいわけでは……」

「命令だよ」

光樹はそう言ってニッと口の端を上げた。

柔らかなそよ風が頬を撫でる。森からは鳥の囀りが聞こえる。花の上にはひらひらと蝶《ちょう》が飛び交い、狼の頭の上に止まった。平和な風景だ。

昨日の戦いがまるで嘘のようだと思った。こうしていれば、モデルが狼だという非日常を除けば、日本にいた時と変わらない。

紙の上にペンを走らせながら、光樹はぼんやりと考えていた。最近、ふとした時に自分では知らないはずのことを、知っていると気づくことがある。どうでもいいようなことだが、例えば初めて食べる料理なのに、材料の野菜のことを知っていたり、自分の好物だと分かっていたり、昨日だってそうだ。あの激しい戦いの中、怖くて混乱していたはずなのに、浄化と結界は自然と体が動いていた。

記憶が戻るのは良いことのはずなのに、なんだかとても不安になる。思い出すのと同時に、向こうの

世界でのことを忘れていっている気がするのだ。

　実際のところ最近はほとんど、家族のことや学校のことを考えなくなっていた。意識すれば思い出すけれど、それは意識しないと思い出せないということだ。

　家族を思って寂しいと思うこともなくなった。あんなに心配だった母のことさえ……。元々情が薄いのだと思えばそれまでなのだが、記憶がなくなるのは怖い。

　そんなことを鬱々《うつうつ》と考えてしまって、一人で眠るのが不安で寝付けないこともあった。だけど昨夜は久しぶりに熟睡が出来た。

　不思議な狼さん。彼は光樹のことをなんでも分かっているように見える。

『本当に恋しちゃいそうだよね……こういうのをなんていうんだっけ？　女子生徒達がなんか言っていたな……ケモ好き？』

　ふと視線を向けると、そこには花の上にあぐらをかいて座り、優しく微笑む男の姿があった。軽く後ろに撫でつけたような無造作な黒髪は、陽の光でほんのり赤みを帯びている。獅子の鬣を思わせるような髪だ。凛々《りり》しい眉の下の双眸は、銀色をしている。すっと通った鼻筋、大きく形のいい口、日に焼けて健康的な美男子は、光樹を真っ直ぐに見つめている。

「えっ……」

　光樹は驚いて目を瞬かせた。するとそこには銀色の毛並みの大きな狼が静かに座っているだけだ。

『見間違い？　にしては、白昼夢すぎるよね』

　光樹は思わず目を擦った。

「いかがされましたか？」

　ラッセが声をかける。

「あ、うん、大丈夫。目にゴミが入っただけです」

「擦ってはいけませんよ」

「うん、もう大丈夫」

　心配するラッセをごまかしながら、光樹は息を吐いた。

『一瞬、心臓が跳ね上がっちゃったよ……めちゃめ

ちゃカッコいい男の人に見えた。え？　狼の擬人化？　僕、益々やばくない？』

　光樹は焦りながら絵を描き続けた。

『あれ？　でもさっきの男の人……見覚えがある……なんだっけ？　あ、そうだ……』

「ヴィルヘルム」

「セラフィ様？」

　思わず声に出してしまって、光樹は赤くなった。

「な、なんでもない……ほら、完成！　狼さん、見て！」

　光樹は描き上がった絵を、狼の方に向けた。狼は立ち上がり、ゆっくりと歩いてきて絵をじっと見ている。尻尾を振ったので気に入ったようだ。

「ちょっと休憩して、次はラッセね」

　持ってきた水差しの水を、コップに注いでいたラッセは、びくりと震えて水を零しそうになった。

「からかうのはお止めください」

　ラッセに差し出されたコップを受け取り、笑いながら水を飲む。

「少し美男に描きすぎではありませんか？」

　ラッセの絵を覗き込みながら、ヨニが不満そうに呟いた。

「そ、そんなことはないだろう」

　ラッセが少し赤い顔で否定する。

　午後のお散歩兼お絵かきから戻ってきた光樹達だったが、留守番をしていたヨニに、ラッセが自慢気に絵を見せたので、そんな展開になっていた。

「そもそもラッセは護衛の仕事中でしょう？　何をしているんですか？」

「別に私は……セラフィ様が……命令だとおっしゃるので……」

「その割には嬉しそうにニヤニヤしていたではないですか？　私にみせびらかしたりして」

「みせびらかすって……」

　二人のやりとりを見て、光樹は楽しそうに笑っている。

「ヨニ、そこに座って、絵を描いてあげる」

「え!?　いえ、そんな……今は仕事中ですから」

「そんなことを言ったら、ヨニの休み時間なんてほとんどないでしょう？　命令です。座ってください」

光樹に命じられて、ヨニは仕方なく……嬉しそうに、言われた通りに椅子に座った。ラッセは肩を竦めてそれを見守る。

賑やかで楽しい時間は、光樹の不安を取り除く効果がある。狼は光樹の隣に座り、優しい眼差しで見守っていた。

夕方になりヘルマン達が帰ってきた。

「ヴィ領の領地内はすべて浄化されていました。それどころか隣のセク領の一部まで範囲が及んでいましたよ。ご安心ください。オッデ領の人々はとても喜んでいて、我々が行った時にはすでに、ヴィ領とセク領との境界に壁を作る準備を始めていました」

ティモの報告に、光樹は安堵した。

「コル領はいかがでしたか？」

問題の土地について、不安に思いながらも続けて尋ねる。ヘルマンとティモは顔を見合わせた。

「かなり汚染が進んでいます。ヴィルヘルム様が爆発によって空けた大穴に、雨水が溜まってそれが汚染によって毒沼に変わっていました。ゴブリンだけではなくウォーウルフも確認されています。我々でかなりの数は殲滅いたしましたが……」

ヘルマンがぼそぼそと言いにくそうに報告をした。

「それでは隣接しているカク領の人々は怖い思いをしているでしょうね」

光樹が眉根を寄せながら言うと、ティモが頷いた。

「はい、すでにヴィ領の浄化の話が届いていて、カク領の領主から一刻も早く、セラフィ様に浄化をお願いしたいと頼まれました」

「そうですよね……明日、参りましょう」

光樹が決意を固めて言ったが、ラッセとヘルマンは難しい表情で顔を見合わせる。

「せめてあと一日お待ちください。セラフィ様のお許しをいただければ、明日は私もヘルマン達と一緒にコル領へ行って、魔の物の殲滅を行います。セラ

フィ様の身の安全を第一にしたいのです」

　ラッセが必死の様子で訴えたので、光樹は迷いながらも承諾した。

「セラフィ様は私がお守りいたします」

　ヨニが光樹を安心させようと、笑顔で言った。

「ここならば安全です。それに狼がセラフィ様を守るでしょう」

　ヘルマンのその言葉に、全員が目を丸くした。

「ヘルマンは……狼を認めているんですね」

　光樹が不思議そうに尋ねたので、ヘルマンはばつが悪そうに顔を歪めた。

「一度喧嘩をしたから、分かり合えているんじゃないですか？」

　ティモが冷やかすように言ったので、ヨニ達が笑った。

「喧嘩？　ヘルマンは狼さんと喧嘩をしたんですか？」

　光樹がさらに不思議そうな顔で尋ねたので、全員が「しまった」と顔色を変えた。すると狼がヘルマンの下へ歩み寄り、尻尾を振りながらヘルマンの手をペロリと舐めた。

「お、おやめください！」

　驚いたヘルマンが、手を引っ込めながら少し赤くなった。

「なんで敬語？」

　ラッセが変なところに気がついて突っ込みを入れた。

「さては狼の舎弟になったんだね？」

　ティモが笑いながらそう言ったので、全員が笑い出した。

「からかうな！　やめろ！」

　おかげでその場の緊張が解れた。

「ヘルマン、ティモ、ちょっと僕の側に来てくれますか？」

「はい」

　二人は何事かと思いつつも、顔には出さずに素直に前に進み出て、光樹の前に膝をついた。光樹は立ち上がり、両手を差し出して左右の手をそれぞれ二

人の頭の上にそっと置いた。するとその手の周りがぽうっと光って、光は二人の体をふわりと包んだ。

　癒やしの術によって、体に力が満ちるのを感じて、二人は驚いたように光樹を仰ぎ見た。

「今日は特に大変だったと思うので、少しでも疲れを癒やしてあげたくなったんです。二人ともいつも魔の物の殲滅に行ってくださってありがとうございます。とても危険な役目なのに、二人とも当たり前のような顔で行くから、僕はよく分かっていませんでした。でもこの前初めて目の前で戦っている姿を見て、本当にいつもがんばってくださっていて、僕の労いが足りなかったと思います。二人にはとても感謝をしています」

「セラフィ様……」

　二人は思いがけない言葉に、頬を上気させて言葉を詰まらせていた。

「僕も早く記憶を取り戻して、英雄王を見つけないといけないですよね。いつまでも王が不在というわけにもいかないし、ヘルマン達の主がいないままでは辛いですよね」

　光樹は二人の頭の上から手を引っ込めて、ニッコリ笑ってみせた。その笑顔が少しばかり無理しているように見えて、ヘルマンは胸が痛くなる。ヴィルヘルムの言葉が頭に浮かんだ。

『セラフィはとても苦しんでいる』

「セラフィ様」

　ヘルマンは思わず口を開いていた。

「なんですか？　ヘルマン」

　光樹は微笑みを浮かべてヘルマンに返事をした。

「セラフィ様は十分に、セラフィ様としての役割を果たされておいでです。記憶があるとかないとか、それはもう関係ありません。我々にとってはもう貴方がセラフィ様です。どうか記憶のことは、あまり気になさらないでください」

　その言葉がヘルマンから出るとは思わず、光樹は驚いて目を丸くしている。もちろん驚いたのは光樹だけではない。隣にいるティモも目を丸くしてヘルマンを見つめているし、後ろに控えているヨニとラ

ッセも驚いていた。

「英雄王を見つけ出すことは、たしかに急務かもしれませんが、今まで三人の王達は、それぞれ偶然の中で見つけ出されています。必死に探したわけではありません。必要な時に現れたのです。ですから今回もきっと、必要だという時に姿を現すでしょう。そしてそれはきっとセラフィ様には分かるはずです。焦る必要はありません。我々もセラフィ様を守りながら、その時が来るのを気長に待っております」

ヘルマン自身、ずいぶん饒舌になってしまっていると驚いていた。ベラベラと淀みなく、よくもここまで言葉が出てくるものだと感心する。だがそれは自分の今までの態度が、セラフィを傷つけていたのではという後悔から来る言い訳のようなもので、必死に取り繕おうと弁明しているだけだ。

分かっているが、そんな自分を恥ずかしくも感じて、余計に言い訳の言葉が止まらなくなってしまう。

「ですからどうかセラフィ様……」

「ヘルマン」

光樹がヘルマンの言葉を制した。我に返ったヘルマンが、視線を光樹に向けて言葉を飲み込んだ。とても優しい顔を向けるセラフィに、何も言えなくなったのだ。

「二人を励まし癒やすつもりが、反対に励まされてしまいましたね。ヘルマン、普段余計なことを話さない貴方だからこそ、その言葉は胸に沁《し》みます。ありがとう」

ヘルマンは恥ずかしさと誇らしさの混じったなんとも言えない顔で、無言で頭を下げた。ティモも同じような顔をして頭を下げている。

光樹はなんだか不思議な感覚を覚えていた。今話しているのは自分なのかセラフィなのか分からないというものだ。だけどヘルマン達と少しばかり、気持ちが通じたように思えて、充実感に包まれていた。

「それでは明日は無理をしないように気をつけてください」

光樹がヘルマン達に声をかけたので、三人は真剣な表情に変わり「はい」と返事をした。

その夜も、ベッドに横になる光樹の隣に狼が添い寝をしてくれた。

「狼さんは……僕のことを何でも知っていそうだけど……僕が本当はセラフィではないってことは知っている？」

　光樹がそう話しかけると、狼はゆるりと首を振った。

「僕はね、セラフィじゃないんだ。神森光樹っていうこことは違う世界の人間なんだ。だけど本当の本当はセラフィで……セラフィが死にかけて、英雄王と大地の神が、セラフィを助けるために異世界に転生させたんだよ。それが僕……色々あって、こっちに戻ってきたけど……体はセラフィのままなんだけど、中身がね……セラフィじゃないんだ。セラフィの記憶がなくて……でも早く記憶を取り戻さないといけないんだけど……迷っているんだ」

　光樹は手を伸ばして、狼の頭を撫でた。狼はクーンと小さく鳴いた。

「僕が完全なセラフィになったら……僕はどうなるのかな？」

　不安そうな顔で、無理に微笑む光樹の頬を、狼はペロリと舐めた。

「慰めてくれるの？　ありがとう」

　光樹は微笑んで、狼の頭を何度も撫でる。

「そうだ。狼さんはヴィルヘルム様って知ってる？　英雄王なんだけど」

　すると狼が尻尾を振った。

「あ、知ってるんだ！　どんな人だろう？　かっこよさそうだよね。あのね、これは知ってる？　セラフィはヴィルヘルム様に恋をしているんだよ」

　すると狼はワウッと小さく鳴いた。

「僕も色々と学んで考えたんだけど……歴代の王様とセラフィって、どんな関係だったのかな？　って……王様はみんなセラフィのことが大好きだったと思うんだ。そしてセラフィも……だけどセラフィは神子だし、ヨニ達の話によると赤ちゃんみたいに無

垢だったんだよね。だから恋しているって感情がよく分からなかったと思う。僕が感じるセラフィのヴィルヘルムへの想いも、すごく淡い恋心だもの……でも唯一無二なんだ。セラフィにとってはヴィルヘルム様だけ……」

　すると狼は耳をピクピクと動かした。それを見て、光樹はふふっと笑う。

「興味ある？　向こうの世界にいる頃から、ずっと夢で見てきたから、セラフィの恋心も共感しているんだ。だから僕の初恋はヴィルヘルム様かなぁ……これっておかしいかな？　僕はセラフィなのに、セラフィが恋しているのはヴィルヘルム様で、それに感化されて僕もヴィルヘルム様に恋していて……」

　光樹は眠くなってきたのか、ひとつ欠伸をした。

「だけど……セラフィの記憶が戻ったら……僕のこの想いも……消えてしまうのかな？　……ああ、でもセラフィの記憶が戻ったら……ヴィルヘルム様がいない世界は悲しいかな？　なんか……どうしたらいいのか……分からなくなってきたよ」

　光樹はすっと目を閉じた。眠りに落ちたのか、安らかな寝息を立てている。狼はしばらくその寝顔を見つめていた。

『セラフィ……力を貸してくれ……この者の不安を取り除き、セラフィとして幸せにしてやりたいのだ』

　ヴィルヘルムはどんな形になったとしても、セラフィを愛する気持ちに変わりはないと思っていた。この神森光樹という精神のセラフィも、また愛しい。

「あれ？　ここはどこだろう？」

光樹は辺りを見回した。だがすべてが真っ白で何も見えない。上も下も右も左もすべてが真っ白の世界だ。

「これは……夢だよね」

光樹は一人で納得した。もう不思議な夢には慣れ切っている。世界のすべてが真っ白なんて、夢以外の何物でもないだろう。とりあえず光樹はしゃがんで地面を触ってみた。

「触れる。地面がある。感覚があるかどうかは怪しいけど……宙に浮いているわけじゃないんだな」

光樹は一人で納得して立ち上がった。

「どうしようかな……こういうのって本当は苦手なんだよね。修学旅行で行った清水寺《きよみずでら》の胎内巡りがすっごく怖くて……あれは真っ暗だったけど、こういう視界を奪われる空間は、上下左右の感覚もおかしくなるから、とても不安になるよね」

べらべらと一人でしゃべり続けているのは、不安をごまかすためだ。じっとしているのも不安で、そろそろと歩き出す。

「狼さんが来てくれないかな……狼さん！　いませんか？　都合のいい夢になってよ」

辺りに向かって呼びかけるが、もちろん返事はない。

「光樹」

名前を呼ばれて、びくりと肩が震えた。こっちの名前で呼ばれるのは久しぶりだ。最近はヨニと二人きりになることが少なくて、ヨニからも呼んでもらえていない。

「誰？」

知らない声だったので、少し警戒しつつも声のする方を振り向いた。そこに立っていたのは、セラフィだった。光樹は驚いて言葉を失い立ち尽くした。

「え？　どういう……こと？」

セラフィは光樹を見つめて微笑んでいる。思わず自分の手や体を確認した。同じように細くて白い手足は、神森光樹の体ではない。淡い緑色の長い髪も自分のものだ。この体も間違いなくセラフィ。それなのに目の前にもセラフィ。

「セラフィ？」

「はい」

セラフィは柔らかく微笑んで頷いた。

『ああ、本物のセラフィはとても可憐《かれん》で優しそうだな』

光樹はそんなことを考えた。

「光樹、貴方もセラフィでしょう？」

「わっ……考えが読まれている？」

光樹は赤くなって口を両手で塞いだ。セラフィはクスクスと笑っている。

「あの……これはセラフィがやったの？」

光樹は辺りを見回しながら言った。

「ええ、貴方に逢《あ》いたくて……でも貴方に逢うためには、どこでもない場所でしか逢えないから」

「どこでもない場所……ね」

光樹は納得したように呟いて、改めて周りを見回した。

「それで……僕に用ですか？」

「ええ、光樹……私を拒まないでください」

セラフィはそう言って、少しばかり悲し気な顔をした。光樹はその言葉と表情に、思わず言葉を詰まらせてしまった。なんと返事をすればいいのか分からない。

「拒む……」

言葉を反芻して、セラフィの言いたいことを理解した。それは記憶が戻らないということなのだろう。

「別に……拒んでいるつもりはないんだけど……戻したくても、記憶が戻らないんだから仕方ないでしょ」

光樹は言い訳を言ったが、セラフィと目を合わせられなくて、視線を泳がせた。セラフィは黙っている。しばらく沈黙が続いて、セラフィがどんな顔をしているのか気になって、光樹はセラフィへ視線を向けた。

セラフィは上を見ていた。何かを祈っているようにも見える。思わず釣られるように、光樹も上を見た。もちろん何もない。真っ白なだけだ。

「分かっています。とても勇気がいることだと思います。でも誤解して欲しくないのは、私の記憶が戻っても貴方は貴方だということです」

セラフィはそう言いながら、ゆっくりと顔を正面に向けた。再び光樹を見つめている。光樹も上を向くのをやめて、セラフィを見た。

セラフィはもう寂しそうにはしていなかった。目が合うと優しく微笑む。

「光樹、貴方は私がなりたかった私。貴方は私の憧

れ。だから貴方と一緒になりたいのです」

「僕が憧れ？　セラフィの？　そんな馬鹿な……僕は何の取り柄もない極極《ごく》平凡な日本男児ですよ。唯一の才能は絵が描けることです。それだってセラフィの記憶を夢で見たおかげで、他の人が描けない絵を描いただけで……。僕が絵で成功したのは、セラフィのおかげでそれを個性に出来たからです。セラフィがいなかったら、僕はもっと平凡でした。だからセラフィが憧れる要素なんてひとつもないんですよ」

　光樹は肩を竦めながら答えた。とんでもない話だと思っていた。だがセラフィは首を振る。

「貴方は私が持っていないものをたくさん持っています。貴方は泣き、笑い、怒ることが出来る。人を笑わせることも出来る。たくさんの人の心を掴むことが出来る。そして何よりも……自分の気持ちを正直に話すことが出来る」

　セラフィは真剣な顔で言った。光樹はぽかんとした顔をしている。それのどこが憧れだというのだろう。そう思ったが、神子で赤子のように無垢な存在だということを思い出して、そうなのかと理解した。

「セラフィは、ヨニとおしゃべりがしたいの？」

「ええ、たわいもない話をして笑い合いたい」

「ティモやラッセやヘルマンとも？」

「ええ、もちろん」

「ヴィルヘルム様とも？」

「ええ、ヴィルヘルムに会いたい」

「でも……ヴィルヘルム様は……」

「います！」

　セラフィが大きな声できっぱりと言った。珍しく感情を露わにしたその言葉に、光樹は驚いた。

「いるの？　どこに？」

「彼が連れていってくれます」

「彼？」

「貴方の側にいるでしょう？」

　言われて光樹は考えた。側にいるのはヨニとラッセ。だけどどこの言い方は二人のことではない。そうだとしたら……。

「狼さん？」

　驚きつつそう答えると、セラフィは大きく頷いた。

「なんで？　いや……うん、そうだね、本当は分かっていた」

　光樹は言いかけた疑問の言葉を飲み込んだ。薄々気づいていたことだ。そしてどうしてあんなに惹かれたのかという意味も。

「セラフィ、ひとつ教えて、記憶が戻っても僕は僕って本当？　セラフィの記憶が戻っても、僕の記憶はなくならない？」

　光樹は必死な様子で尋ねた。セラフィは笑顔で頷く。

「はい、なくなりません」

「本当の本当に？」

「ええ、本当です。私達が一緒になれば、私ではない私になり、光樹ではない光樹になるだけです。私は私がなりたかった私になれるのです。貴方のように、感情を持ち合わせた……自分の気持ちを言葉で表すことの出来る私に……」

「じゃあ、僕はセラフィみたいに何でも出来る強い人になれるんだね」

「私が……強い？」

　セラフィは思いもかけない言葉に驚いている。

「そうだよ、だって全属性でしょ？」

　光樹がニッコリと笑って両手を差し出した。セラフィはその手を両手で握る。

「一緒になろう」

「一緒になりましょう」

　二人は強く抱きしめ合った。


「おはよう」

　目を開けると、目の前には狼の鼻が見えた。光樹の挨拶に答えるように、ペロリと額を舐められる。光樹はくすぐったくて、首を竦めて笑った。

「不思議な夢を見たんだ」

　光樹は狼の頭を撫でた。

「セラフィと……一緒になって……」

光樹は狼に話しかけていたが、頭の中を駆け巡る色々な場面に口を噤んだ。

セラフィがこの世に生を受けた時のこと、この場所に聖地を作った時のこと、ヨニ達が分からないことだらけの中、一生懸命にセラフィのために尽くしてくれたこと、最初の英雄王を見つけたときのこと……。

どんどん記憶が積み重なっていく、楽しいこと、辛いこと、悲しいこと、すべてはセラフィの記憶だ。そしてヴィルヘルム。思い出すだけで胸が苦しくなる。この恋はセラフィのものなのか、光樹のものなのか、今はもう分からない。

「初恋なんだよ……僕にとっても、セラフィにとっても……セラフィはいつも自分だけの王様に恋をしていたんだ。恋だと分からなかっただけで……そしてヴィルヘルムではっきりと気持ちが固まったんだ。三人目、三回目の初恋……三回目なのに初恋っておかしいかな？　だけどセラフィは、いつも初めての気持ちなんだよ。僕も入れて四回目だ。今度こそ、ちゃんと好きだと伝えないとね」

光樹は勢いよく起き上がった。大きく背伸びをする。

「狼さん、ヴィルヘルムに会わせてください」

狼は起き上がり、両耳を動かして尻尾を振った。

「セラフィ様、おはようございます」

「ヨニ、ラッセ……今日は僕もコル領に行きます」

「セラフィ様！」

突然の宣言に、二人は驚いた。

「セラフィ様、突然どうしたのですか？　今日は私がヘルマン達と共に、コル領の魔の物の殲滅に行き、セラフィ様の安全を確保する予定です。明日までお待ちください」

ラッセが困惑したように、改めて昨日立てた作戦を述べた。ヨニも一緒に頷いている。

「無茶なことをするつもりはありません。でもやっぱり一日でも早く、大地の穢れを取り去りたいのです。狼さんも力を貸してくれると言っています。僕は貴方達四人がいれば、何も怖くありませんから

……守られているばかりではいけないなって……僕も皆と一緒に人間を導く役目を果たしたいのです。ヨニ、ラッセ……我が儘を言っていると……心配をかけてしまうかもしれませんが、一緒に行ってもらえませんか？」

ヨニとラッセは、セラフィがいつもと少しばかり違うように見えた。二人ともしばらく考え込んでいたが、どちらも互いに相談することなく決意を固めたようだ。

「分かりました。一緒に参りましょう」

二人は同時に答えていた。

「本当に狼に乗っていくんですか？」

ヨニが心配そうに尋ねる。

「うん、僕は馬に一人では乗れないし……でも狼さんは連れていってくれるから」

湖を渡ったところで、繋いである馬をラッセ達が連れてくると、光樹が狼の背に乗っていたので、皆が怪訝そうな顔をする。

「私と一緒でいいじゃないですか」

なおもヨニがごねるが、光樹は笑顔で首を振った。

「皆、僕についてきてね。はぐれないようにね」

「セラフィ様、というか狼、我々を撒《ま》くような真似はしないでくれ」

ラッセが狼にびしりと言ったので、光樹は狼と顔を見合わせる。

「あんまり飛ばさないでね」

光樹は狼に向かって、一応お願いをした。狼は尻尾を振ったので、それを了承と判断して、光樹はふふっと笑う。

「じゃあ、行きましょう」

光樹の号令で一行は出発をした。行き先はコル領、聖地の南だ。

「まずは聖地の森の中を抜けて、聖地の結界とコル領との境界まで行きましょう」

ヘルマンの指示を聞いて、狼は駆けていく。四人の従者達は引き離されまいと必死に馬を駆けさせた。

森の中を南下し、やがて森が切れると目の前に草原が現れた。なだらかな丘陵地が広がる。坂を一気に駆け上がると、目の前には信じられない光景が広がっていた。

突然線を引いたように、草原と荒れ地の境目がある。荒れ地はヴィ領で見たものよりも酷かった。地面は灰色と紫のまだら模様になっている。所々に立ち枯れの木々があり、その遙か先には大きな沼地があった。

「あれが毒の沼地？」

光樹は眉根を寄せて、彼方を指さした。

「はい、かつてはコル領内一番の大きな町があった場所です。ソーサラーとの激戦の末、陛下の特大魔法で町ごとソーサラーを消しとばしたのです」

ラッセが厳しい表情で答えた。

光樹は狼の背中から降りて、丘をゆっくりと歩いて下りていった。狼が光樹を守るように寄り添って歩く。

「セラフィ様！　お待ちください！」

「こちらの聖地内は安全なのでしょう？」

ラッセ達が馬を下りながら、慌てて引き留めようと名前を呼んだ。光樹が振り返って笑顔で答える。

「これ以上、皆さんを危険な目に遭わせたくないから、この安全な場所から、出来る限りの範囲で浄化をしてみます」

光樹は再び歩き出した。狼がぴったりと側をついて歩く。ラッセ達は困惑したように顔を見合わせた。

「今日のセラフィ様は……なんだかいつも違う気がします」

ヨニがぽつりと呟く。その言葉を拾って、ティモが首を傾げた。

「それは良い意味で？　悪い意味で？」

「……悪い意味だったら、ここへ来るのを許していませんよ」

ヨニはそう答えて、光樹を追いかけるように走り出した。ティモはそれを聞いてラッセ達と顔を見合わせた。

「我々も行こう」

ヘルマンがティモの背中をポンと叩いたので、三人は光樹の下へ向かった。

光樹は草原と荒れ地の境目まで来た。ここまで来るとさすがに腐臭が目に痛い。

『きっと出来るはず』

光樹はその場に膝をついた。両手も地面につけて大きく深呼吸をした。浄化の呪文を詠唱し始める。

『広く、広く……どこまでも広い草原をイメージしよう。地平線までの緑の野をイメージするんだ』

光樹は強く願った。すると少しばかり魔力を送り込む力が軽くなった。目を開けると、地面につけた手に重ねられた手があった。ヨニの手だ。ヨニが光樹を見つめて微笑みながら力強く頷く。

光樹は安堵して詠唱を続けた。手の先から力が流れ出るのが分かる。

『光を満たそう。この大地いっぱいに』

詠唱が終わると、地面を緑の光が走り、みるみる大地が浄化されていった。毒の沼地も光に包まれる。光樹達のいる場所から見える範囲すべてが、緑の野に変わっていた。

「セラフィ様、浄化が成功です。それもこんなに広域に……」

ヨニが弾む声で告げた。だが光樹はまだ集中を切らしていなかった。続けて結界の呪文を詠唱した。大地を光の線が凄まじい速さで駆け抜けた。やがて空気が唸り、結界が完了する。魔の物の気配が消えた。

「セラフィ様……すごい……まるで元通りに力が戻られたようだ」

ラッセが感嘆の声を漏らした。

「セラフィ様、お体は大丈夫ですか？」

ヨニに手を貸してもらって、光樹は立ち上がった。自分でも驚くぐらいに体が軽い。大きな魔法を使った後とは思えないくらいだ。疲れなど感じない。

「ラッセ、私は私です」

光樹がそう言ってふわりと笑ったので、ラッセは目を丸くした。

「私？」

　ラッセは『僕ではなく？』と言いかけた言葉を飲み込んだ。そしてセラフィを見つめる。

『今日のセラフィ様は……なんだかいつも違う気がします』というヨニの言葉が頭に浮かんだ。何かが変わった。でも何も変わっていない。

　ラッセは何度か瞬きをした。

「記憶が戻られたのか？」

　誰にも聞こえないほど小さな声で呟いていた。

「皆さん、行きましょう」

　光樹はそう言って狼の背中に乗った。

「ど、どちらに行かれるのですか？」

　ティモが尋ねる。

「分かりません、狼さんが連れていってくれます」

「え！」

「お、お待ちください！」

　ティモ達は慌てて指笛で馬を呼び寄せた。すでに駆け出した狼の後を必死で追いかける。

　狼は緑の大地を力強く駆けた。大穴の横を通り、さらに奥まで駆けていく。やがて小さな岩山の前に辿り着いた。

「ここですか？」

　光樹の問いかけに狼は頷き、光樹を背中に乗せたまま斜面を登っていく。しばらくして、狼が足を止めた場所は、そこだけが不自然なくらいに茨の生い茂った場所だった。

　光樹は狼と共に、その場所に立って、皆が来るのを待った。茨がどうにも出来なかったからだ。

「セラフィ様」

　一番にヘルマンが追いついた。肩で息をしている。その後からラッセ、ティモ、ヨニがやってきた。

「この茨を取り除けますか？」

　光樹が指さす先を、ヘルマン達が見て顔を見合わせた。

「オレの大斧だと何もかも壊してしまいそうだ」

　ヘルマンはそう言って、斧はやめて腰の短剣を抜いた。ラッセも剣を抜いて、二人でザクザクと茨を斬り始めた。

「この茨は魔除けの効力があります。だけどこの地

が浄化される前から、ここだけにこんなに生えていたとするなら……何かを守っていたのですね」

ヨニが光樹に教えてくれた。光樹は心配そうな顔で成り行きを見守っている。

茨を取り払うと、小さな洞穴が現れた。人が一人なんとか入れるくらいの小さな穴だ。その穴の中にも緑の蔦のようなものが密集して生えている。

全員が穴の中を覗き込んだ。

「あれも魔除けの薬草です。こんなにたくさん……ここだけが長い間汚染から免れていたみたいですね」

ヘルマンが屈《かが》んで、穴の中に手を入れ、丁寧に蔦を短剣で刈っている。しばらく刈り続けたが、穴から出てきて息をついた。額に玉のような汗が浮かんでいる。

「ティモ、悪いが続きをやってくれ、オレでは穴の中に体が入らない」

「何をすればいいの？」

ティモが不思議そうな顔で尋ねる。ヘルマンはとても真剣な顔で指示を出した。

「蔦を刈り取ってくれ、だが蔦に包まれているものを切らないように慎重に頼む」

「蔦に包まれたもの？」

ティモは首を傾げながらも、ヘルマンに代わって穴の中に潜り込んだ。ザクザクと蔦を切る音だけがする。皆は洞穴の外でじっと見守っていた。

「中に何があるんですか？」

ヨニがヘルマンに尋ねた。

「大切なものだ」

ヘルマンはそれだけ答えた。

「わあ！」

突然、ティモが悲鳴を上げて、飛びのくように洞穴から出てきた。勢いづいて尻もちをついている。

「どうしたんですか？」

ヨニがティモに手を貸して立ち上がらせながら尋ねると、ティモはブルブルと首を振った。

「分からない……分からないけど、蔦を取り払ったら、なんか人間の死体が出てきた」

「人間？」

ラッセとヨニが顔を見合わせる。

「ヘルマン！　彼を出してください！」

光樹がヘルマンに頼んだ。ヘルマンは黙って頷き、膝をついて体を屈めると、穴の中に手を入れて、慎重に何かを引きずり出した。

足の方から出てきて、体が半分出たところで、上半身を抱えるようにしてヘルマンが穴から脱出する。

ヘルマンが抱えているものを見て、ヨニ達は声にならない悲鳴を上げていた。

「ヴィルヘルム！」

光樹がその体に縋りついた。

「陛下……」

ヘルマンも感慨深いという表情で呟いた。

ラッセ、ヨニ、ティモはまだ驚きすぎて固まっている。

二十年以上が経っているとは思えない姿がそこにあった。もちろんヴィルヘルムは不老なので、二十年が経ってもその外見が変わることはないが、それは生きていればの話だ。

もしも死体であるならば、二十年も経っていれば白骨化しているはずだ。着ていた甲冑はボロボロで肩当てや胸当ては半分以上がなくなっている。それは戦いの際に失ったものだ。服も所々が破れていた。

眠っているようだが、顔色は青白い。あの陽に焼けた健康的な顔ではなかった。

「陛下は……生きていらっしゃるのですか？」

ヨニがようやく口を開いた。

「生きているかといえば、生きてはいない。だが死んでいるわけではない」

代わりにヘルマンが答える。

「ヘルマンは知っていたのか？」

ラッセが驚きの声を上げた。

「いや……ここに陛下の体があることは知らなかった。ただ……陛下と事前に話をして事情は聞いている」

「待て……事前に陛下と話したとはどういうことだ」

ラッセが眉間にしわを寄せて、さらに問い詰める。

「それは……」

ヘルマンがちらりと狼を見た。

『私だ。ラッセ』

狼が顔を上げてラッセに話しかけた。

「なっ……陛下？　狼が陛下なのですか？」

ラッセは混乱していた。そのやりとりを見て、ヨニとティモも混乱する。

『皆、落ち着いてくれ、私は魂の仮宿にこの狼の体を使っている。死にたくないと強く願っていたら、この姿になっていた。おそらくたまたま近くで我らの戦いの巻き添えになって死んだ狼がいたのだろう。咄嗟のことで何がどうなったのか、私自身も分からないのだが……こうして私は生きている。そして私の体を偶然見つけたのだ。狼の体では遠くへ運べないので、この洞穴に隠した。洞穴の中に結界の魔法陣を描いて、魔除けの草を植えた。この体で出来る精一杯だ』

三人はヴィルヘルムの説明を聞いても、まだ信じられないという顔をしている。

「魂を体に戻せないのですか？」

ヨニが尋ねた。

「自分では出来なかった。だがセラフィならば出来るかと……思ったんだが」

皆が一斉にセラフィを見た。セラフィは空の体に縋りついて泣いていた。

「セラフィ様……陛下を元に戻すことは出来ますか？」

恐る恐るヘルマンが声をかける。

「ヴィル！　分かりません……私は魂を肉体に戻す魔法など知りません。だから泣いているのです。体を取り戻せばもしやとも思いましたが……何も頭に浮かびません。セラフィの記憶にも……そんな方法はありません」

セラフィは泣きぬれながら、悲しげにそう言った。

「セラフィ様、記憶が戻られたのですね」

ラッセが嬉しそうに言ったが、ヨニがラッセを咎めるように、足を軽く踏んだ。

「一旦、宮殿に戻りましょう。セラフィ様、大地の神に尋ねてみてはいかがでしょうか？」

ヘルマンが提案したので、皆はそれを承諾した。

神殿の中央には、セラフィと狼が座っている。その横にはヴィルヘルムの肉体が横たわっていた。宮殿に戻ってから、ヨニとティモの二人掛かりで、ヴィルヘルムの体を綺麗にして、服も着替えさせていた。

従者達四人は神殿の入り口に立ち、中の様子を遠巻きに見守っている。

セラフィは祈りを捧げて大地の神を呼び出し、事情を説明した。大地の神は知っていたのか、特に驚くことはなかった。

ただ狼を珍しそうに見つめている。

『そなたも面白いことをしたな』

大地の神が含み笑いをしながら言ったので、狼は不機嫌そうに尻尾を丸めた。

『神よ、別に私は好きでこうなったわけではありません』

「父なる神よ……ヴィルヘルムが元に戻る魔法を教えてください」

セラフィが必死な様子で頼んだが、神は残念そうに首を振った。

『愛しい我が神子よ……これは魔法ではない。魔法でないものは、魔法では戻せぬ』

「魔法じゃない？」

セラフィは驚いて狼を見た。狼は首を振る。

『私も自分でどうやったのか分からない。神にも分からないのならば……』

狼は項垂れた。

『英雄王よ、私はそなたの魂と肉体が、ずっとこの地に留まって生を繋いでいることは知っていた。魂と肉体が……だ。だがどのような方法で、どのようにして、この地に留まっているかまでは分からなかったのだ。しかし……』

大地の神は右手を顎に添えて、考えるようにじっと狼と空の肉体を見つめている。

『これは英雄王、そなたの強い願いによってこのよ

うになっている。魔法ではない』

『強い願い!?』

　狼はグルルッと唸った。

　ヴィルヘルムは深く考えていた。確かにそう言われれば、これはヴィルヘルムが刹那に強く願った結果だ。生きたいと……なんとしても生きたいと強く願った。

『ならば私がもう一度強く願えば元に戻るのですか？』

『それも分からぬ。第一、それはそなたもすでにやってみたのではないか？』

　確かにそう言われればそうだとヴィルヘルムは思って、何も言い返せずにいた。元に戻りたいと何度願ったか分からない。

　狼の姿で各地を放浪して、荒れ地がどんどん汚染されていく様を見ていた。早く体に戻って、人間達を救わなければと、何度思ったか分からない。

『そなたは自分で呪いをかけている』

「呪い!?」

　セラフィが驚きの声を上げた。

『呪いといっても禍々《まがまが》しいものではない。制約じゃ。魔法はかけた者にしか解くことが出来ないだろう。それと同じようなものだ。英雄王のそれは、強い願いによってこのような形で生を繋いでいる。魔の物達との戦いの中でやったことだ。そなたは無意識にセラフィにしか解くことの出来ない鍵をかけたのだ。魔の物の手に落ちぬように……そなたもそれを無意識下で分かっていたから、セラフィに元に戻してもらおうとしたのではないか？』

　神の言葉に、セラフィと狼は顔を見合わせた。

『すまぬが私に分かるのはここまでだ……だが悪い未来は見えておらぬよ』

　大地の神はそう言い残して姿を消した。

「私が元に戻せるはずなのですね」

『セラフィ……すまない』

　セラフィはしばらく考え込んだ。

「大丈夫です。神様もああ言っていたし……きっと大丈夫です」

セラフィがそう言ってニッコリと笑ったので、狼は目を細めた。

『君は間違いなく光樹でもあるんだね』

「はい」


ヴィルヘルムの体は、ヘルマンによってセラフィの部屋に運ばれた。元に戻るまではセラフィの側が良いだろうということになったのだ。

ベッドに寝かせられているヴィルヘルムの顔を、セラフィが覗き込んでそっと頬を撫でた。

「ヴィル」

『私はここにいるのに、なんとも不思議な感じだ。君は私のことは『狼さん』と呼ぶだろう』

「すみません、僕がずっとそう呼んでいたので……体が目の前にあると、どちらもヴィルでは言い辛くて……」

セラフィは困った顔で狼に向かって言い訳をした。

『別に構わないよ……セラフィ、焦らなくてもいい。体を取り戻して、君とここにいられるのだから、今はそれだけでいい。この体では君を抱きしめられないのが残念なのだけれどね』

「私もそうです……でも僕は狼の体を抱きしめるのが大好きでしたけど」

セラフィはそう言って微笑んだ。

『確かにそうだったね』

「陛下、セラフィ様、私達はこれで下がらせていただきます」

それまで部屋の片付けをしていたティモとヨニが声をかけてきた。

「はい、今日も一日ありがとう」

セラフィが笑顔で答えた。

二人が下がり、それに続くようにラッセも一礼をして部屋を出た。これからラッセは扉の向こうで護衛をする。

セラフィはしばらくベッドに横たわる空の体を見つめていた。

「三人で寝るのは変でしょうか？」

『ベッドは広いから十分眠れると思うが……私としては複雑な気持ちだ』

狼はそう言って耳がペタンと後ろに倒れてしまった。それを見てセラフィがたまらず失笑する。声を上げて笑うセラフィを、狼が驚いたように見つめていた。

『何がそんなにおかしいんだ？』

「いいえ、申し訳ありません……私は……いえ、僕はやっぱり狼が好きみたいです。それに両手にヴィルヘルムというのも、なかなか体験できないことでしょう？」

そう言って再び笑うセラフィを、ヴィルヘルムは高揚する気持ちで見つめていた。『セラフィ』は冗談なんて言わない。だからこんなセラフィはとても新鮮だった。

狼は尻尾を振っていた。

『それじゃあ寝ようか』

「はい」

先にセラフィがベッドに入り、空の体の隣に横になった。その隣に狼が伏せをする。

「おやすみなさい」

『おやすみ』

突然目の前に血飛沫が上がった。

「なに？」

さっきまで森の中を散歩していたはずなのに、突然何が起きたのか分からない。

周囲に木々はなく、セラフィは地面に倒れていた。背中がひどく痛い。体に力が入らない。魔力が尽きたようだ。肩で息をしながら、なんとか顔を上げた。そこには血まみれのヴィルヘルムが仁王立ちに立っている。

「ヴィル！」

セラフィは大きく目を見開き、悲痛な声で叫んだ。起き上がろうとして、ふわりと体が宙に浮かぶ感覚に、何が起きたのか分からずに必死で両手を、ヴィルヘルムに向かって伸ばした。

魔法陣が完成して発動したのだ。セラフィの体が、魔法陣に吸い込まれていく。

この場面は知っている。コル領でのソーサラーとの激戦の時だ。瀕死のセラフィを、ヴィルヘルムが逃がそうと転移魔法をかけたのだ。このままでは異世界に転生してしまう。

セラフィはもがくように宙を両手でかきながら、ヴィルヘルムに向かって必死に手を伸ばした。

「愛している！」

ヴィルヘルムが叫んだ。

「忘れないでくれ！　オレだけが君の英雄王だ！」

「ヴィルヘルム！」

がばっと勢いよく飛び起きていた。

『セラフィ、どうした？』

優しい声に目を向けると、耳を立てた狼が、じっとこちらを見ている。

「そうだった」

セラフィは大きく息を吐いて、夢だったと両手で顔を覆った。

『怖い夢でも見たのか？』

「大丈夫です」

セラフィはドキドキと早鐘のように打つ胸を、ぎゅっと両手で押さえた。耳にヴィルヘルムの声がまだ残っている。

あの時、なぜヴィルヘルムはあんな言葉を言ったのだろう。『愛している』それは分かる。セラフィもそれに答えようとした。でも『忘れないでくれ！オレだけが君の英雄王だ！』となぜ言ったのだろう。

今までそれを忘れていた。転生して、神森光樹として生きてきて、夢で一度その場面を見たことがあったけれど、映像がぼんやりしていて、よく分からなかったし、あの頃は声もサイレントの夢だった。

「なぜわざわざ？」

『どうした？』

座ったまま一人でぶつぶつと呟いているセラフィに、怪訝な顔で狼のヴィルが尋ねる。

「ヴィルは三人目の英雄王ですよね」

『そうだが……どうしたんだい？　急に』

　セラフィは考え込んだ。『忘れないでくれ』と念を押すように言った。でもあの言葉はそれまで一度も言われたことはないはずだ。いつも言っている言葉ならば『忘れないでくれ』と言われるのは分かる。でも……とセラフィが思った時、はっと気がついた。

　その言葉が『愛している』よりももっと深い愛の言葉だということに……。

「ヴィル」

　セラフィは狼と向き直った。その目が少し潤んでいる。狼は首を傾げた。

「ヴィル、貴方だけが私の英雄王です」

　セラフィはそう言って、狼の口にそっと口づけた。その時だった。カッと激しい光が湧き起こった。空気が震える。

　セラフィはたまらず悲鳴を上げて、頭を抱えて目を閉じた。

　シンッと静寂が訪れる。それを破るように、勢いよく扉が開いた。

「セラフィ様！」

　剣を抜いたラッセが飛び込んできた。ベッドの上で頭を抱えて蹲るセラフィの姿を確認して、ラッセは慌てて駆け寄る。

「セラフィ様、お怪我は？　何があったのですか？」

「ラッセ……ヴィルが……!?　狼さんは？」

　セラフィは今まで目の前にいたはずの狼の姿がないので、慌てて辺りを見回した。

「セラフィ様……これは……」

　ラッセが床に落ちている何かに気がついて、その場にしゃがみこんだ。それは狼だった。だがヴィルヘルムの魂が入っていた時の、あの大きな体ではなかった。普通の大きさの狼だ。毛並みも灰色で銀ではない。すでに死んでいる。

「どういうことだ」

　ラッセは足下の狼の屍《しかばね》を見つめながら眉根を寄せた。

「ラッセ？　どうしたんですか？」

　セラフィが下を覗こうとしたが、ラッセが慌ててそれを止めた。

「セラフィ様、見てはなりません」

「どうして？　なにがあるの？」

　セラフィが訝し気にラッセに尋ねる。その時セラフィの背後で、苦しげな息遣いが聞こえた。

「うっ……んんっ……セラフィ……」

　ヴィルヘルムの声だ。セラフィとラッセは顔を見合わせる。

「まさか……」

「ヴィル！」

　隣に横たわっている空の体を振り返って見た。苦しそうに眉間にしわを寄せて、何度も首を振っている。空の体に魂が戻ったのだ。

「ヴィル！　ヴィル！」

　セラフィはヴィルヘルムの体に縋りついた。

「セラフィ」

　ヴィルヘルムは掠れる声で名前を呼んだ。

「陛下！」

　ラッセも感動に震えている。

　そこへ大きな足音を立てて、ヘルマンが駆けてきた。

「何事だ！」

　大きな声で叫びながら部屋の中に飛び込む。

「ヘルマン……夜中だ。声が大きいよ」

　ヴィルヘルムが眉根を寄せたまま、掠れる声でそう言った。

「え？」

　ヘルマンは何があったのか分からずに、呆然と立ち尽くしていた。


　夜中にも関わらず宮殿内は、宴会でもやっているような賑わいだった。

　セラフィの部屋には、従者達が集まっていた。ティモが温めてきたスープを、ヴィルヘルムに少しずつ飲ませている。泣いているヨニをセラフィが宥めて、ラッセがヘルマンをからかい、ヘルマンは怒りながらも嬉しそうだ。

　皆がヴィルヘルムの復活を喜んでいた。

「すまない、もういい」

　ヴィルヘルムがスープを断り、大きく息を吐いた。

「体が……泥人形みたいだ。上手く関節が動かない。とても体が重い」

「ずっと仮死状態だったのですから、しばらくは仕方がありませんよ」

　セラフィが微笑みながら、ヴィルヘルムを宥めた。

「もうお休みになった方が良いでしょう。明日、また話しましょう。皆はきっと話したいことがたくさんあるでしょうから」

「ああ、そうだな」

　ヴィルヘルムは頷いて目を閉じた。狼の時は元気だったのに、まったく動かない体に戻って、ほんの半刻ほど話をしたりしただけで、ひどく疲れてしまった。

　だがすべてが上手くいきそうだ。明日からのことを考えると、気持ちがとても軽い。よく眠れそうだ。

　そうヴィルヘルムは考えながら、すぐに眠りに落ちた。


「皆さんありがとう」

　セラフィはティモ達に礼を言う。

「いえ、礼を言うのは私達です。陛下を元に戻していただいてありがとうございます。こんなに早く戻るなんて……セラフィ様のおかげです」

　ティモは目に涙を浮かべていた。

「セラフィ様、こちらはいかがいたしましょうか？」

　ラッセが布に包まれて、部屋の隅に置かれている狼の亡骸を指して尋ねた。セラフィはせつな気に表情を曇らせる。

「そのままにしておいてください。明日、ヴィルが目覚めたらお別れをするか尋ねてみます。ヴィルの依り代になってくれていた体です。きちんとお別れを私とヴィルでしたいけれど、ヴィルの体はまだ動かないし、私は遺体に触れることが出来ませんから……お別れをした後に手厚く葬ってあげてください」

「分かりました」

　ラッセとヘルマンが頷いた。

「それではセラフィ様も今夜はゆっくりお休みくだ

さい」

　ヨニが涙を拭きながら挨拶をして、全員が部屋を出ていった。皆今夜は眠れないだろう。セラフィはそんなことを思いながら、従者達の喜びの笑顔を思い出して微笑む。

　ベッドに入り、ヴィルヘルムに寄り添うように横になった。胸に顔を寄せると心臓の音が聞こえて安堵する。

「明日起きたら何を話しましょうか……」

　セラフィは幸せの中で目を閉じた。


　翌朝、セラフィとティモに支えられながら、ヴィルヘルムは体を起こして、狼の亡骸に手を合わせた。

「偶然居合わせたのだろうが、今まで私の依り代になってくれてありがとう。これでようやく安らかに眠れるのだな」

「はい……ヴィル、歩けるようになったら一緒にお墓に参りましょうね」

「そうだな」

　ヴィルヘルムとセラフィは狼の亡骸に別れを告げた。

　亡骸は、ヘルマンが裏庭に運んで丁重に埋葬した。ヨニが墓標を立てて、魂を浄化する祈りを捧げた。聖地ならば大丈夫ではあるが、少しでも魔力を持っていた亡骸には、死霊が憑《と》りつきやすい。念のためにヨニが浄化したのだ。

　墓標にティモが花を手向けた。

「中身が陛下だとは気づかなかったけれど、実は結構気に入っていたんだ」

　ティモがそっとヨニに打ち明けた。

「へえ、そうなんだ」

「うん、ほら、あのヘルマンに苛ついて押し倒したのが、見ていて気持ち良かったからさ」

　ティモが舌を出してそんなことを言うので、ヨニは思わず噴き出してしまった。

「なんだ？」

　ヘルマンがジロリと睨んだ。

「たとえ狼の墓だろうと、こんな場所で笑うなんて不謹慎だぞ」

「すみません」

ヨニとティモは素直にペコリと頭を下げた。

「しかしたとえ偶然とはいえ、陛下の魂の依り代になれた狼だ。もしかしたらあの地にいた狼の主だったのかもしれないな。ただの狼とは思えない」

ラッセが手を合わせながら真面目な顔でそう言った。

「そうかもな」

ヘルマンも同意して黙とうをした。

「さあ、戻りましょう。ティモもヘルマンも、これから陛下のお世話で忙しくなりますね」

ヨニが笑顔で言うので、ティモも笑顔で頷いた。

「本当に嬉しいよ」

「ああ、そうだな」

ヘルマンも頷いた。その顔が笑って見えたので、ヨニとラッセは視線を交わして微笑み合った。

ヴィルヘルムが自分の足で普通に歩けるようになるまで半月はかかった。

「セラフィが毎日癒やしの術をかけてくれるというのに、なぜすぐに歩けないんだ？　セラフィの癒やしの術はどんな怪我も治せるだろう？」

セラフィから足や腕に癒やしの術をかけてもらいながら、ヴィルヘルムは不満そうに口を尖らせる。

「癒やしの術でヴィルの固まってしまった筋を治したり、運動のしすぎで痛めてしまった筋肉を治したりすることは出来ますけど、落ちてしまった筋肉を元に戻すことは出来ません。筋肉は鍛えなければなくなってしまうのですよ」

セラフィが宥めるように言ったが、ヴィルヘルムは不可解そうに首を傾げる。

「筋肉というのは腕や足にある肉のことか？」

「そうですね、まあ全身にあるんですけど……体を動かすための肉です」

「それは……向こうの世界の知識なのかい？」

ヴィルヘルムが微笑んで尋ねる。セラフィは少し恥ずかしそうに笑って頷いた。

「二十年以上仮死状態だった体ですから、あまり無理はしないでくださいね」

「君が嬉しそうだから、ついがんばってしまうんだよ」

　癒やしの術をかけている最中のセラフィの手に、ヴィルヘルムがそっと手を重ねる。セラフィは赤くなって手を引っ込めてしまった。

「すまない。うん、軽くなった」

　ヴィルヘルムは笑いながら立ち上がり、手足を動かしてみて満足そうに頷いた。

「少し仕事をしてくるよ」

　ヴィルヘルムはそう言って、執務室へ行ってしまった。セラフィはそれを見送り、溜息をつく。

　最初のうちは、ヴィルヘルムが元に戻った嬉しさと、皆も喜んでいたというノリであまり気にしていなかったのだが、最近ヴィルヘルムが元気になってきたせいか、なんだか色々と意識をしてしまうようになった。

　一番問題なのは、未だに一緒のベッドで寝ていることだ。セラフィは眉根を寄せて考え込む。

『確か……記憶違いでなければ、以前は別々の部屋で寝ていたよね？　まあ最初は全然体を動かせなくて、僕が癒やしの術で看病していたからだけど……もう元気になったし、普通に歩けるし、一緒に寝る理由はないんじゃないかな？　それに今もだけど、スキンシップが激しくない？　前からこうだった？　前からだっけ？　あれ？』

　セラフィはうーんと考えた。一生懸命に思い出す。セラフィとヴィルヘルムが過ごした色々な場面を思い出す。

『前からだったか……というか、セラフィも普通に甘えていたよね？　ヴィルに膝枕してもらったり（普通は逆じゃない？）、ずっと手を握っていたり……セラフィは無垢だったから……子供だからスキンシップが平気なのか……だけど僕は……もう以前のセラフィじゃないし……記憶はあるけど、むしろ

過去の自分が恥ずかしい』

　セラフィは、わあっと思って両手で顔を隠した。

『セラフィ、君、なんてことしてんのさぁ』

　ふるふると首を振り、顔を隠していた手を放して溜息をついた。

「セラフィ様……いかがなさいました？」

「え？　わっ！　あっ！」

　お茶を持ってきたヨニが、不思議そうに顔を覗き込む。

「な、なんでも……ないです」

　我に返って、扉の前の定位置に立つラッセとも目が合った。最近、つい忘れがちだが、この二人も以前同様この部屋にいる。ついでにいうと、ヴィルヘルムがセラフィの部屋にいる間は、ヘルマンとティモが交代で世話をする。

　まだセラフィしかいなかった頃は、ラッセ達に気を遣って余計な口を出せないので、夕方以降は宮殿内の雑用をしてくれていたヘルマン達だったが、今はヴィルヘルムがいるので、堂々と夕方以降の従者としての役目が出来るのだ。

　ヘルマンとティモがとても幸せそうに見えて、セラフィは嬉しく思っていた。

　雑用は追加で雇い入れた人間の召し使い達がいるので、もうする必要はなく、昔に戻ったといえる。いや、今はセラフィ達が一緒の部屋で寝ているので、夜間の警護も交代ですればいいから、以前よりも楽になったはずだ。

『ラッセ達にとってはこの方がいいのかな？　あれ？　（以前のセラフィは）考えたことなかったけど、別々に寝ていた時の夜間の警護はどうしていたんだろう？　ラッセ達は不眠不休だったのかな？』

　セラフィはチラリとラッセを見た。

「ラッセ……その……以前、私とヴィルが別々の部屋で寝ていた場合、夜間の警護はどうしていたんですか？」

　セラフィの問いかけに、ラッセは一瞬首を傾げた。

「陛下とセラフィ様のお部屋は執務室を挟んで隣同士ですから、それほど離れていませんので、一人で

廊下を行き来して警護をしていました。それで途中でヘルマンと交代します」

「じゃあ……今と変わらないのですね」

セラフィが安堵していると、ラッセはニッコリと笑って「でも今の方が良いです」と答えた。

「え？　ど、どうしてですか？」

意外なラッセの反応に、セラフィは困惑した。

「それはやはり、セラフィ様がお一人でお休みになっていると、かなり気を張る必要があります。わずかな物音でも気になります。陛下の警護ももちろん慎重にはいたしますが、そうは言ってもお強いですから、不意打ちで大勢に襲われるとかでもない限りは、ご自身で戦えますので、例えば一瞬でもこちらが構える隙くらいは与えてもらえますので、セラフィ様の警護とは神経の使い方が違います。ですから今のようにお二人でいらっしゃると、我々も安心なのです」

セラフィはなんとも言えない複雑な表情をした。ラッセの悪気のない真面目なところは評価するが、時として空気を読まないところは微妙だ。

「前から思っていましたけど、どうしてこんなに終始私達の警護に神経を使っているのですか？　ここは安全なのでしょう？」

「確かにヴィルヘルム様の代になってから、聖地の防衛は徹底されました。人間達も誰も入れないように結界を張り、湖にいる精霊達にも守らせて、宮殿内で働く人間には契約魔法を使っています。すべては過去の失敗から教わったことです。それでも我々はまだ完璧だとは思っていません。絶対などないと思うからです。安全だと思えば気の緩みが出ます。それでなくても宮殿内では、陛下もセラフィ様も寛《くつろ》いでいただきたいので、我々が警備に神経を尖らせているのです」

優等生のような回答を聞いて、セラフィは心の中で溜息をついた。

「……散歩に行きます」

「はい、かしこまりました。では出かけることを陛下に伝えて参りますので、少しお待ちください」

ラッセが一礼して一旦部屋を出ていった。

「たまにはヨニも一緒に行きませんか？」

　セラフィが誘うと、ヨニは少し考えた。

「いいえ、遠慮します。実をいうとラッセは散歩の時間をとても楽しみにしているのです。唯一セラフィ様を独占出来ますから……私はいつもセラフィ様が色々な話をしてくださるので、ここはラッセに譲ります」

　ヨニがそう言って微笑むので、セラフィも釣られて微笑んだ。

『本当にうちの子は可愛いなぁ』

　セラフィがそんなことを考えながら、紙とペンを用意していると、微妙な顔でラッセが戻ってきた。どうしたの？　と聞こうとしたセラフィは、すぐにその理由が分かったので、口を噤んだ。

「セラフィ、私と一緒に散歩しないかい？」

　ラッセの後ろからヴィルヘルムが現れて笑顔でそう言った。

「はい、喜んで」

　セラフィも笑顔で答える。

「二人で宮殿の周りを散歩するだけだから、護衛はいらないよ」

　ヴィルヘルムはラッセとヘルマンにやんわりと断りを入れた。ラッセがさらに微妙な顔をする。セラフィはたった今、ヨニから話を聞いたばかりだったので、少しばかりラッセに同情をした。

　皆に見送られて、ヴィルヘルムと二人で歩く。セラフィがいつものように、宮殿をぐるりと回って裏庭に行こうとしたのに、ヴィルヘルムが船着き場の方に行ったので慌てて追いかけた。

「裏庭に行くのではないのですか？」

「たまには森を歩かないかい？」

「いいですけど……ラッセ達に叱られませんか？」

　セラフィは宮殿の方を気にしてチラリと見た。ヴィルヘルムは肩を竦めて笑っている。

「歩いた方が、私の体にはいいし……森と言っても湖のほとりを歩くから大丈夫だよ。さあ、おいで」

　すでに舟に乗り込んだヴィルヘルムが、セラフィ

に右手を差し出したので、その手を取って舟に乗った。二人が乗って座ると、勝手に舟が動き出す。初めて乗った時は驚いたが、湖の精霊たちが運んでくれるのだ。本人達は遊びのようで楽しいらしい。

　対岸に着いて舟を降りた。ヴィルヘルムは言った通り、湖に沿って歩き出した。手を繋いで歩いているのが、セラフィには少し恥ずかしい。舟を降りる時にヴィルヘルムが手を貸してくれて、そのまま手を引かれて歩き出したから、放す切っ掛けが摑めなかった。

「君は以前に比べて、あまり私に甘えてくれなくなったのが少し寂しい」

　唐突にそんなことを言われて、セラフィは頬を染めて俯いた。ヴィルヘルムはセラフィをちらりと見て微笑む。

「セラフィと光樹は、いい具合に同化しているね」

「そ、そうですか？」

「理性とか感情を司《つかさど》る部分は、光樹が大きく影響をしていて、神子としての役割はセラフィが関わっている。だからとても魅力的になっていると思うよ」

「そんなことは……」

　セラフィが言いかけた時、宮殿の方から微かに「陛下！」という叫び声が聞こえた。見ると窓から身を乗り出して、怖い形相で叫んでいるヘルマンがいた。

　ヴィルヘルムは気にする様子もなく、にこやかに笑いながらのんきに手を振っている。

「陛下！　島へお戻りください！」とヘルマンがなおも叫んでいるが、途中でティモから部屋の中に引っ張られて、なんだか叱られているようだ。

「あの二人は相変わらずだね」

　ヴィルヘルムがクスクスと笑う。

「セラフィ様!!　なぜそんな所に！」

　今度の叫び声はラッセだ。ヘルマンの声を聞いて、驚いて窓の外を見てしまったようだ。仕方ないので、セラフィも真似をして手を振った。こちらもヨニから叱られている。セラフィは思わず笑っていた。

　ふと視線を感じて見ると、ヴィルヘルムが振り返

って、セラフィを見つめていた。

「前を向いて歩かないと危ないですよ」

　セラフィは赤くなって注意をする。

「君がよく笑うから、思わず見たくなるんだ」

「からかわないでください」

「からかっていないよ。以前のセラフィは、いつも優しく微笑んでいたけれど、声を上げて大笑いすることはなかった。君はころころと表情を変える。感情を持ったセラフィが、こんなに素敵になるとは思わなかった」

　口説かれているようで、セラフィは恥ずかしくて俯いた。

「ヴィルも変わりました」

「私が？」

　セラフィは俯いたまま頷いた。

「以前のヴィルはこんなに饒舌じゃなかったし……口説き文句みたいなことは言っていませんでした」

「それは……我慢していたのさ」

「我慢？」

　セラフィは驚いて顔を上げた。ヴィルヘルムは何も言わずに微笑んで、「少し座ろう」とだけ言った。手を引かれて森の中に少し入り、木陰の下でヴィルヘルムがマントを外して地面に敷いた。そこへセラフィを座らせて、自分も隣に座った。

「君は大地の神の大切な神子だ。我々人間からすれば、とても尊い存在だ。そんな神子に個人的な情欲を抱いてはならないと思っていた。だからいつも我慢していた。君に愛していると言うどころか思ってはいけないと……でもあの戦いで、互いに死を覚悟した時、想いを告げないまま死にたくないと思った。だから言ったんだ。そして君は覚えていてくれた。私が自分にかけた呪いの言葉を」

　ヴィルヘルムはそう言って、セラフィの髪を撫でた。セラフィは恥ずかしそうに頬を染めて、ヴィルヘルムの言っている言葉を思い出していた。

『オレだけが君の英雄王だ』彼はそう言った。英雄王は過去に彼とは別に二人いた。彼は三人目の英雄王だ。そして彼が死ねば別の者が四人目の英雄王に

なる。

　選ぶのはセラフィだ。

　あの死ぬかもしれないという時に『オレだけが君の英雄王だ』と言ったのは、とても強い意味があると思う。『オレ以外の英雄王を選ばせない』と言っているようなものだ。前の二人さえも否定している。後にも先にも、セラフィにとっての真の英雄王は自分だけだと……これ以上の愛の言葉があるだろうか？　それを自身に呪いとしてかけたのだ。セラフィが『私だけの英雄王』と認めない限り、ヴィルヘルムは復活しなかった。それは大きな賭けだ。

『呪いを解けなくても仕方ないと思っていたのかな？』

　セラフィならば、それも構わないと思っていたのだろうか？　そうだとしたら、なんて捨て身の愛なのだろう。

「私があの時……たとえ覚えていたとしても、私だけの英雄王だと認めなかったら、どうしたのですか？」

「その時は諦めるだけだ。セラフィは新しい英雄王を選ぶ。それだけだ」

　ヴィルヘルムはセラフィの顎に手を添えて、そっと顔を上げさせた。

「だけど君は私を認めてくれた。君だけの英雄王だと……それに……私が初恋なのだろう？」

　セラフィは羞恥で耳まで赤くなっていた。言葉が何も出てこない。思わず目を閉じると、ヴィルヘルムが優しく唇を重ねた。甘く吸われて、ゆっくりと唇が離れる。ほうっと息が漏れて、セラフィは潤んだ瞳でヴィルヘルムを見つめた。

「君は……狼の私には何でも打ち明けてくれるのに、この私には告白もしてくれないんだね」

「それは……」

「この体の私よりも、狼の方が好きなんじゃないかと、疑ってしまいそうだ」

「でも私は貴方を選びました……私だけの英雄王と……それだけではだめですか？　貴方が私の初恋の人だと……ずっと好きだったと言わないとだめです

か？」

真っ赤な顔で一生懸命に告白するセラフィに、ヴィルヘルムは胸を撃ち抜かれてしまった。

「だめなものか」

腰を引き寄せて再び唇を重ねた。今度は深く深く……舌を絡ませて、口内を舌でまさぐり、すべてを欲する情欲のままに、長く熱い口づけをした。

セラフィの震える手が、縋りつくようにヴィルヘルムの背中に回された。


その夜、セラフィはベッドの前に立ち、中に入ることを躊躇していた。ヴィルヘルムが先に横になって待っている。

立ち尽くすセラフィを優しい眼差しで、何も言わずに見つめていた。

昨日までとはもう違うことは分かっている。ヴィルヘルムとの関係は、もう神子と王ではない。昼間の森で、恋人同士の口づけを交わしてしまった。愛を囁き合った。それで一緒のベッドで眠る夜が、もう今までとは違う意味を持つことは、知らなかったでは済まされない。

以前のままのセラフィならば、知らなかったということで済んだだろうか？　セラフィは頬が熱くなるのを意識しながら、そんなことをぼんやりと考えた。

「ベッドに入らないのかい？」

ヴィルヘルムが優しく囁いた。

『意地悪だ』とセラフィは思う。そんな熱い眼差しで、雄《オス》の匂いを漂わせながら、いつもの優しい王の仮面をかぶっている。セラフィならば騙されたかもしれないけれど、光樹は騙されない。大人だし、ちゃんと分かっている。童貞だけれど……。

覚悟を決めてベッドに入った。ヴィルヘルムは自然な流れで、セラフィを抱き寄せた。覆いかぶさるヴィルヘルムの顔が、ベッド脇のランプの灯りで淡いオレンジ色をしていた。

「ヴィル……扉の外には……ラッセがいます」

　セラフィは最後の抵抗とばかりに、そう囁いた。

「いないよ」

「え？」

「ラッセ達には今日からもう夜間の警護は必要ないと言ってある」

　セラフィは驚いて目を丸くしている。

「以前からも言っていたのだけど、君が一人で寝る以上は、どうしても心配だと言うからね、それを強くやめさせる理由もなくてそのままになっていた。でもこれからは、二人で一緒に眠るからもう大丈夫だと伝えた。元々ここは君の強い結界に守られている。この世界でどこよりも安全な場所だ。召し使い達は契約魔法で縛っている。むしろこの宮殿内で、自由に動けるのは君達だけだ、と言ったら納得してくれたよ」

　セラフィは言葉を失っていた。何も言い返せない。

「さあ、もう抵抗はお終《しま》いだ。観念して私を受け入れておくれ」

　ヴィルヘルムがそっと軽く口づけた。セラフィはそれでもまだ抵抗した。

「貴方を受け入れたら……私はこれからもっと貴方を失うのが怖くなります。以前だって怖かったのに……」

「セラフィ、あの戦いで私が君にどれほど執着しているかが分かっただろう？　君のためにどんな手段を使ってでも生き抜いたんだ。普通なら死んでいたよ？　これで君が私を受け入れてくれて、私だけのものになってくれたら、もっともっと君のために生きようとするだろう。むしろ私を失いたくないならば、私を愛で縛るべきだ」

　ヴィルヘルムはそう囁いて、唇を深く吸った。体が熱くなって、何も考えられなくなってしまう。

「は、初めてなんだ」

　唇が離れた瞬間、そんな言葉を口にしていた。

「初めてではないよ、私を英雄王にする儀式で一度交わっているだろう？」

「そ、それはそうだけど……でも僕は経験がないんです」

「セラフィ……いや、今は光樹か？　男ならば分かるだろう？　今の言葉は逆効果だ。相手をその気にさせるだけだよ」

　唇を塞がれて、帯を解かれた。ヴィルヘルムの大きな手が、胸を撫でる。体が敏感になっていて、それだけなのに、びくりと体が震えた。

『なんでだろう？　キスをしてるだけなのに、体が熱くて興奮してくる。体を触られるとぞくぞくする』

　セラフィは目を閉じて、自分の体の変化に翻弄されていた。

　どこを触られても感じてしまう。ヴィルヘルムの手や唇が、セラフィの体中を愛撫した。

「あああっあぁぁっ」

　乱れると息と共に、甘い声が漏れる。

　胸の二つの突起を、指で摘み撫でられて、それだけでも体がビクビクと震えた。熱い舌が脇をゆっくりと舐めて、時々唇が強く肌を吸っていた。それにも電気が走るみたいに、体の中をぞくぞくと何かが反応する。

「あっ……もう……ぃやぁっ……」

　あまりに体が感じすぎて、少し泣きが入ってしまった。射精しているわけでもないのに、下半身が何度もジンジンと痺《しび》れる。

　ヴィルヘルムの責めが止んだので、セラフィが薄く目を開けた。裸になったヴィルヘルムの体が見える。まだ筋肉は以前ほどついていないが、引き締まった体は男らしいと思った。黒い豊かな茂みと、そこから天を突くように頭を持ち上げている昂りが目に入った。

　とても大きなその姿に驚いて、思わずぎゅっと目をつぶった。

『あんな大きいの……入るの？』

　経験はなくても知識はある。男同士がどうするのかなんて知っている。ここまでのところ、自分でも驚くくらいに感じてしまって、とても気持ち良くて、これならば男同士でも最後まで無理なくいける気がしていたが、あれを見たら無理かもしれないと思い始めた。

「あっ……」

ぼんやりと考えていたら、くるりと体を反転させられてうつ伏せになった。

「あっあっあっ……あああっ」

突然、双丘を摑まれて、左右に押し開かれたかと思うと、窪みに生温かい感触がした。ぬるりと中に入ってくる。それがヴィルヘルムの舌だと気づくよりも先に、快楽の波が押し寄せてきた。

「ああっあっ……だめっ……だめっ！　あっあっああっんんっ」

くちゅくちゅと音を立てて、舌が出し入れされている。熱いものが中に入ってくるのは、想像を絶する快楽だった。何も考えられなくされて、次に舌よりももっと硬くて長いものが入ってきた。ヴィルヘルムの指だ。湿った音を立てて、激しく早く出し入れされている。ヴィルヘルムの長い指は、セラフィの体の中を掻きまわした。

「あっあっあ――っ……あっあ――っ」

セラフィは顎を上げて、切《せつ》ない喘《あえ》ぎを漏らす。

『こんなの変だ……初めてなのに……体が……気持ち良すぎる。セラフィの体がおかしい……そうだ……英雄王の儀式で性交によって力を授けるくらいだから……最初から快楽を得やすい体なのかもしれない……どんな相手でも辛くないように……』

指は三本に増えていたが、難なく飲み込んでいた。

「セラフィ……ようやく君を私のものにできるんだね」

セラフィの中から指を抜きながら、ヴィルヘルムが囁いた。セラフィはごくりと唾を飲み込む。

『あれが……』

そう思った。

腰を抱え上げられて、抱きこむように後ろから挿入された。大きく体が開かれるのを感じた。抵抗を感じながらも、大きく熱い肉塊が体の中に埋まっていく。

『入った……』

下腹を押し上げられるような感覚に震えながら、ヴィルヘルムの昂りが体の中に入ってくるのを感じ

る。

「んんっ……ああっあっあぁぁぁっ」

『苦しい』と思った。

「セラフィ、辛かったらすまない。これ以上は無理に入れないから」

　ヴィルヘルムがセラフィを後ろから抱きしめて、耳元でそう囁いた。

　ヴィルヘルムの昂りは、半分ほどしか入っていなかった。だがセラフィの後孔をめいっぱいに広げている。

「痛くない？」

　ヴィルヘルムの息遣いが荒い。彼が興奮しているのだと思うだけで、セラフィは感じてしまう。

「痛くないです」

　消え入りそうな声で答えた。

　ヴィルヘルムはセラフィを抱きしめたまま、ゆるゆると腰を揺するだけで、激しく抽挿《ちゅうそう》はしなかった。

　しばらくの間、座っているヴィルヘルムに抱きかかえられるようにして、腰を揺すられていた。セラフィは声もなくただ荒い息遣いで恍惚《こうこつ》としている。

　やがて再びベッドにうつ伏せに寝かせられた。繋がったままなので、動くたびにセラフィの体が跳ねる。

　うつ伏せに寝ているセラフィの上に、ヴィルヘルムが覆いかぶさり、体を重ねたまま腰を小刻みに動かし始めた。汗ばむ肌と肌が重なり合って、熱を直《じか》に感じた。

「セラフィ……愛している」

「ああっんんっんっ……ぁああっあっ」

「セラフィ」

　ゆさゆさと腰を動かすたびに、名前を囁かれて、セラフィはただ喘ぐしかなかった。気持ち良くて死にそうだと思う。

『こんなのだめだ……こんなに気持ち良かったら依存症になっちゃう……』

　セラフィは朦朧《もうろう》とした意識の中で、ただそんな風に思っていた。

「セラフィ」

「ああっぁぁぁっ」

　何度も何度も名前を囁かれる。ヴィルヘルムの低い声が耳に心地いい。

　ヴィルヘルムの腰が何度か大きく跳ねた。少し深く入ってきたかと思うと、体の中に熱い迸りが注がれるのを感じた。

　次の瞬間、セラフィはそのまま意識を手放していた。


「ヴィル」

　目を覚ますと、ヴィルヘルムの腕の中にいた。

「目が覚めたのかい？」

「はい……私は……眠っていたのですか？」

「うん、よく眠っていたよ」

　ヴィルヘルムが優しく囁き、セラフィの髪を撫でる。

「悪かった。少し激しくしてしまったようだ。君の体に無理をさせてしまった」

「そんなことは……ありません、大丈夫です」

　セラフィはほうっと息を吐いて、うっとりとした表情で答えた。

「気持ち良かった？」

　尋ねられて、セラフィは答えられなかった。気持ち良かったなんてものではない。だけど……そういえば射精を最後までしなかったなと、どこか冷静な自分がいる。

『神子だから精通してないのかな？　少年体型だし、性器も子供だよね』

「ヴィルは寝ていないの？」

　咄嗟に話を逸らした。

「少しは寝たよ。だけどなんだかもったいなくて目が覚めた」

「もったいない？」

　セラフィは不思議に思って、顔を上げてヴィルヘルムを見た。ヴィルヘルムは少し照れたように笑う。

「せっかく君とこうして抱き合えたのに……眠るなんてもったいないじゃないか」

『意外と純情なのかも』

セラフィはクスリと笑った。

「ヴィル、別にこれが最後ではないのですから」

セラフィはそう言って、ヴィルヘルムの頬に口づけた。

「これからずっとずっと……一緒にいましょう」

「ああ、ずっと君の側にいよう」

ヴィルヘルムはセラフィの額に口づけを返した。


聖地ヴィフレアの脇に建つ館に、各領地の領主が招集された。久しぶりに領主会議が開かれるのだ。久しぶりといっても二十四年ぶりだ。当時の領主は一人も残っていない。各領地といっても現存しているのはオッデ領、ユク領、カク領のたった三つだ。

広間に置かれた大きな丸テーブルに、三人の領主と付き添いの者が座っても、ガランとした雰囲気は埋まらない。かつてはここに八人の領主と付き添いの者が並び座って、賑やかに議論を交わしていたはずだ。

三人の領主達は初めての場所と、初めての領主会議の席で、ひどく緊張して落ち着きのない様子だ。

宮殿から来ている召し使い達が、領主達にお茶を出している。間もなく英雄王とセラフィが現れるのかと思うと、彼らは期待と不安が入り混じる何とも言い難い高揚感に包まれていた。

「ヴィルヘルム陛下とセラフィ様がお越しです」

ティモが広間に入ってきて、領主達にそう告げた。領主達は一斉に立ち上がり、姿勢を正して待った。

三人は復活したセラフィが汚れた大地の浄化をする姿を遠目に見たことはある。中でもオッデ領の領主パウエルは、わずかだがセラフィと言葉も交わした。

だが英雄王に会うのは三人とも初めてだ。かつての魔の物氾濫の大災厄で、魔の物を率いるソーサラーと壮絶な戦いをして滅ぼしたという伝説の英雄王。復活したと話には聞いていたが、伝説の王がどのような人物なのか、領主達は誰も見たことがなかった。

颯爽《さっそう》と長身の男性が広間に入ってきた。豊かな黒緋の髪、整った精悍な顔立ち、黒い甲冑と黒いマントを羽織って、堂々とした態度で、正面の椅子の前に立った。見た目はまだ二十代の若者だというのに、醸し出す雰囲気と威厳で、ここに居並ぶ中年の領主達よりも貫禄《かんろく》があった。

　その後ろから対照的に、白き乙女のような美しき人が寄り添うように入ってきた。

　長い髪は淡い緑色をしていて、肌は陶器のように白くて美しかった。金と銀の糸で見事な刺繍《ししゅう》が施されたローブを纏い、神々しいまでの清楚《せいそ》さで微笑みを浮かべ領主達を見つめている。

　想像以上に自分達とはかけ離れた存在の二人の登場に、伝説の主とは彼《か》の者達のことをいうのかと、心の底から感嘆の息を漏らして立ち尽くすしかなかった。

　しんと静まり返った広間と、完全に魂を奪われたように立ち尽くす領主達の姿に、ヴィルヘルムは微かに口の端を上げて、ゆっくりと手を振った。

「皆の者、まずは椅子に掛けられよ」

　そう言って、ヴィルヘルムは座り、セラフィも腰を下ろした。

　領主達は我に返り、慌ててお辞儀をしてから椅子に座った。

「さて、まずは……長きに渡りこの地を不在にして申し訳なかった。民達は魔の物達の脅威に震える日々を過ごしていたと思う。私の力不足を謝罪したい。申し訳なかった」

　ヴィルヘルムがそう言って頭を下げたので、領主達は顔面蒼白になり、ひどく慌てて手を振り、首を振り、謝罪の撤回を求めた。

「陛下はその身を犠牲にして我らを守るために戦ってくださったのです。これ以上、我らが何を求めることが出来るでしょうか？　今はただ陛下とセラフィ様が、無事に戻られたという喜びを、噛みしめる日々を送っています。我ら人間は誰一人として、不満を口にする者などおりません」

「我が領民も毎日のように喜びに沸いています。陛

下の下知が下されれば、どのような仕事もやってみせると意気込んでおります」

「謝罪などとんでもありません。我々は皆、陛下とセラフィ様のおかげで生き延びることが出来たと感謝しております。また汚れた大地も浄化していただき、本当に感謝以外のなにものでもありません」

　口々に感謝を述べる領主達を、ヴィルヘルムとセラフィは静かに見守っていた。やがて領主達が落ち着くのを待って、再びヴィルヘルムが口を開いた。

「さて、今日集まってもらったのは他でもない。セラフィの浄化により、この地から魔の物達を完全に排除した。五つの領地も取り戻した。それをこれからどうするかという話をしたい」

　ヴィルヘルムの言葉を聞いて、三人の領主は緊張した面持ちで、じっと次の言葉を待った。

「私からの提案はふたつだ。ひとつは、そなたたちの領地に避難しているそれぞれの領民達が、自分達の領地に戻り再び元の姿に戻すために努力する。もうひとつは、そなたたち領主がもうひとつずつ領地を管理する。どちらの方法が良いか、それぞれの意見を聞かせて欲しい」

　ヴィルヘルムの提案を聞き終わった領主達は、それぞれの付き添いの者と話し合いを始めた。それは簡単に結論が出るものではないと分かっているので、ヴィルヘルム達は黙って見守っていた。

　だが思いの外早く、話が決着して手を上げた領主がいた。ユク領の領主ラッザロだった。

「陛下、恐れながら今ひとつの案である『もうひとつずつ領地を管理する』というものについては、我が領は何かと難しく思います。他のふたつの領地はそれぞれ隣接する領地をもらうという案がありますが、我が領は双方をオッデ領とカク領に囲まれた真ん中の領地。我が領がもうひとつ領地をもらえるとしても、離れた領地になり、管理が難しくなります。それならば選べるのは、避難民達を元の領地に戻すことです」

　ラッザロの意見に、ヴィルヘルムは大きく頷いた。

「確かにそれは我らも懸念していたことではある。

だがたとえ離れていても領地が欲しいという場合もあるため、提案をしてみた。他の領主はいかがか？」

　意見を聞かれて、それまでまだ話し合いをしていたオッデ領とカク領の領主が、ヴィルヘルムに向き直った。

「このような言い方は失礼とは思いますが、我が領としてはどちらでも構いません。どちらでも可能ということです」

「我が領も同じです」

　二人の領主は、少し曖昧な返事をした。

　ヴィルヘルムはしばらく考えた。

「では避難民達が自分の領地に戻るという形を取ろう。皆のところに、どの領地の避難民がどれくらいいるか、把握は出来ているのだろうか？」

　ヴィルヘルムの問いに、領主達は皆一様に頷いた。

「はい、我が領では受け入れた際に、各領地の者達を集めて、村や町を作らせています。現在もその村や町単位でまとまって生活しているので、だいたいの人数は分かります」

「我が領地もそうです」

　オッデ領のパウエルの言葉に他の領主も同意した。

「陛下、ただし我が領にはセク領の者は一人もおりません」

「我が領も同じです」

「私のところにも……一人もおりません」

　それはセク領の民が全滅したということだ。ヴィルヘルムもセラフィも、顔を曇らせた。

「セク領は最初の被害地だ。逃げおおせた者はいないだろうとは思っていた。それにもしも生き残りがいたとしても、魔の物の出どころとなったバルテク山が近い。もうあの地に住みたいと思う者もいないだろう」

　ヴィルヘルムが沈痛な面持ちで言ったので、その場の空気が少し重くなった。

「セク領の管理は私が行います。皆の記憶から悪いものがなくなり、誰もが住みたいと思うような緑の土地にしたいと思います」

　セラフィがその場の空気を変えるように、明るい

声でそう進言した。その言葉に、領主達は期待の目を向ける。

「さっきの話に戻るが……セク領以外の領地については、復興に時間がかかると思う。そこでしばらくの間は、セラフィが大地の恵みを与えよう。畑を耕せばすべての作物が、難なく豊かに育つだろう。だが家を建て、畑を耕し、町を作り、元の領地を取り戻すのはすべてそなた達人間だけの力でやらなければならない。それは分かるな？」

「はい」

　領主達は一斉に力強く答えた。その返事に、ヴィルヘルムは満足そうに頷いた。

「そなた達が今まで避難民達を受け入れてくれていたことに、心から感謝する。そなたたちの土地にも、大地の恵みを与えよう」

「ありがとうございます」

　ヴィルヘルムは立ち上がった。それに続いてセラフィも立ち上がる。

「これ以上はもう何も言うまい。人間達の力を信じている。困ったことがあれば、いつでも我らに相談するとよい。私もセラフィもそなたたちの味方だ」

　領主達も立ち上がり、ヴィルヘルム達に深々と頭を下げた。

「来月の領主会議にて、少しでも良い報告が出来るように、皆で精進いたします」

「期待しているよ」

　ヴィルヘルムとセラフィは、笑顔で頷き合って広間を後にした。


　森の中を一頭の馬が軽やかに駆けていた。馬上にはヴィルヘルムとセラフィの姿がある。馬は森を出て、草原をひた走った。雲ひとつない青空が広がり、草原を心地良い風が吹き抜ける。なだらかな丘陵を駆けあがり、頂上で馬の足を止めた。

　そこから広がる風景を、二人は笑顔で見つめる。

　暗い表情で、同じようにこの場所から眺めたのは、ほんの一年前のことだ。汚れた荒れ地が広がってい

た。瓦礫と立ち枯れの木々、腐った大地、異臭を放つ毒の沼、生き物の姿はなく、動くのは異形の魔物だけだった。地獄のような風景。

だが今、二人の目の前に広がるのは、緑の草原とその先に広がる金色の穀物畑、毒の沼は碧《あお》い澄んだ池に姿を変えて、所々に木々が生えているのも見える。

建てたばかりの真新しい家が集まる集落もある。

吹き抜ける風に、セラフィの美しい髪が巻き上がり、慌てて両手で押さえると、その体が馬から落ちないようにヴィルヘルムが抱きしめた。

二人は見つめ合って微笑む。

「人間とは実に逞《たくま》しく強いものだと思わないか？」

「はい、思います」

「大地の神も喜んでいるだろう」

ヴィルヘルムの言葉に、何かを思い出したのか、セラフィがクスクスと笑い出した。

「なんだい？」

「いえ……確かに喜んでいましたが……まったく同じことを言っていたものですから」

「まったく同じこと？」

ヴィルヘルムが不思議そうにセラフィの顔を覗き込んだ。セラフィは笑ったせいで、頬を少し上気させていた。淡い桃色の頬に、ヴィルヘルムが思わず口づけたので、セラフィはくすぐったいというように目を細めた。

「英雄王もさぞかし喜んでいるだろうって私に尋ねたのですよ？」

「そうか……それならばたぶん私と神は同じ気持ちだ」

ヴィルヘルムが自信たっぷりという顔で言ったので、セラフィは興味を持って瞳を輝かせながら尋ねた。

「どんな気持ちなのですか？」

「セラフィが喜ぶ顔が見られるのならば嬉しい」

ヴィルヘルムはニッコリ笑って答えると、セラフィに口づけをした。

大地の神子セラフィと英雄王ヴィルヘルムの治世は、その後も長く続いた。

　人間達の文明が発展を遂げ、やがて神子の力を必要としなくなっても、二人の存在が伝説となっても、人を何人《なんぴと》たりとも寄せ付けない深い森に囲まれた聖地で、いつまでも幸せに暮らし続けたそうだ。

あとがき

こんにちは、飯田実樹《いいだみき》です。「緑の神子は夢を見る～英雄王に捧げる四度目の初恋～」を読んでいただきありがとうございます。

異世界トリップは、私の得意とする分野なのですが、昔に比べて今のＢＬ界には面白い異世界トリップがたくさんあって、普通に書いても飽きられてしまうかもなぁと思って色々と考えました。異世界トリップと転生物を足して二で割ったらどうだろう？　などとわけの分からないことを思いついて書いたのがこの作品です。

設定を盛りすぎて、気がついたらエロ度数がかなり低くなってしまいました。ごめんなさい。でも楽しく好きに書かせていただきました。

イラストを、憧れの金《かね》先生に描いていただけて本当に幸せです。ヴィルヘルムがめちゃくちゃカッコよくて、セラフィがめちゃくちゃ可愛くてときめいてしまいました。

今はこんなご時勢ですが、この作品で少しでも皆様が、楽しんで癒されてくれたらいいなと思っています。

次もまた新しい設定にチャレンジしますので、どうぞお楽しみに！

飯田実樹

◇セラフィ◇

◇光樹◇

ILL. 金ひかる

この本を読んでの
ご意見・ご感想を
お寄せ下さい。

〒151-0051
東京都渋谷区千駄ヶ谷4-9-7
(株)幻冬舎コミックス　リンクス編集部
「飯《いい》田《だ》実《み》樹《き》先生」係／「金《かね》ひかる先生」係

リンクス ロマンス

緑の神子は夢を見る～英雄王に捧げる四度目の初恋～

2021年3月31日　第1刷発行

著者……………飯《いい》田《だ》実《み》樹《き》
発行人…………石原正康
発行元…………株式会社　幻冬舎コミックス
〒151-0051　東京都渋谷区千駄ヶ谷4-9-7
TEL 03-5411-6431（編集）
発売元…………株式会社　幻冬舎
〒151-0051　東京都渋谷区千駄ヶ谷4-9-7
TEL 03-5411-6222（営業）
振替00120-8-767643
印刷・製本所…株式会社　光邦
検印廃止

ISBN978-4-344-84832-0 C0293
Printed in Japan

幻冬舎コミックスホームページ　https://www.gentosha-comics.net

◇ヴィルヘルム◇

◇ヘルマン＆ラッセ◇

◇ティモ＆ヨニ◇